和小人物過一日生活

從20則人生百態的觀察，獲得堅持不懈的力量

南亨到 남형도 ㊢

時報出版

目次

2 體驗小人物的一日生活

3

想活出自我，就從這一步開始

推薦序

從小人物身上找到面對生活的力量

我的首爾櫃姐日記
（旅居韓國部落客）

如果你在忙碌的生活中覺得迷惘，這本書會帶你用不同的視角去重新體驗生活的溫度以及找到重新出發的力量。

我以為看著小人物那些酸甜苦辣只是別人的樣子，但其實從中也看見了自己。我想起稚嫩小學時期的我、剛出社會埋頭寫履歷汲汲營營的我、年屆三十成為新手韓國媳婦的我……直到五十年後邁入八十歲的我。看著字裡行間那些似曾相似的模樣陷入回憶，又遙想那些尚未經歷的未來，我會變成什麼樣子？一邊思考著我的答案，卻又被現實拉回被視為人生分水嶺的三十歲。那年我的生活不單是過得匆忙，更在人生的角色上大躍進，即便我完成了大多數人認為人生清單中的幾項大事：結了婚、買了房、做自己喜歡的工作，看似滿是的生活卻還是有種渾渾噩噩過日子的錯覺。

一開始我享受著新身分為生活帶來的新鮮感，然而我在這偌大的城市裡就好比金永壽在地鐵站裡遇見的那隻鴿子！為了和先生成為一家人，我成為一位異鄉人，我以為在那裡我沒有任何不同，卻還是會在某些時刻裡感受不到扎根的感覺。但，那又如何？如同南作家所說：『唯有向前看，才能學到東西。』簡單的一句話，卻讓我像似被人用力推了一把，並重拾對生活向前探索的勇氣。

透過南作家細膩的觀察與生動的文字描述，讓我不知不覺跟著他的文字一起慢下來觀察周遭，就好比我也身歷其境完成了幾個章節的挑戰。那些小人物的酸甜苦辣裡有著我們曾經扮演過的角色，和未來即將面對的新旅程；小人物的一日生活更是我們再熟悉不過的日常，卻又藏著幾分陌生的職業，那些我們如此習以為常的小事，都是豐富我們生活的養分。

這本書的魔力就是帶著你穿梭自身過往經歷，卻又能透過小人物的故事帶著新的感動一起迎向未來！希望翻開這本書的你，也能在這些文字中獲得新的力量。

推薦序

從韓國社會的日常縮影，找出自我的人生體悟

鄭E子
（B型女的日韓走跳人生、部落客作家）

在韓國工作即將屆滿八年的我，第一次看到這本書時，有著淡淡的辛酸與共鳴。其中讓我印象最深刻的是「來寫不加包裝的坦誠版自傳」。在韓國如果想進入稍微有點規模的公司，從投履歷開始就是場戰爭。除了原本自己準備的自傳以外，每家公司都有自己制式的事前面試題目，簡單來說，投履歷前還要回答各種簡答題。每個人為了擠進公司的窄門，總是拚了命的準備自傳與答題，每投一間公司，就像考完一場考試。

我記得我每次寫完一家公司的履歷，幾乎至少會花上兩到三小時，因為要配合每間公司的產業內容寫出適當的答題，所以每次寫完總是精疲力盡。的確在台

灣有部分的公司也會在面試前有筆試測驗，但韓國的狀況是「投履歷的當下就要寫完這些題目」，通過書審後，通常有點規模的公司都還會有第一階段面試、第二階段面試、體檢等多個階段，甚至摻雜筆試與人格測驗。

如同作者南亨到所寫的，雖然每家公司事前的面試題目都不一樣，但基本上還是有比較制式的問題，然而求職者花了大半天寫下許多內容，公司仍無法完全從中了解他的個性與特質。也許招募進來的人很優秀，但人品卻不怎樣。的確從答題的內容可以抓出一些關鍵字，判斷對方是不是企業想要的人才，也可以從答題的過程中了解求職者是不是有用心做準備。然而，同樣在韓國經歷過寫履歷、求職、轉職的我，老實說這個過程真的十分煎熬。本書中沒有太過華麗的字眼，卻呈現出在韓國求職血淋淋的心路歷程。

我認為這本書就像是用他人的人生寫出的體悟，透過他人的例子看到一些觸動人心的層面。整本書的每個章節、每篇文章都沒有特別誇張的例子，但道出了韓國社會的縮影與日常，從文章中就能窺探韓國社會的氛圍與文化思想層面。不管是不是對韓國有興趣的人，相信都能透過這本書獲得一些反思或是共鳴，因為類似議題同樣也會在台灣上演，甚至是你我人生道路上正在面臨的課題。

推薦序

在缺乏同理心的時代，再次找回理解他人的溫暖

KT STORY
（YouTuber）

在這個充滿厭惡的時代，最需要的東西會是什麼呢？正是真心誠意的理解和同理的心。但是，比起別人斷掉的手臂，自己手指上的一根小刺讓我們更覺得疼痛；比起我們沒有親自經歷的，自己所經歷過的疼痛是更加倍的感受，然而這本書為我們打開了新的視野。

作者南亨到裝扮成老人家，在城市中漫步，或是體驗視障者的一天等等，透過文字講述了一些可能因為習以為常、卻被忽視的人們的困難。我們第一次知道，一個擁有健康雙腳的人可以輕易登上的樓梯，對坐輪椅的人來說，就像是珠穆朗瑪峰一樣高聳且恐怖的障礙物；第一次知道，消防員進入著火的建築物時，

是穿著一件三十五公斤的防火服在走樓梯。

我們經常輕描淡寫地說著自己是如何同情他人的痛苦，但這是我第一次意識到，對於某些人來說，即使是渺小的事情也需要有相當巨大的覺悟。而這些痛苦的難事，離我們的生活並不遙遠，就在等紅綠燈過馬路的瞬間，或是在捷運站等電動手扶梯的那刻，一直都存在被我們視線冷落的地方。

這本書有可能是你人生的翻版，而這些看似輕鬆的體驗，也可以使我們從中感受別人的人生。作者曾說：「在體驗當下感到心力交瘁時，一想到『這不是體驗，而是某個人的生活』，即便遇到困難也可以忍受下去。」這句話，使我開始回顧自己愛抱怨的人生，並且開始仔細注意他人的生活，因為他們可能正在經歷我從未想過的艱辛。

讀完這本書，將會醒悟到生活在這個城市的每個人都是特別的存在。還有就像被施了魔法般地突然能理解那些人的困難，並且可以向對方搭上一句溫暖的話語。在缺乏對他人真心與同理心的今天，這或許是一本備受需求的書吧。即使在忙碌的生活中，仍能讓希望綻放，仍能有理解他人苦痛的從容。

推薦序

換位思考的人生

（「不會韓文也可以去韓國」FB粉專版主、《首爾跟我走》作者）Gina

有鑑於現代人的壓力破表，或是人們在潛意識中先入為主的觀念、想法，這本書的作者以體驗不同人生的方式，包括跳脫原本的工作環境、暫時離開原本生活的舒適圈，用別人的身分過三天。那些原本我們習以為常的日常，其實背後隱藏著不同的故事，也有不少人在做著那些我們以為理所當然的事。我們可能會被自己的偏見所蒙蔽，向來視為天經地義的事其實往往並非如我們所想的那般不容置疑；我們也可能自我設限，因為顧忌太多、過度擔憂，導致夢想只流於空想。

看到作者在書中所分享的這些故事後，我想到之前不管在台灣、韓國或是國外時，因為我身為自由寫作者，工作的時間跟地點都很彈性，出國短則三週，長則以月或年為單位計算，也常到咖啡廳工作。有時候會不經意聽到顧客們的談話，感覺滿有趣的，可藉此吸取別人的經驗，當然有時也會聽到有些荒唐的事。

我在觀察社會及路人的過程中，常心有所感，獲得不少啟發或靈感。而本書的作者則是親身體驗他人的生活，所以會更有感觸，像是文章中有穿著內衣體驗女性的感想、當一天清潔員、以老人家的妝容過一天……等等。我也曾做過不同類型的工作，因此對書中眾多的描述也深有感受，在多種行業的歷練下，我學會面對各種問題該如何因事置宜地採取不同的處理方式，如果沒有這些磨練，我想自己還會是個單一想法者。

這本書也獻給正獨自奮鬥的我們，像是如何克服心中的恐懼、擁有被拒絕的勇氣，以及減少看手機的時間，多多關注周圍人事物。也許跳脫出原本的生活也未必是件壞事，只是原本的我們一旦習慣成自然就很難改變了。一成不變的人生似乎又有點無趣，至少我知道自己並不想過這種生活。大家透過本書的精彩文字，可以進入不同的生活模式中，試著從他人的角度看待事物。包括對事情能進一步理解，不隨便妄下定論；透過了解不同人的想法及感受，進而體諒與同理別人；又或是換個環境體驗不同的生活，也許你的人生就會產生不一樣的結果。

序言

在二十四歲那年的某個秋日，
我走在學校圖書館附近，
與再熟悉不過的日常風景擦身而過。
就在那天，有人吸引了我的視線
——是一位打掃圖書館的阿姨。
她因為身體疲憊想暫時休息片刻，
所以坐了下來。
不過她坐的是垃圾桶。
阿姨將環境打掃得乾乾淨淨卻無處可坐，
於是坐在最骯髒的地方，
望著冷漠地走過她面前的學生們。

當時我很想為那些遭人冷落的對象，
大肆地敲鑼打鼓來吸引大眾的注意。

我成為實習記者後，
第一次坐上手動輪椅，
以身心障礙者的視角，
走遍了首爾的大街小巷。
我發現，那不是我以往所熟知的世界。
九年過後，
遭到冷眼相待的人們，以及活在這個時代的我們，
依舊需要得到一些慰藉。
我將體驗過人生百態後所獲得的領悟，
一一地記錄下來。
即使是某人的一聲輕嘆，
我也想如實地傳達出來，

並期盼這些文字，能帶給你慰藉。
也希望能讓讀了這本書的你、
和正獨自奮鬥著的某個人，
得到堅持下去的力量。

我小心翼翼地，回想二十四歲那年秋天許下的心願。

二〇二〇年 春
南亭到

＊本書亦選錄作者刊載於韓國新聞媒體《Money Today》之同名報導《南記者的體驗報導》之文章。

·1·

弱勢族群的酸甜苦辣

我是男人，卻試穿了胸罩

穿不穿胸罩，是個人的自由；不穿也不會因為違反《胸罩穿著法》（我隨便起的名字，現實中並沒有這條法律）而遭逮捕。你不會因為「無罩外出」而被警察取締，並被斥責道：「你今天怎麼沒穿胸罩呢？罰款八萬韓元（相當於兩千一百六十元台幣）。」

然而，女性大部分都會穿上胸罩，很難找到「No-Bra」的人。這是為什麼呢？當我在酷暑之下，看見一位女性汗流浹背的模樣後，產生了這個疑問，心想：「穿胸罩看起來很熱，不穿的話應該會比較舒服吧？」於是我詢問了五位女性，卻得到了這些答案：「胸部晃動的話會覺得痛」、「乳頭摩擦到衣服會不舒服」、「胸部底下會流很多汗」、「討厭胸部下垂」、「胸形從衣服透出來的話會很丟臉」，甚至也有人表示：「我也不知道為什麼要穿胸罩，從小就是這麼做的。」

之後我也詢問太太，穿胸罩真的會那麼悶熱嗎？「那當然，所以我下班後第一件事就是脫胸罩啊。」她回道。看來的確如此。即便我和太太住在一起，對此也一無所知。如果我能親自體會一次，是不是更會有同感呢？因此，雖然有點尷尬，但我仍鼓起勇氣嘗試去穿內衣。

沒錯，這是由於各種因素，向來視穿胸罩為理所當然的女性，所遭遇「不便」的故事。要是男性能了解這些原因的話也不錯吧。我也期盼如果男性能感同身受，當遇見不穿胸罩的女性時，就不會再以異樣眼光瞧個不停，而是能理解為「因為很悶才會這麼做的吧。」

我買了一件藍色豹紋的胸罩

首先，找到「**合適的胸罩**」是關鍵。某個夏日午後，我在首爾中區的明洞逛街，走進我第一眼看到的內衣店。我猶豫不決，左顧右盼了半晌後，朝著女性內衣區走去。正要踏進那一區時，視線和一位外國人交會了，於是我匆忙地避開他的眼神。「我是來幫太太買內衣的。」我背出了捏造的開場白，然後慢慢地挑選內衣。上頭標示的數字與字母，彷彿是火星文一樣。我找到了尺寸看起來綽綽有餘的「D罩杯」，但是一拿起來，卻發現對我來說非常的小。

後來才明白，原來數字代表著下胸圍尺寸，而A、B、C、D則是罩杯大小。假如挑選了不合身的內衣，胸部不僅會變形，穿起來也會相當不舒適。最後，我還是接受了店員的幫助。店員笑笑地直盯著我看，反覆問了好幾次：「噗，你真的非要穿上去不可嗎？」她拿來了店內最大的尺寸85D，並推薦了有鋼圈和胸墊的款式。「這種內衣最容易出汗，穿起來最不舒服。」我躍躍欲試，穿上了胸罩。店員看了憂心地問：「在這裡穿上也沒關係嗎？」我瞧了瞧四周，發現現場有幾位女顧客。雖然很尷尬，但假如我進去女性專用的試衣間，未免也不太像話了吧。

所以我直接將內衣套在襯衫外面，試著扣上背扣時，卻怎麼也扣不上。不僅手臂的角度很不順手，雙手也搆不著。正在煩惱著該如何是好時，店員又幫了我一把。但內衣仍舊扣不上，我很怕會把胸罩扯壞。現場的空調明明很涼爽，我卻直冒冷汗。店員接著說：「大概因為你是男人，所以沒有適合的尺寸吧。」我在第一間內衣店就遭遇了難關。我向辛苦服務我這位「怪客」的店員道謝便離開了。

我搜尋了一下有販售大尺碼內衣的店家，結果找到了一間。一走進去，就看見一位架勢十足的女店員。面對她疑惑的眼神，我先說明報導取材的目的，她便動作俐落地測量了尺寸後說道：「既然要穿，就要找最合身的內衣。如果你穿到太小件的內衣而感覺不舒服，那就不對了。你就按照女生實際穿內衣的方式穿看看吧。」由於她熱情的協助，讓我很信賴她，聽得頻頻點頭。

她進到倉庫又走出來時，手上拿著一件胸罩，竟然是粉紅色的。其實沒必要拿這麼漂亮的款式給我啊。我心裡雖這麼想，但仍舊乖乖收下了，畢竟在這情況下已經沒得挑剔。我進入試衣間脫下了襯衫，前方、左、右都有鏡子，所以在穿上胸罩的那刻，我還不自覺地迴避了自己的視線。我的雙腿發軟，我想坐下來，我想要放棄。

要扣上背扣時，再度碰上難關了。我動了動腦筋，先將內衣背面轉到前面，扣上以後再穿好，可是我依舊扣不上。弄得滿身大汗後，才叫了店員，請她從後面替我扣上。這是我第一次穿上胸罩的時刻。店員沒忘記將我胸部周圍的肉調整至罩杯內，並一邊說：「要這樣調整。」真希望時間能夠快轉，而且我穿上胸罩的第一個感受是：「真的好緊，我好想脫掉！」

在我打算要買下粉色胸罩時，才發現價格好貴，竟然要價七萬八千韓元（相當於兩千一百零六元台幣）。我穿的是三條才賣一萬韓元（相當於兩百七十元台幣）的內褲，所以看到這價格著實嚇了一跳，這等於是我買三十四條內褲的價錢。我曾在會議上聽到女同事說內衣每年通常必須汰換一次，看來這筆費用負擔並不小，這是身為女人而不得不支出的費用。

我問了店員內衣為何這麼貴，她便領著我到花車前，告訴我這裡有售價一萬五千韓元（相當於四百零五元台幣）起的商品，於是我馬上挑了色彩艷麗的藍色豹紋胸罩去結帳。這款有鋼圈，也有局部的蕾絲。買回家後，太太說這是中年婦女會喜歡的內衣花色，但無所謂，至少我對價格很滿意。

沒想到穿胸罩如此辛苦，為何以前都不知道？

隔天早上七點，我揉一揉惺忪的睡眼後，就穿上了胸罩。為了配合胸罩的顏色，還搭了藍色的短袖上衣。「保護色」是一種動物的求生本能。女性在穿著短袖薄上衣時，大概也會在意內衣顏色是否會透出，因此在穿搭的選擇受到了諸多限制。光是這點就夠折騰人了。

我才剛穿上胸罩，胸口便一陣悶，彷彿有隻手掌正緩緩擠壓胸部正面、側面及背面的感覺，很難大口吸氣。約莫十分鐘過後，我甚至覺得頭暈眼花了，胸部也覺得很悶熱，所以開了電風扇。我明明還沒開始上班，卻已經想下班了。我深吸了一口氣，看了一眼月曆，今天是八月二十二日。「三天後就是發薪日了，要撐下去。」我就這樣一面自我勉勵，一面走出家門。

走到外頭，看見了正在散步的女性們，想必她們此時也正穿著胸罩吧。「原來在外面必須穿著這不舒服的東西。」忽然覺得女人真了不起。她們在出現第二性徵的往後數十年間，大概都得長時間持續穿著胸罩。這片日常風景，看起來已不同以往。

一開始，我甚至無法專心走路，所有的心思都集中在胸罩上。穿上胸罩才只有三十分鐘，我已經汗流浹背，胸部似乎也充滿濕氣。右後方的背扣不斷摩擦著背部，內衣鋼圈緊緊壓迫著胸部兩側，肩帶也持續令我焦躁。一搭上人滿為患的地鐵，我的汗水開始簌簌流下，臉上的笑容消失了，眉頭都皺起來了。我以前怎麼會完全不知道呢？

穿胸罩一小時，肩膀跟後頸也變痠痛

到了公司坐在位子上，心裡覺得越來越悶。我已經穿著胸罩一小時了，上半身越發痠痛，表情也變得不自在。「你真的穿了胸罩嗎？」無法體會我心情的後輩同事，在問完這句話後放聲大笑。大家對此出現了各種反應：「看不太出來有穿胸罩耶」、「看起來像是為了鍛鍊胸肌而穿了什麼東西的人」等等。我都沒臉面對不久前才入社的兩名實習記者了。

剛過早上九點，我已經開始揉著肩膀和後頸了。血液循環似乎不太順暢，頭部左側也感到刺痛。粗糙的蕾絲不斷摩擦著皮膚，又因為胸部被緊緊束縛，所以不時要擴擴胸、伸展一下。我吃的苦頭不只這些，胸罩還會一直往上跑，但是調整肩帶、拉回內衣後，外觀看起來又有點奇怪。我想起曾經看見女性偶爾在公共場合調整內衣的樣子，她們當下應該會有點尷尬吧。

十點之後，儘管依然不舒服，但已經稍微適應了，穿上胸罩才過了三個小時而已。我適應的不是舒適，而是不適。女人也是如此屈服於胸罩的壓迫嗎？而且因為背部發癢，我還常常抓背。我回想起太太有時候會請我幫她抓一下背，因為與背扣接觸的皮膚起了類似紅疹的東西，我這才意識到原來那是胸罩造成的。

中午十二點，我出門吃午飯。午餐是辣雞肉炒飯與炸魚排，雖然是我喜歡的菜，卻無法盡情享用，因為胸罩正壓迫著心窩，我心裡滿是怨懟。而且食物無法輕易下嚥，就像是卡在胸口般的感覺，也許是消化不良的關係，我的頭也持續隱隱作痛。

因為擔心飯後胃脹難受，於是朝著清溪川走去，馬上就受到酷暑的折騰。氣溫是攝氏三十二度，體感溫度則是更高。才散步五分鐘，內衣底下已經出汗了；十五分鐘後，肩帶和鋼圈部份漸漸被汗水浸濕，胸骨之間也冒了汗。假如是冬天，胸罩至少能夠保暖，但到了夏天就束手無策了。我將胸墊底部稍微拉開了一下，終於涼快了些。在烈日底下，這胸罩彷彿快要燃燒起來了。

即使我拉起T恤上下搧動，胸罩依舊密不通風，胸部內充滿了濕氣與汗水，我不禁懷疑這究竟是以什麼材質製作的。我散步了三十分鐘以上，全身已變得濕漉漉。因為胸罩而疲憊不已的我，就此返回辦公室趴著午睡一會。然而醒來後，胸罩仍是濕的，很不容易乾。既潮濕，又令人很不舒服。

十二小時後脫下胸罩，立即以大字型癱倒

我對胸罩的看法，在瞬間改變了。原本我把胸罩看作是一種會令人臉紅，令人聯想到性方面的女性內衣，然而事實上並非如此。它感覺更像是一種枷鎖，或壓迫的工具。我頓時理解了為何有人會說要從胸罩中「解放」。而我穿上胸罩，才過了六小時而已。

下班途中訪問的女性，也同樣抱怨了穿胸罩的不便。上班族李收貞小姐吐露了心聲：「出門時真的很不想穿胸罩，回家脫掉的時候，真的像是解放了一樣。你才體驗一天就覺得不舒服了，想想看穿了幾十年的女人該有多不舒服。」另一

位上班族黃秀妍小姐則說：「我從小六就開始穿內衣，所以已經習慣悶不透風的感覺，不過夏天流汗特別痛苦。因為身為女人，很多時候真的非常不便。」

回家後我脫下胸罩，往一邊丟。已經穿了十二個小時了。接著直接癱倒在客廳地板上。該如何形容這種心情呢？這是活了三十多年來感受過最痛快的解脫之一。這天累積的疲勞是平時的三倍，不但眼睛乾澀，頭也疼痛，而且還消化不良。吃了一顆止痛藥後，身體呈大字形躺著，接著有些尷尬地低頭瞧了自己的胸部。我到底是犯了什麼錯，必須受到如此的束縛？

為了感受大眾看待「No-Bra」的眼光，我穿上了白T恤

隔天早上，我再度穿上了胸罩，這次搭配了能清楚透出胸罩的合身白色薄T恤，因為想感受一下「令人不舒服的視線」。我好奇的是，當女性不穿內衣時，也會像男性穿上內衣般，感受到異樣眼光嗎？當然兩者的原因不同，但是我認為在「打破成見」這點上，道理是共通的。

如預想般，我才一走出門，就成了大家關注的焦點。住在附近的老人家、散

步中的男人、在等公車的女人和學生們，個個都露出了驚訝的眼神。大部分的人皆毫不掩飾地直盯著我瞧，視線在我的胸部、臉部各停留了一陣子。在路上遇見的行人，有百分之九十以上會睜大眼睛看著我，甚至有人還會回頭再望一眼，這令我尷尬到想躲起來。我開始不斷用手臂遮住胸部，也考慮把背包轉到正面。

一進公司，就聽見此起彼落的爆笑聲，也有人安慰我：「真是辛苦你了」。每次從座位起身時，後輩同事們老是嘻笑個不停，我只好盡量減少活動的次數，也盡可能不上洗手間。即便我不太在意他人眼光，但是要克服整個社會的眼光並不容易。假如大多數人都不在意的話，我也能自在地出門。我認為女性希望可以穿得舒服一點，或是想加入「No-Bra」行列時會如此困難重重，也是源自於相同的原因。

體驗了三天後，我終於脫下了胸罩。比起肉體上的不舒服，更令人痛苦的，是大眾過度關注的視線，即使人們沒說任何閒話，但光是注視的眼光，便足以成為沉默的枷鎖。於是我深刻體悟到，女人是因為這樣才無法輕易擺脫胸罩。

某天，我想起了一件事。太太偶爾會說她不想穿胸罩出門，即使只是在住家附近也好，因為穿著胸罩真的很不舒服。當時我阻止了她，要她別不穿內衣就外出，現在回想起來覺得很抱歉。我自以為是說出的一句話，事實上對她而言就是一種「壓迫」，連最親密的太太的心情我都不懂，居然還以同樣的世俗眼光批判她。因此，那天晚上我向太太道歉，為了我過去的無知懺悔。我以前完全不知道穿內衣是多麼辛苦又不舒服的事。

我問太太是否還記得第一次穿上內衣時的情景。

她說記得，接著又說道：「那時覺得穿胸罩是理所當然的事，因為每個女人都會穿，大家都告訴我女生一定要穿胸罩，所以我從沒想過不穿胸罩。應該說，我被灌輸的就是這樣的觀念。」

太太告訴我，如果坐下時雙腿打開，就會被訓斥不端莊；如果冬天穿制服裙子，因為腳很冷而改換上體育褲到處跑，就會違反校規而挨罵。她不了解這到底是為什麼，也不懂為何要如此限制女性的穿著。

後來，我和太太做了一個約定，要是以後生了女兒，等到她稍微大一點了，會找個機會對她說：「你可以穿胸罩，也可以不穿，自己可以作選擇。這不是對或錯的問題，只要你覺得舒服就好。」

我也期待未來某一天，女兒能自在地和我說這些話。「爸爸，現在誰還穿胸罩啊！好落伍。那是媽媽那個時代穿的啦。那麼悶的東西我們才不穿。」

也許率先踏出改變的第一步，是我們的責任。

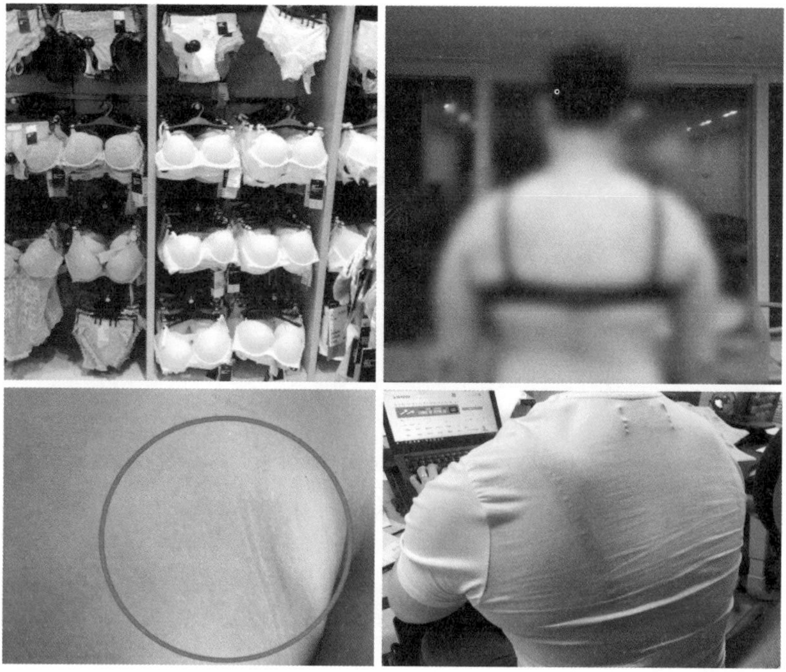

1	2
3	4

1 這是明洞商圈的一間內衣店。我不知道該把視線擺哪邊，光是要端詳自己就很痛苦。罩杯尺寸標示像火星文般很難理解，最終還是拜託女店員幫我，並伴隨著一陣笑聲。

2 歷經了千辛萬苦，終於買到合身的胸罩了。尺寸為 90B，下胸圍是九十公分，上胸圍一百零三公分。這是我在家試穿的照片，為了保護讀者的眼睛與心情，所以將照片馬賽克處理，真的非常抱歉。（ⓒ我太太）

3 這是因為穿胸罩，而在胸部上留下的紅色印子。不僅胸部的正面，包含兩側、背部全都有紅色壓痕。我體會到胸部一整天受到束縛的痛苦了。

4 這輩子第一次穿胸罩，我覺得好悶熱、呼吸困難，材質觸感也粗糙，而且還會消化不良。穿上白 T 恤，是為了感受「令人不舒服的異樣眼光」，因為我認為女人不穿胸罩，就如同男人穿上胸罩一樣。穿成這個樣子，我都不太敢去上洗手間。（ⓒ後輩南宮民記者）

已婚男子的育兒初體驗

「可以麻煩你帶孩子們上樓嗎？」

聽見朱煥（化名）、海昤（化名）的媽媽全小姐說這句話時，我的心臟怦怦跳——我能依賴她的時間結束了。我正在帶著小孩去看電影《Hello Carbot 衝鋒戰士》的路上，接下來必須由我獨自帶兩個孩子去看電影、吃晚餐。「朱煥，你要幫叔叔忙喔，別讓海昤走丟，要好好照顧她！」她在地下停車場和我們道別。還告訴我她人在電影院附近，假如有急事就向她求救。這句話不知道給了我多大的勇氣。

一走進大型購物中心的人潮裡，我就繃緊了神經，緊緊抓著兩個孩子的小手。海昤大喊著說：「我要搭手胡梯（手扶梯）上去！」於是我便和孩子們一起搭了手扶梯。「小心、小心，要站在黃線裡面喔。要不然很危險。」不放心的我，一直再三叮嚀他們。海昤興奮地說：「哇，上去了！」但是才一轉眼，又大叫：「啊，好燙！」我驚嚇地看了一下，原來她把手擱在玻璃上。「不可以摸那裡喔！手手手，小心手！」說完了這句，才稍微鬆了一口氣。

電影院感覺好遙遠。朱煥說我們快點去，一邊拉著我的左手，而海昤則抓著我的右手，搖搖晃晃地慢慢走。我額頭上的汗珠直流。好不容易到達五樓的電影院，才知道我們的放映廳是在八樓。我好絕望。我汗溼的左手，可能讓朱煥覺得熱，所以他總是把手抽開，並問我：「叔叔為什麼流這麼多汗啊？」我回他：「叔叔本來就很會流汗，哈哈。」結果這小子說：「那我們需要吹電風扇！」（謝謝）。

終於到了放映廳，我看了一下電影票上的座號，上頭寫著07、08、09。因為不知道是哪一排，我慌了。所以要孩子們先坐一下，然後急忙打了通電話給全小姐，她說那不是數字「0」，而是英文的「O」。原來是在O排的座位啊，真丟臉。我大概嚇到魂飛魄散了吧。

這次我嘗試了「育兒的滋味」，是因為結婚至今已經四年了，但還沒有小孩。原因很簡單，因為即使只有我和太太，我們的兩人世界也很幸福，我們喜歡自由自在地旅行、吃美食、享受生活。有時候聽朋友聊育兒話題，心情都很沉重。有朋友說他和太太上一次去看的電影是《雙面君王》（二〇一二年上映），還有人每天都睡不好，黑眼圈很深。由於我們有著「生小孩很可怕」的念頭，所以生子計畫一延再延。幸好雙方父母都不會給我們壓力，我媽媽甚至還說：「要是能回到過去，我不會生小孩。」媽，那我呢……？

然而，進入新的一年，我認為不能再拖下去了。要生、不生，我們必須做個抉擇。既然我已經充分體驗了沒有孩子的生活，現在也想體會一下育兒的生活了。以前頂多是和姪子們玩而已，所以很好奇一整天帶小孩的情況。再者，我也想了解育兒的辛苦，想了解那些媽媽沒有下班時間，即使孤軍奮戰，仍被視為「零勞動力」的現實，以及她們的擔憂、孤獨與寂寞。如此一來，說不定也能找到關於少子化這項社會議題的蛛絲馬跡。

原本我想嘗試獨自帶小孩，但是孩子的父母應該會很擔心吧，所以在徵求意願者的進展上不太順利，幸好後來和我同年的全氏夫婦點頭同意了。於是在二〇一九年一月的最後一天，我計畫和六歲的朱煥（兒子）與四歲的海昤（女兒）共度一天，從他們起床的七點半開始，到睡著的九點四十分為止。大部分的時間，他們的媽媽全小姐都會在旁協助我，其中只有四個小時是由我獨自一人帶小孩。

孩子有三種口頭禪：「我要」、「不要」、「討厭」

在執行育兒任務的前一天，全小姐傳了一個社群帳號的網址給我，點進去一看，裡頭有張寫著暱稱「小嘟」和「小嘟妹」的小孩照片。可能因為太太暱稱我為「嘟嘟」的關係（沒人想知道），我看了有點共鳴。在各式各樣的照片裡，我注意到「小嘟妹」海昤的一張照片，有四種她正在哭鬧耍賴的模樣。這明明只是張照片，但彷彿本人正在眼前咆哮一樣，而且照片下方還標上了「百病根源」的標籤。不過抱怨歸抱怨，媽媽的社群帳號其實全是孩子們的照片，我也同時體會了她的愛與苦。

早上七點三十分，我前往孩子們住的社區，聽說他們會在這時候起床。雖然對方說只要通知一聲，就會開車庫讓我停車，但我還是隨便找個地方就停車了。一抵達就看見大門前擺著一台黃色波露露小企鵝自行車，我想應該就是這間了。

全氏夫妻已經起床了。一踏進門，就看到一堆玩具散落在五顏六色的地墊上。孩子們瞬間睜大雙眼，直盯著我看。「叔叔今天會照顧你們喔。」全小姐介紹道。穿著紫色點點衣服的海昤和穿著深藍色衣服的朱煥，向我點頭打招呼。雖然他們好奇地一直看著我，但是我們還無法輕鬆地聊天，需要一些時間才能親近。我坐在正吃著早餐粥的孩子們身旁，以各種話題和他們搭話。

全先生正準備出門上班，卻擔心孩子會因為怕生而哭出來，所幸小孩都沒哭，他說應該是對叔叔感到滿意吧。他們是雙薪家庭，太太是職業婦女。全先生的老家在鄉下，而全太太的母親因為仍在工作，也無暇幫忙帶小孩。因此，主要是由太太獨攬育兒的責任。

有本書叫作《從貓狗嫌的四歲到不講理的八歲》，這兩個孩子正好處於此時期。他們有三種口頭禪，分別為「我要」、「不要」和「討厭」。孩子學會說話後，便開始發展出自我意識，無論對他們說什麼，皆一律回答「討厭」、「不要」和「我要」，蠻橫又不講理，沒想到我真的可以立即驗證這一點。吃完早餐後，我問海昤：「要不要喝水？」她馬上回答：「不要。」我又再問：「妳真的不喝嗎？」她說：「我要喝。」我可以想見接下來自己將受到什麼苦難了。

第一項任務很簡單：幫孩子們刷牙洗臉。首先，朱煥站上擺在洗手台前的黃色增高踏板，我幫他把牙膏擠在橙色牙刷上，他再仔仔細細地將牙齒刷乾淨。比我的手掌小很多的臉蛋，也以清涼的水洗淨，再用毛巾擦乾臉。我稱讚他「很帥！」後，獲得了一分，我也將他亂翹的頭髮打理整齊。而海昤則是用較小的牙刷清潔牙齒，「都刷好了嗎？」「嗯！」她咕嚕咕嚕地把水吐掉，走出洗手間，但我忘了替她洗臉了。「還有眼屎喔。」我被全小姐逮個正著，顯然就是一個「育兒菜鳥」。

由於朱煥有鼻炎、海昤耳炎的關係，必須先去醫院一趟。一說到醫院，孩子們便開始緊張，全小姐趕緊安慰他們：「今天不是要去打針。」小孩們這才放心地念著：「不打針，不打針。」彷彿自己在背誦咒語。果然媽媽的功力更勝一籌，經驗老道。

一走到外頭，我的視線便盯著孩子。和孩子在一起時，不知道他們會往哪裡亂跑。我們剛在地下停車場下車，海昤就踩著小碎步向前跑，我瞬間嚇得追上去，幸好沒有汽車經過，否則後果不堪設想。那一刻我第一次體會到「分心也是一種放鬆的自由」是什麼意思。看一下手機、聽一下音樂，在這情況下是完全不被容許的事。一股沉重的壓力湧上心頭——我必須緊盯著孩子，假如一個不留神，發生什麼事的話，就是我的責任了。

每分每秒我都在和他們「搏鬥」。即使我好言相勸，他們也不會好好聽話。搭電梯時，兩人因為搶著按鈕而耍脾氣。朱煥迅速搶先按了下去，海昤就開始拉高嗓門尖叫了，於是她也不甘示弱地忽然按下另一個按鈕。去醫院附近的藥局時，海昤吵著要買擺在她眼前的維他命，即使全小姐告訴她「家裡還有」也沒用。買了維他命後，又因為海昤說「我要換這個」、「不對，我要這個」，把東西換了三次。即使說了「只要買了就不能換」，她還是耍賴不聽。全小姐說這是每天都會一再發生的事情。

那時我想起了在電視劇《天空之城》裡看到的經典台詞：「神賜予我們兒女的原因，是為了讓我們領悟到人無法為所欲為的道理。」我偶爾在街上看見狠狠斥責孩子的父母，也曾經想過是否有必要把小孩罵到這個地步。但是現在我終於了解，有些時候是非這麼做不可。

把孩子們送到托兒所和幼稚園後，我才勉強鬆了口氣。看看手錶，現在是早上九點三十分。我和小孩相處的時間也才過了兩小時罷了，但卻覺得這天早晨十分漫長。孩子的媽媽說平時這些所有的事情，都是她去上班前獨立完成的，接著還要去公司工作。

育兒是燒錢事業，拿免費的書可省下不少錢

全小姐必須去一個地方，向一位認識的媽媽拿書，因為對方的小孩已經上了小學，於是將兒童用的圖畫書、童話書、益智教具等分享給全小姐。全小姐說這些書如果全用買的，會非常昂貴。到了目的地以後，現場擺了五、六個大箱子，我們花了好幾次才搬完這些沉甸甸的書。全小姐慶幸今天不是一個人來，否則會很辛苦。贈書的媽媽語重心長地說：「孩子生下來之後，就是要好好賺錢。」因為她的孩子才剛上小學，光是課外的教育費就相當昂貴。

沒錯，我居然一時輕忽了育兒的「花費」問題。全小姐說朱煥和海昤畢竟尚未上小學，在這方面還好，但課外教育費確實很可觀，她讓兒子參加生態體驗課程、學習足球、美術等。因為朱煥是先在江陵住到四歲之後才搬來首爾，可能是環境的改變，讓他產生很大的壓力，甚至出現了圓形禿的症狀。全小姐為此讓朱

煥學習很多他喜歡的東西，因為他已慢慢好轉，所以也讓捨不得課程半途而廢。之後，她也讓海昤學美術、參加生態體驗課程。

全先生則說：「養小孩很辛苦，所以夫妻兩個人都必須認真賺錢。」他為了養育孩子而費盡心神在工作上，反而使他與孩子的距離越來越遠。幾年前全先生甚至必須值勤，一天到晚都得駐守在公司，別說請陪產假了，連年假也無法請完，他現在狀況比較好，但也要晚上九點或十點以後才能回到家。全小姐很心疼先生，「他也想看到孩子喊自己爸爸啊。即使從公司到家才五分鐘的距離，他仍沒辦法多看看孩子。」儘管全小姐自己是職業婦女，而且獨攬育兒責任，但她還是很感謝丈夫，因為多虧他的付出，才能給孩子寬裕的生活。

我吃力地把獲贈的珍貴書籍，搬到了房間另一頭。孩子出門後，家裡一片靜寂。全小姐說她要去一趟骨科診所，因為最近拇指疼痛，使不上力，看來是帶小孩的後遺症吧。

在全小姐外出看診的這段期間，我也有工作，必須鋪好浴室的防滑墊。他們才剛搬來這沒多久，尚未鋪上墊子，所以擔心小孩受傷。一想起朱煥和海昤刷牙的樣子，我就更用心地將防滑墊鋪好，並將多餘的部分以剪刀裁掉。我怕使用完的剪刀可能會傷到孩子，於是馬上放回原位，這是我平常不會做的行為。接下來，我把被玩具等物品弄得亂糟糟的家整理了一番。家裡處處都能看到灰塵，所以用吸塵器和拖把徹底清掃過。大概是因為暖氣設定在二十五度的關係，我出了滿身汗。並不是孩子不在家，我的工作就結束了。

吃炸醬麵時，聽見媽媽的真實心聲

打掃完家裡，我才吃遲來的午餐。全小姐請我吃了一碗炸醬麵。「你要點大碗嗎？」「我正在減肥，所以吃正常份量的就好。」結果筷子沒動幾下，麵就已經吃完，我後悔沒點大碗。全小姐平時不太能好好吃午餐，她說午餐通常都是把孩子早餐吃剩的食物解決掉。

我一邊吃著炸醬麵，一邊聽她的故事，聽她說「媽媽的生活」是什麼樣子。她透露，對她而言最艱難的是必須獨自一人做決定，煩惱如何抉擇才是最好的。她總是過著焦慮、忐忑不安的日子。多虧了這天的短暫體驗，我才能夠理解她想表達的意思。她也告訴我一句有關育兒的名言：「帶小孩最輕鬆的時候，是昨天。」雖然今天累得要死，但是明天一睜開眼，又要迎接更辛苦的日子了。

在不同階段有不同的辛苦。在孩子還在襁褓的時期，她連覺都睡不好，必須持續餵母奶，也不懂小孩為何而哭，適應家庭新成員加入的過程很艱辛。在小孩學會爬行的時期，總害怕孩子會受傷；開始餵副食品後，又會擔心孩子過敏。現在則是孩子自我意識爆發的年紀，又是另一種辛苦。大家所謂的「百日的奇蹟」，並不是育兒滿百日後就會變輕鬆的意思，而是能夠放下對「育兒」的執著，甘之如飴地接納「育兒」這件苦差事的時間。即使孩子一整天又吐又哭，但是只要露出一次笑容，就會令父母忘卻一切。嘴上說著「雖然孩子很煩卻不討厭，我永遠愛他們」的全小姐，已然是一位優秀的媽媽。

其實真正令我印象深刻的不是這些，而是接下來的談話內容。全小姐想參加十多歲時喜歡的H.O.T.演唱會，卻因買不到票而著急，最後幸好朋友替她買到票，她也順利看完了演唱會，她說去看演唱會的那段時間非常開心，能和其他媽媽們一起喝杯熱美式咖啡，也是她的心願（不過因為擔心孩子燙傷，所以只喝冰咖啡）。她還提到，上一次參加同學會已經好一陣子了，要是沒有這次受訪的機會，她也很久沒和先生以外的男性說話了。

還有，她喜愛的音樂，並不是在車上不斷播放的兒童卡通歌曲；初出社會時，在職場上只會聽見有人對她「快點、快點」，現在則是整天對人說「對不起」；如果孩子入睡了，即便音量只能調為一，也要邊喝杯啤酒邊收看《天空之城》。

在身為人母之前，媽媽們也有「我」，只是因為忙著養育孩子而暫時遺忘或壓抑罷了。那一刻，我想起了某個人。她有很多想做的事情，卻因為養育孩子，而全推遲到晚年的人。到了六十多歲終於開始做自己想做的事，但又一面喊著膝蓋疼，一面無奈苦笑的人。那個人即使到了現在，每當我離開家，依然會對我說著從小就聽過的一句話：「小心車子！」不知道是炸醬麵太軟爛了，或是吃得太急了，我的喉嚨沒來由地哽住了。

下午四點，是孩子們從幼稚園和托兒所回家的時間。朱煥走下幼稚園校車，大概是還記得我們早上見過面，所以高興地對我喊了「叔叔」。我牽著朱煥的手，前往托兒所去接海昤。大門一開，托兒所老師誤會我是孩子的爸爸，而對我說「爸爸來啦！」我只好澄清自己不是全先生，結果老師竟問我結婚了沒，看起來很像二十多歲（謝謝您）。

我很開心見到孩子們，但另一方面也憂心忡忡，因為晚上要和孩子們去大型購物中心看電影、吃飯，可是全小姐不會一起去。想到我即將少了可靠的助手，必須獨自照顧小孩，心裡就忐忑難安，畢竟我的照顧資歷僅止於「照顧小花十七年，陪多多玩耍五年（牠們都是小狗）」。儘管如此，我仍然堅信「我做得到」。不過現實卻遠遠超乎我想像的殘酷，沒有一件事情是稱心如意的。要理解孩子們言行背後的意義，實在是困難無比。

出門前才為了要去看機器人卡通電影而興奮不已的海昤，卻在電影剛開始播放後來個一百八十度的大轉變。原本好像很專心地看，可是三十分鐘後開始扭來扭去。一下子站起來，一下子靠著前方座位，一下子整個人幾乎往後躺，一下子又阻擋哥哥看電影。每次好不容易讓她坐了下來，接著又馬上重複先前的行為。她甚至想伸手拿擺在前方座位之間的爆米花來吃，最後她好像再也按捺不住，開始吵著要出去，無論如何安撫她都沒用。「很無聊嗎？」我問道。她說：「嗯，我要回家。」在電影播映的一小時三十分鐘期間，她一直坐立不安。

因為朱煥正看得津津有味，所以當下我們也無法中途離場。「這場電影到底何時結束啊？」是我心中唯一的念頭。電影中的對白，除了「讓你看看大眾交通的厲害！」這句台詞之外，我什麼也不記得。電影總要等到反派都被打敗後才會結束，但每當看似快要結束時，卻還不結束。終於來到尾聲了，最後所有機器人合而為一，打敗了壞蛋。我以為苦難總算要結束了，結果海昤卻無緣無故地開始唱剪刀石頭布的歌。我快要昏倒了，只能勉強和她玩著剪刀石頭布撐下去。電影終於播完了，我感覺好像是自己戰勝了那些壞蛋一樣。

電影結束後，因為孩子們喊著口渴，於是我們去了咖啡廳，結果他們吵著要買蛋糕。我不知該如何是好，便向全小姐打了通電話，她嚴厲地說在吃飯前不能買甜點給他們，所以改帶他們去吃排骨湯，結果海昤纏著要我抱她。我雙手抱起了海昤，卻因為無法一直看著朱煥而不安，最後只能以單手抱著海昤，另一手牽著朱煥。除此之外，我們還要去領看完機器人動畫電影才會贈送的小卡，而且這是限定版，所以一定要去領才行。因為不知道領取地點而晃了一陣子，最後終於拿到了三張小卡。

更雪上加霜的是，到了要吃飯的餐廳，卻看到長長的排隊人龍。在候位期間，我先讓孩子們坐下來，但他們老是想站起來閒晃，為了抓住他們，我費了一番功夫。終於在歷經千辛萬苦後，我們總算進入了餐廳，點了一份排骨湯和湯飯。我將肉切碎、把湯吹涼後，再將飯浸到湯裡，可是孩子們只顧著玩卻不吃飯。海昤喜歡把湯匙泡在水杯裡，朱煥則是將面紙浸在水杯後，再一個個丟到桌上，即使阻止他們也不聽。後來他們終於肯吃飯了，結果又要我幫他們拿掉肉，在如此一來一往的角力下，我的湯飯已漸漸變涼，我也沒什麼食慾了。

在每個孩子不受控的當下，我真的都不知所措，但也不能因此對他們發脾氣，畢竟他們只是小孩，什麼都不懂。原來這股鬱悶的心情，就是為人父母的感受。此刻，我的腦中浮現了自己過去曾對無法在公共場所管教好小孩的父母，投以關切眼神的模樣。現在的我對於能夠熟練地帶小孩出門的父母另眼相看，這對他們而言也是「第一次」吧。

我的一日體驗，卻是媽媽的日常

回到家後，我打算唸書給他們聽，所以先問他們：「要叔叔幫你們洗澡嗎？」但孩子們因為害羞而笑瞇瞇地拒絕。孩子們洗澡時，我就坐在沙發上喘口氣，這似乎是帶孩子後第一次放鬆地坐下來。全小姐此時正為了替小孩洗澡而奮戰，在浴室傳來好幾次訓斥聲，發出哐啷哐啷的聲響後，終於洗完澡了。他們洗好走出浴室後，穿上睡衣的海昑喊了「叔叔」，然後飛奔過來擁抱我，我不自覺地露出爸爸的微笑。原來這就是能令人忘卻育兒艱辛的幸福啊。

接著，我各讀了兩本書給他們聽，首先讀的是和蝴蝶有關的書。「在樹葉上呼呼大睡的幼蟲醒來了。噢，睡得好飽。去看看外面的世界吧？」然後是彷彿已時隔百年，我才再次細讀的童話故事《白雪公主》。「魔鏡啊，魔鏡。誰是世界上最美麗的人啊？」看見專注聆聽的孩子們，我彷彿在瞬間當了爸爸，所以像個配音員般，讀得更起勁了。

最後，我也陪他們玩了玩具。朱煥拿了一大堆恐龍來，要我和他一起對打；海昑說她要做早餐，打開了玩具瓦斯爐。「小朋友，來吃早餐了！嘻嘻。」她對著放在地上的恐龍說道。接著又把早餐遞給我，然後說：「叔叔你也要吃。」「這個不燙，要打鹽（要撒鹽）。你七七看（吃吃看）。」

晚上九點四十五分，不知不覺到了離開的時候了。全小姐才剛說：「現在是上床睡覺的時間了。」朱煥就問：「不可以再玩一下嗎？」海昑則大喊：「我還要玩！」全小姐：「叔叔也要回家和老婆睡覺了啊。」兩個孩子這才死心地回答：「喔喔……」我向海昤說了「掰掰」，朱煥則是從房裡對我說：「慢慢走。」但是人沒走出來。全小姐對朱煥說：「你要說『請慢走』才對啊。」並笑著對我說，孩子們大概是捨不得我離開才這樣的。

和孩子們道別，關上大門後，我得到了一個體悟。這種日子，我僅體驗了一天，然而對媽媽而言，是日復一日的生活。因為只有一天，我才能當一個「好叔叔」，假如每天都見到面，我大概很難當個「好叔叔」。

回家途中，我的口袋裡裝著孩子們給的禮物，有朱煥珍愛的動漫卡片，海昤喜歡的恐龍不倒翁。他們認為給我這些禮物我會開心，這份童心真是令人感動。

全小姐說：「孩子把自己喜歡的物品送給你，代表是真的很喜歡你。因為你對他們很好，所以對你有感情了，畢竟家裡只有教訓他們的人。」聽說隔天海昤放學時問：「叔叔在哪？」還因為找不到我而哭了。這應該就是所謂的「養兒育女的幸福」吧。

不過，那一整天實在過得很辛苦。坦白說，我甚至不會想重回那天。當天深夜返家途中，我確實鬆了一口氣，也慶幸自己還沒有小孩。即使寫新聞稿熬夜到凌晨，和即將截稿的日子裡，我至少還能想像著終點，繼續堅持下去，不像教養子女的生活般茫然。那天夜裡，我夢見自己飛向天際，發射了煙霧彈擊潰敵人，可是平時的我卻鮮少作夢。

如此偉大的事，幾乎都是由媽媽們承擔著。所謂的母性，並非光靠他人的美言即可承受得了的。她們經常在原地動彈不得，不僅身體勞累，心靈也疲累。她們獨自攬下「必須養育好兒女」的重擔，時時活在懷疑「我是個好媽媽嗎？」的擔憂之下。原以為經歷生產的痛楚後苦難就此結束，但真正的地獄才正要開始。上洗手間時，她們必須背著孩子一起進去；不要說睡覺了，她們甚至無法安心地好好生病；職涯也就此中斷，由於在家中與世隔絕，自尊心於是跌落谷底。

幸虧有同樣育有孩子的媽媽朋友們，能體諒這箇中滋味。然而，長輩總會說：「又不是只有你有孩子，大家都是這樣養的。」如果偶然與這些人喝咖啡時吐露了心聲，可能有人會說：「你應該只是輕輕鬆鬆地花老公賺來的錢吧？」甚至也有的人會貶稱這些全職媽媽為「媽蟲」，她們因為無情而嚴厲的批評目光，不斷地受到二度、三度的傷害。

再回到一月三十一日，我第一次體驗育兒的那天。我和朱煥、海昤看完電影，吃完晚餐後，前往地下停車場，全小姐早就在那裡等著我們。因為擔心而無法離孩子太遠，這是為人母的心情。孩子們跑向她，彷彿見到了救世主一樣。「你一定非常累吧，真是辛苦你了。」全小姐的這一句話，令我哽咽了。她說她理解這一切有多辛苦、多勞累，我因為她這句溫暖的話而得到了安慰。

1	2
3	4

1 好奇心旺盛的海昤正值「貓狗嫌」的四歲，「我眼前的東西全都要摸一遍！」於是在藥局到處摸維他命。有些受到這些孩子荼毒的媽媽們，會稱他們為「瘋狂四歲」。

2,3吃完晚餐我和孩子們一起玩。幸好我的肚子很巧妙地被遮住了。（ⓒ孩子的媽媽）

4 海昤喜愛的恐龍不倒翁（左邊）與朱煥珍藏的遊戲卡（右邊），這是道別前孩子們送的禮物。

變身成八十歲的老人

儘管一直以來，我都將「花無十日紅」（意指花朵的豔麗無法超過十天）這句話銘記在心，但是年老的這一刻來得太突然。閉眼四十多分鐘後張開了雙眼，我再度不自覺地閉上眼睛，因為鏡中的自己看起來很陌生。

九比一分線的頭髮，竟然在仍是春季的三月白了頭，原本濃黑的眉毛也泛白了，額頭則刻下了深深的皺紋，鼻翼兩側的法令紋也很顯眼，變得蠟黃的臉色也染上了歲月的痕跡。這張看起來還算健朗的臉，無疑像個老頭子。因為沒戴眼鏡的關係，我靠近鏡子仔細一看，模糊的影像漸漸清晰，可是我反而更不習慣了。

「這大約是幾歲的樣子呢？」近距離看清楚後，才回過神來向替我化妝的彩妝師發問。他微笑道：「大概是八十歲左右的樣子。」「怎麼能化成這樣呢？好神奇！」雖然我如此誇獎著他的實力，心情卻有些五味雜陳。該怎麼說呢？有點心煩意亂，也可以說是想拒絕面對現實的感覺。當然，也許是因為我霎時間飛躍了四十三年的歲月，第一次見到自己老化模樣的緣故。雖然以前也有過各式各樣的經驗，但這次的感觸卻與眾不同。

我左看看、右看看，端詳著這張連平時都不太仔細瞧的臉，就這樣出神地看了好一會，院長開口說道：「大家剛開始都是這樣，會需要一點時間適應。」然後開始將頸部的膚色調得和臉部一致。

現在我嘗試以一個老人的身分自處。當大家都努力讓自己的外表能再年輕個一歲，我卻在從事老人體驗。我在過去的一段時間裡，累積了一個又一個想要扮老的動機，其中也包含了某些人的死亡。我太太的兩位祖母，在前年相繼離世了，那是我年過三十後第一次遭遇家人的死亡，也許因為正處在坐三望四的年紀，所以心情頗微妙。舉行入殮儀式時，我摸了摸祖母的肩膀，是僵硬的，也看見岳母與岳父對她說：「媽媽，安息吧。」然後泣不成聲的樣子。那時我思考了關於「變老」以及對每個人來說「時間有限」的意義。

這時，我剛好看了一部名為《耀眼》的電視劇。二十五歲的金惠子，某一天忽然變得比爸媽還更老。受到打擊的她，因而不吃不喝，好幾天足不出戶。她無法再如往常般和朋友玩，甚至不能向暗戀的對象說出事實。因為演技與台詞非常精彩，我直到十二集都準時收看首播，看得十分入戲。電視劇的結局竟是意料之外的反轉，令人震驚。我再次沈浸在最後一幕中金惠子綻放笑容的畫面裡。「變老」究竟意謂著什麼呢？

因此，我決定成為一個老人。我苦惱了一下該如何進行才好，也不希望做得太敷衍。不僅是外表要像，最好連身體都能感受到不便。我先從一個電視廣告中獲得了靈感，廣告主角將自己扮成老人，並拍下照片，老妝逼真到連肉眼都無法辨識出來的程度，乍看之下完全像個老人一樣，我認為必須做到那種程度才行。之後搜尋了一下，發現有所謂的「老人體驗裝備」，穿戴上去後，腰部、手臂和腿關節皆會受到壓迫，能讓人的行動變得如八旬老人般不方便。只要化好妝，穿上這項裝備，應該就可以了吧。當然，上了年紀以後伴隨而來的病痛與視力、記憶力的衰退等，無法模擬到完全一模一樣，不過我仍然打算一試。

畫上法令紋、塗上灰白染劑，正式變身成為老人

能替我化老妝的地方並不多，最後終於打聽到一位彩妝師，他表示：「原價是兩百萬韓元（相當於五萬四千元台幣），不過我給你四十九萬韓元（相當於一萬三千兩百三十元台幣）的優惠價吧。」雖然很感謝這破例的折扣，可是對於我而言，依然是令人震驚的價格。詢問了一下部長，他果然默默地搖頭了，於是再找了更便宜的地方。有一位化妝師說原本是十萬韓元（相當於兩千七百元台幣），但他收七萬韓元（相當於一千八百九十元台幣）就好。他也說明化妝效果並非如電影特效妝一樣，問我能否接受只是化成像老人的樣子而已，我說就這樣辦吧。

體驗當日的早上九點三十分，我前往位在首爾冠岳區新林洞的彩妝工作室。以前只在結婚時畫過一次妝，已經很久沒踏進彩妝工作室了，坐下後感覺很陌生。我和院長聊了一下他開始化老人妝的契機。原來他曾在劇場替演員化老妝，也曾幫即將結婚的朋友在派對上化過老妝，由於向他詢問的人漸增，因而創業。曾經有夫妻手牽手一起來化老人妝，拍照留念。待歲月流逝，他們再看見彼此的

樣子，不知道會是什麼樣的心情？我思考著以後要不要和太太一起來，藉此度過尷尬的化妝時刻。

在這四十多分鐘的時間裡，不斷感受到不知是粉撲，或是刷子等難以辨別的柔細觸感。由於難以睜開眼睛，只好安份地維持不動。結果一睜開雙眼，發現歲月在瞬間飛逝了，這完全是老人的模樣。我有時候會想像自己變老的樣子，希望能老得很帥，像是喬治·克隆尼那樣（抱歉）。然而想像與現實卻截然不同。大概是我五歲的時候吧，曾到家裡附近的老人活動中心學千字文，我現在看起來就有點像當時教我的老爺爺。每當我背錯了漢字，他就會用拐杖指著我的鼻子罵。

總之，是一種很陌生、難以言明的心情。「原來我會變得這麼老啊」、「原來臉會變很多啊」，腦中不停閃過這些想法。本來打算做一些紀錄，所以手裡拿著筆與方形採訪手札，卻不知道該寫些什麼，我愣了一下，再癡癡看著空白的記事本。這是我第一次經歷變老的感受。猛然回神後，我請院長替我拍一張照片，他先拍了一張彩色照片後說：「這樣會更真實。」接著又拍了一張黑白照片。看了拍攝成果後，我心亂如麻，實在不敢放大看自己的臉，於是放下了手機。我傳了照片給太太，結果她連發了四次驚嘆：「啊」、「太強了」、「哈哈」、「嘟嘟（我的暱稱）爺爺」。

接下來輪到租借老人體驗裝備了，我前往位在首爾龍山區的老人生涯體驗中心。如果在機構裡體驗是免費的，但因為我打算借走，所以付了五萬韓元（相當於一千三百五十元台幣）的租金。抵達後，職員遞給我一副沉甸甸的裝備，據說總重量超過六公斤。一般來說，裝備是穿戴在衣服外面，不過為了體驗真正成為老人的感受，我決定直接貼身穿著，再套上衣服。職員擔心裝備會摩擦我的皮膚造成疼痛，還問我這樣沒關係嗎？雙膝與雙臂也戴上壓迫的裝置，手腕、腳踝掛上了沉重的沙包，甚至連肩膀與腰部都穿上壓迫裝備，導致變得有些駝背。我只好拄著拐杖，到對面的全身鏡看看，鏡裡是一位僅著內衣的奇怪老人。

我試著直接穿上衣服，卻吃盡了苦頭。右臂好不容易穿過襯衫了，輪到左臂時，關節根本不聽使喚，始終找不著正確的角度。掙扎了一陣子後終於勉強成功了，從這刻起，我將無法行動自如。因為擔心有其他人來，想趕緊穿上褲子，但是依舊不順利。內心明明很著急，身體卻無法隨心所欲，因而汗如雨下。同時還擔心萬一化妝糊掉，看起來會像「哇哇大哭」的爺爺，所以我試著穩定呼吸。最後非常艱辛地穿好了所有衣服，連平時在公司穿的羽絨背心也披上，在一波三折後，才完成了八旬老人的裝扮。著裝完畢後，我先坐下來喘了口氣。

因為身手不靈活，必須以登山的意志力爬樓梯

這時已經上午十一點了吧？走到外頭時，正吹著煦煦春風，令人愉悅的陽光，從頭頂上滿滿灑落。因為陽光太耀眼，我不禁皺了眉，然後看了一眼從建物玻璃門照映出的自己，我的臉上彷彿有無數的皺紋在跳舞。在這萬物新生，充滿綠意的季節，原本是那麼的美好，我卻獨自體驗老去的感受，忽然有點寂寞不安，只好安慰自己可能還需要多一點時間適應。我在原地張望了一會，才踏出了腳步。

儘管心裡想要昂首闊步，但雙腳卻無法如此行動，因為膝關節已固定成微彎的姿態，猶如打了石膏一樣，關節無法伸展。我艱難地抬起了左腿，再抬起右腿，然後將拐杖稍微拄在雙腿前方，就這樣緩緩前進。孩提時用四腳，長大後用兩腳，上了年紀後則以三腳行走，我現在正是如此。

這一刻，我想起了似曾相識的畫面——上班途中，準備出車站閘門時，看到

在前方慢慢磨蹭的那些老人。我曾在心裡大喊：「我要趕著上班，走快一點吧！」原來他們根本走不快。我對記憶中的老爺爺道了歉，之前是我太無知了。

雖然移動了步伐，但眼前又出現另一道難關，就是遙遠的階梯。剛才匆匆忙忙地走了下來，不知道竟然這麼長，勉強地仰頭一看，階梯看起來約有四十幾階。俗話說：「千里之行，始於足下。」我想起了這句符合我現在這身裝扮年紀的諺語，然後一階一階地爬上去。

先踏上左腳，再踏上右腳，雖然我打算這麼爬上去，但是不太順利。於是換成讓拐杖隨著左腳一起踏上去，然後右腳再踏上同一階，彷彿是在學步一樣，一步一步地移動沉重的身軀，階梯上的落葉因我的步伐而沙沙作響。我爬完樓梯後氣喘吁吁，上氣不接下氣。沒想到爬個樓梯，竟然需要秉持登山的意志力。

從步出體驗中心，到登上階梯為止，大約走了兩百多公尺。我的旅程才正要開始，卻已經如此艱辛。為了緩一緩呼吸，我先坐在附近的長椅上，為了安全坐下來，手必須先支撐在椅子上，再慢慢坐下，以免摔倒，而且要將拐杖靠在身旁。可能是上樓梯時太使勁握著拐杖，右手手掌被壓得通紅，於是我以左手輕輕按摩，再擦去額頭上冒出的汗。尚未萌發新芽的枯枝、邊說邊笑地走進體驗中心的職員，我望著這些平凡的風景，稍作休息。原來上了歲數，以往稀鬆平常的事物，變得不再理所當然了，而且馬不停蹄的世界，也會流逝得更緩慢。我一面思考著這些事，一面度過這段時間。

生平第一次有人禮讓博愛座給我

「唉咻」了一聲，用力地站了起來。雖然我想再次移動腳步，但有點苦惱該去哪裡才好。後來決定去一談到老年人，就會馬上聯想到的鐘路三街，總覺得到了那裡，心情會比較自在一點。

我準備搭區間公車到孔德站轉乘地鐵，往公車站的路上，經常和來來往往的行人視線交會，每次我都不自覺地低下頭來。有幾位路人似乎真的將我當作是老人家，會在狹窄的路口側身禮讓我先走，這個心情很微妙。區間公車到站後，我從前門上車，像隻烏龜般緩慢而吃力地登上高高的三階樓梯，然後感應了交通卡。「歡迎搭乘。」嗓音低沉的司機問候道。他的皮膚黝黑，給人的印象很好。我怕公車突然間發動，有點忐忑不安，不過司機一直等到我就坐了才開車，他真的很貼心。坐下來後，發現這是博愛座，這才理解了這些座位設置在公車前方的原因。

下了公車後，我轉乘地鐵，打算搭五號線到鐘路三街站。我抓住欄杆，一階一階，小心翼翼地走下樓，這比起爬樓梯還更可怕一些，好像只要稍有不慎，就會往前倒頭栽。我十幾歲時一次可爬三、四階，二十幾歲時一次爬兩階，三十歲時還能一階一階地迅速走下樓。正以蹣跚步伐移動身子的我，看著超前我的年輕人時，腦中瞬時閃過了那些回憶。現下成了八旬老人後，還得一邊細數階梯，一邊走下去。「喔，這段階梯有六十幾階。」對以前的我而言，這原本是毫不重要、也毫不在乎的事。我就這樣緩緩地走到了閘門前，感應了交通卡後進入地鐵站。

「叮鈴鈴鈴鈴鈴鈴——」當我正走在通往月台階梯的半路上，聽見了列車進站的聲響。如果是平時的話，那是只要快步奔跑就能搭上車的距離。也許因為我的心已開始奔向列車了，身體也跟著蠢蠢欲動，但卻怎麼也不聽使喚，只能一步又一步地慢慢移動著身子。這是平常穿梭在人群中時，我也曾看過的步伐——那種你不會留心觀察、彷彿與你無關、是遙遠未來才會發生，所以你毫不在意的步伐。當我走下了所有階梯，列車的門已關閉。儘管我已經盡快地移動身軀，列車依舊在我眼前離開了。喘了口氣後，我看見從月台安全閘門上反射出的老人模樣，那是既熟悉但又陌生的容貌。

我搭上下一輛列車，按著以往習慣走向座位，結果一名坐著的二十幾歲青年，突然從位子上站起來，這是生平第一次遇到有人禮讓座位給我。雖然我說沒關係，但是由於列車出發導致顛簸，我一個重心不穩差點跌倒，只能姑且坐了下來。後來在我面前的人越來越多，於是我漸漸被推向沒人坐的博愛座去。就坐之後，我看見對面的老人正在打盹，再瞧了一下普通座位上的乘客。一直以來我都是坐在那裡看著博愛座的人，現在換到了相反的視角，心情也不同了。不知為何，我感覺自己雖然與眾人同在，卻又與世隔絕。我一面望著站在車廂門前，戴著藍芽耳機，一手拿著咖啡，頭髮微微拂動的年輕大學生，一面任由身體隨著地鐵左右搖擺。

鐘路三街聚集許多相似的蹣跚步伐

時間大約是下午一點了，抵達鐘路三街站後，我朝著塔谷公園的方向去，想坐在公園裡曬曬太陽，休息一會。

可是尚未踏出車站，我已經覺得累了，因為通往塔谷公園的五號出口，沒有設置電梯。「那是老人常去的地方，應該不會……」我內心的不祥預感竟然成真了，（現在看起來）如山峰般遙不可及的階梯，在我眼前展開。我無奈地握住欄杆，再次默默地登上一階又一階的樓梯，唯一令人欣慰的是，那些與我踩著相似步伐的同輩。左邊樓梯上，有位戴著帽子、眼鏡的白髮老爺爺，正抓著欄杆，一邊發出「哎喲」的聲音，一邊爬向頂端。我望著他片刻，在心裡為他加油：「我們一起努力吧，爺爺。」稍稍喘息一會後，我再度看著階梯上方，使勁地向上爬。

走到外頭，發現有很多與我相似的人，他們不是大步走，而是慢慢走，這步伐令人倍感親切。是因為我不斷被那些從後方呼嘯而過的腳步包夾，所以神經緊張的關係嗎？或是我太在意四周的眼光呢？等看見了老人家，我的心情才稍微放鬆一點，瞬時了解為何許多老人經常出沒此地。到了鐘路的樂園商店街附近就更熱鬧了，聽說這條街被稱為「老人的弘大商圈」，以國民主持人宋海命名的「宋海路」也位於此地。

我暫時停駐在三三兩兩的人群聚集之處，觀賞街頭表演。有位化了妝的說書人，歪斜地戴著早期的制服帽，同時跳著抖腿舞，他身旁有個人提著尿壺，一起載歌載舞，我的肩膀也不知不覺地隨之律動。環顧了周圍的老人家，他們正出神地望著這畫面，露出微笑。或許等我到了這歲數時，偶然在街上看見學生時代喜歡的FIN.K.L.或S.E.S.表演的話，也會露出這種表情吧。即使關節無法隨心所欲地活動，依然能勾起昔日的情緒，跟著唱起歌來吧。畢竟每個人都曾經歷過充滿心動、燦爛回憶的時期。

一到塔谷公園，立刻聽見喧鬧的人聲，四處可見三五成群的老人家正在閒話家常，有些則是將拐杖擺在一旁，靜靜地坐著。入口處標示著「一八九〇年代建立，首爾第一座近代公園」的說明，這意謂著公園的歷史已經將近一百三十年了。我能夠理解老年人來這裡的原因，因為他們喜歡盛開的櫻花樹，於是寧願不坐椅子，而選擇跨坐在岩石上。每個人遇見美好的事物就想留作紀念的心思都是相同的，幾位路過的老人家拍下照片，我也以櫻花為背景自拍。我老態的模樣，與盛開的櫻花在對比之下，真令人感慨萬千。

找不到歇腳處的弘大街道，令人寂寞

我簡單地吃了漢堡當午餐，然後走到大街上。現在還不到下午三點，我已筋疲力竭了，不知道接下來要去哪裡，好想回家打開電毯，臥倒在上頭。

我有點開始想念充滿活力的地方了。我站在十字路口，像個迷失方向的異鄉人般四處張望。猶豫了一下之後，最後決定先到久違的弘大，再往延南洞去。我打算去一間我和太太常造訪、也都很喜歡的咖啡店。往好處想的話，這將會是難得悠閒的午後時光。

我再次為了搭地鐵，往下走進鐘路三街站裡，途中一間賣帽子的店家引起了我的注意。心想：「既然要去弘大，我該穿得帥氣一點吧。」於是慢慢地逛了一下。我相中了其中一頂藏青色的格紋禮帽，要價八千韓元（相當於兩百一十六元台幣），我不禁衝動地買下了。結帳後正要離開時，看起來年約五十多歲的老闆向我搭話：「哎喲，爺爺，您怎麼不直接戴上帽子呢？」因為不知道該如何回答，於是發出了「咳咳」等無意義的乾咳聲後，便匆忙地走了。

我從熟悉的弘大入口站九號出口出去，一邊數著六十階的樓梯，一邊爬上去，再走出來。這裡如往常一樣，到處擠滿了年輕人。可能是因為新學期開始了，或是為了盡情享受春天，那些打扮時髦的大學生們特別醒目。如此活力洋溢的模樣雖然很好，卻隱約有種距離感，因為我可能是這裡唯一的八旬老人吧。尤其是拄著拐杖，緩步慢行的我。這裡分明是以前經常出入的地方，我卻彷彿穿上了不合身的衣服般，想快點從中擺脫。

變成老人後，才注意到弘大的街道很難找到歇腳處。由於一路上必須彎著腰，一步一步地邁開腳步，光是走路就很吃力了，因此必須不時找地方坐下歇息。然而抵達弘大後，才發現這裡根本找不到能坐著休息的地方。我不過逛了十五分鐘而已，腰部立刻感到痠痛，雙腿也陣陣抽痛。後來好不容易找到一處長椅，卻已經先被觀光客佔據了。我只好放棄，回到原處站著休息，這時不知道從哪裡傳來了歌聲，原來是街頭表演。一位看起來二十多歲的青年，正唱著歌手Paul Kim的《每一天，每瞬間》。我短暫地陶醉在喜愛的歌曲中，休息了一陣子。

終於到了延南洞咖啡店，我卻進不去店裡，人雖然已到了門前，但大約有兩組客人正在等候。我在窗外來回徘徊著，然後走進去瞄了一眼，看來必須等待很久，於是轉身離開了。其實這只是藉口。某年夏天我去法國巴黎時，見到坐在露天咖啡的老紳士曾心想：「以後上了年紀我也希望能像他一樣。」我是懷著這樣的心情去延南洞的。然而，走在弘大的中央街道上，我已開始怯懦。即使沒人對我指指點點，而弘大也依然如昔，我卻感到無比孤單。

雖然洗掉了皺紋與白髮，卻留下一些憂愁

下午六點左右，黃昏時分我搭上公車回家了，相較於明亮的白天，昏黃的傍晚不知為何令人更放鬆，是因為想要沾染一點老年的黯淡色彩嗎？我凝望著晚霞時，雙眼老是不自覺闔上，無論身體或精神都疲累得想休息一陣子。微微顛簸的公車、陌生乘客的談話聲與公車站的廣播，就像是一首催眠曲，我搖頭晃腦地打著盹，進入了片刻的香甜夢鄉。

返家後，天色已黑，我和太太一起外出散步，大概因為一整天流了太多汗的關係，所以夜晚涼爽的空氣特別舒服。我以比平時更緩慢的步伐走著，身旁心愛的她也配合我的腳步慢慢走。路燈的光線正映照著玉蘭樹。「春天到了！已經長出花苞了。再過一陣子就會開花了吧。」「真的耶，社區會越來越美。」「去年櫻花開時，是不是滿冷的？」「好像是吧。」我們閒聊了一些正合時節的話題。

我問太太對於變身為八旬老人的丈夫有何感想，她答道：「老實說，沒什麼真實感。」她說看到照片時，因為模樣就跟真的老人一樣，不禁有點感傷，不過見到本人後，反而更擔心體驗的過程會很辛苦。「你老了以後應該就是這個模樣吧？」大概在她說完這句話之後，我們就回家了。我回嘴：「大家不都是一起變老的嘛。」接著又在心裡反覆默念：「希望妳能健健康康，在我身邊越久越好。」

午夜時分，我站在洗手台前，細細端詳偌大鏡面中的自己。早上化的妝，不知是滲進了我的皮膚裡，或是隨著汗水褪去了，已變得模糊不清。不過也許是累積了一天的疲倦，臉看起來更老了。我拍下最後一張照片，心想四十三年後可能會再見到這張臉吧。我轉開溫度剛剛好的溫水，將臉上的妝卸去，也把頭髮沖個乾淨，痛快地洗淨歲月的痕跡。

洗完再看一次鏡子，深刻的皺紋已消失，蠟黃的臉恢復了本色，蒼白的頭髮也變回黑髮，我回到三十七歲了。此時我意識到，在未來的某一天，即使我想回到年輕的模樣也做不到了。

後來，我也卸下了老人體驗裝備，可是我彷彿已將八旬老人的身體當成自己的一樣，反而有些不習慣，儘管這僅是一天的體驗而已。因為心情放鬆了，於是打算再到戶外做做伸展操。我轉了轉手臂和雙腿，將腰桿挺直，輕鬆地反覆進行蹲下及起身的動作。此外，還做了原地跳躍，散步到一半又開始跑步，也「一、二、一、二」地做了拳擊動作。

這段時間裡，我做了許多在過往人生中曾習以為常、認為理所當然，也沒什麼大不了的動作。在恣意享受了失而復得的青春後，我就回家了。一路上，在心裡想著未來仍會再次找上我的「老年」。

回復了三十七歲肉身的我，躺上床後在一分鐘內立刻入睡了，隔天起床，感覺渾身不舒服，身體陣陣地抽痛。再過了一天，雖然稍微恢復了一點，但是完全不想思考。隔天，儘管試圖把關於體驗的想法總結一下，卻無法好好理個清楚。我大概度過了四個無所事事的日子。通常我在完成體驗後，會想想看該如何著手撰寫，唯獨這一次我完全提不起勁。直到第五天，我才能開始寫下一些有關此次體驗帶給我的想法。

可能是我的思緒有些混亂，又或是仍難以消化這一切吧。脫下老人體驗裝備，發現後臂、腿部都有紅通通的印記，才知道這是我一整天下來不停奮鬥的痕跡。因為我試著使用不聽使喚的手臂和雙腿，因為我的腳跟老是想把腰桿挺直，因為我的八旬身軀內仍有顆三十七歲的心。我不斷想違逆歲月的流逝，不願與之妥協。儘管我稱之為「老人體驗」，然而真正執行後，卻對於生平第一次經歷的體驗無所適從。

即便早已清楚自己終將老去的事實，但對此卻不曾認真思考過。原有的日常，猶如平靜的水面被一顆小石子激起漣漪般波動不已。四十三年歲月帶給我的重量，竟如此巨大。尤其我知道這不僅僅是體驗，更是終有一日會面臨的未來，因此更令人感到沉重。

待心情稍微平靜後，我開始思考「時間的流逝」。不只是下午一點到兩點，或是週一到週末的流逝，而是人生整體的流逝。因為時間對於每個人而言，看似理所當然，但我們所刻畫出的人生，也會隨著個人看待時間、關注時間的方式不同而產生差異。我變得更想珍惜使用每一天的時間。

詩人賽謬爾．厄爾曼（Samuel Ullman）說：「青春不是人生的一段時光，而是一種心境。」所言甚是。即便如此，人生中確實存在著所謂的「青春」，那是坐三望四的我早已經歷過的時光。假如我還正值二十多歲，就算整夜飲酒，隔天看起來也依舊正常，不過以現在的體力，這是完全無法想像的事。

關於老年，我也有了更深的體認：為何老人家會那樣子走路；為何常看見他們坐在路旁的長椅上休息；為何他們的日子過得更緩慢；為何他們特別懷念人與人之間的溫情。

此外，我也同時思考「老年的希望」是什麼。老年並非只充滿艱辛、孤獨、淒涼而已。我看見在塔谷公園誇讚自己的兒女、聊得呵呵笑的老人家，也看過一邊散步，一邊攙扶彼此的老夫婦。拄著拐杖走路，讓我有幸能細細欣賞路邊的野花，也遇見了一些有別於新聞報導上充斥的「厭老」現象，而是對年長者十分體諒的人。

人即使上了年紀，行動不便，也依然擁有開懷大笑的自由，因為他們是掌控自己心靈的主人，而得以擺脫老年的束縛。身邊有一位能夠白頭偕老的伴侶，也令人倍感安慰，但我們各自擁有的時間不同，所以必須更加珍惜彼此。

《八十歲的南亨到寫給三十七歲南亨到的信》

今天，我去了一趟弘大
你很熟吧？這個年輕人絡繹不絕的地方
櫻花正要開始綻放了

光是看著櫻花就欣喜不已
於是處處傳來拍照的快門聲

也許是因為以往只顧著仰望櫻花吧
今天拄著拐杖走了一趟
才看見落在地上的花瓣
我忍不住拍下了照片
那模樣彷彿是頂著白髮在弘大流連的我

花朵綻放後總會凋謝
凋謝後必然再次綻放
這是自然的法則
也許我們只是遺忘太久
誤以為自己是朵永遠盛開的花

櫻花的燦放還真是短暫
回顧時我不禁如此感嘆

希望你的每一天都活得美好
難得想送你珍貴的話語
卻只說得出這一句而已

我的未來就拜託你了
請為我多多留下美麗的回憶

1	2
3	4

1 化妝成老人，戴上體驗裝備後，凡事變得舉步維艱。這是我第一次坐在博愛座上假裝打瞌睡。我特意穿上符合這年紀的背心，頭上戴的是在衝動下購入的禮帽。

2 這是前往老人生涯體驗中心的階梯。照片是爬完以後才拍的，像這樣的階梯還有大約六段。我當時正氣喘吁吁地休息中，感覺就像是在登山一樣。

3 以塔谷公園盛開的櫻花為背景的自拍。我將手機擺在石頭上，好不容易拍下這張照片。擠出尷尬的笑容後，法令紋更明顯了，真想重新拍一張。

4 在熟悉的弘大街道上逛逛是相當孤獨的事。如果是短暫停留，又很難找到適合歇腳的地方，不知該去哪裡。照片看似是別人替我照的，其實我是把手機放在垃圾桶上的自拍。

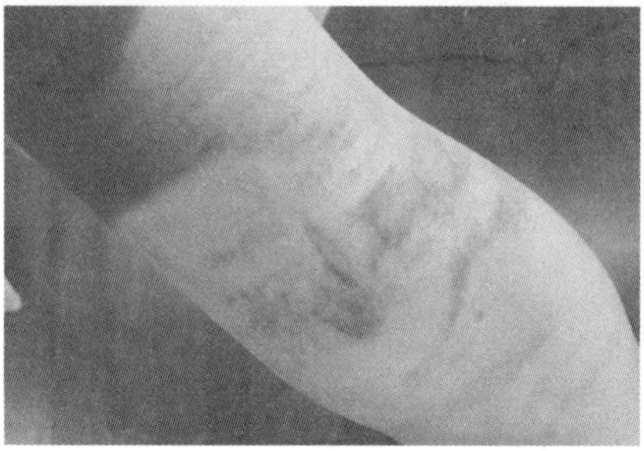

5	6
7	

5　在住家附近路燈下的我，背影不知為何有點寂寞，陰影顯得比我還要大。（ⓒ我太太）

6　即便我化了老人妝，多多（五歲，馬爾濟斯）依然認得出我來，一說要給牠親親，牠便抓住了我的手，但是我連想要坐在地上摸牠也很不容易，必須先以兩手撐著地板，再慢慢坐下來才行。多多迎接我時，總會站得像人一樣，聽說這樣對關節不好。真是的。（ⓒ我太太）

7　看照片也許不太清楚，總之這就是我的手臂。我因為身體不聽使喚，而留下這些傷痕。

時隔二十四年再次成爲小學生

我躡手躡腳地走向傳來教師講課聲的一年級教室，老師已經開始上課，而我卻遲到了。我小心翼翼地從前門走進教室，小小孩們的眼珠子立刻全轉向了我，那瞬間因為覺得太可愛了，差點笑出來，但我還是努力忍住了。我坐在標著「崔永俊」的座位上，聽說位子的主人今天正好缺席。迷你的椅子，難以容納因暴食而肥胖的屁股，有一半以上都在椅子外頭了。

我和才剛滿八歲的孩子們有了以下的對話。

孩子：「哇，你是誰？你今年幾歲？」

我：「我是轉學生，今年八歲（厚臉皮）。」

孩子：「什麼？但是為什麼你長這麼高？」

我：「這個嘛……因為我吃了太多飯，不小心長得這麼高了。」

孩子：「才怪，你騙人，明明就是大人啊。你幾歲阿？為什麼要坐在永俊的位子上？」

我：「我真的是八歲啊，你這樣說我很傷心。」

孩子：「你的肚子為什麼這麼大？（一邊按壓我的肚皮）好像麻糬一樣！」

我：「哈哈、啊哈哈……」

哄完喧鬧的孩子們後，要開始認真上課了。這節是美術課，要將蒐集來的花朵貼在圖畫紙上，再以色筆作畫。書桌上擺了一張空白的圖畫紙，正當我茫然無措，陷入放空狀態時，一名小男孩向我走了過來。「這個給你！」是一朵長得像菊花的黃色春花。又有一位小女孩問道：「為什麼你不畫畫呢？」然後拿給我幾枝色筆。他們純真的童心，讓我內心都暖了起來。我用孩子們給的色筆，畫出了山峰、草地、天空，以及太太和我的樣子。這不知道是時隔多久再次畫畫了，畫技仍舊是一塌糊塗。

我去上「小學」了。我不只是去了小學，還成為了「小學生」。距離我從國民學校（當時的名稱）畢業已有二十四個年頭了，連記憶也都模糊不清了。想和心儀的同學坐同桌而緊張不已；莫名心煩的回憶；將書包忘在家中，到校後被教訓的小插曲（便當倒是沒忘）；叮嚀我們要「自己學著點」的老師；戴著一副老學究眼鏡，僵硬地和父母合影的畢業典禮照——我是如此度過了六年的小學生活。

踏入久違的小學校園，是為了聽聽孩子們的心聲。雖然我已經是成人了，但希望至少能當一天的「老孩子」，看看現在孩子們的生活是否過得安好。同時也好奇現在已長大成人的我，是否有好好實現兒時曾寄望大人們建立的那個社會。

因此，我決定造訪兩所小學，一間是位於京畿道光明市的A小學，另一間則是在京畿道坡州市的B小學。我選擇這兩所學校是因為我希望能在不同的環境下認識孩子。

清早的上學途中，校園清幽寧靜

我在比上學時間稍早的八點鐘到達了A小學。很高興看見久違的校園，學校的操場空無一人，我穿著一身輕便的短袖T恤、棉質褲子和運動鞋，因為總覺得如果要和孩子們打成一片，會需要大量運動。我也從家裡帶了巧克力派來，對於一位優秀的「老孩子」來說，零食是必須的。

我爬了三層階梯，再走過漫長的走廊後，到達五年六班。學生總共有二十八位，我讀書時還有四十幾名左右，多年過去，已經減少了很多人。看見地面上為了在左、右兩側保留通道而標出的黃線，以及堆放得整整齊齊的鞋袋，我腦中開始一一浮現了過往的記憶。班導師七早八早地就到校上班了，我向老師鞠躬打招呼後，坐在最後方的座位上。書桌皆是單人座位，真可惜沒有同桌的同學。

時間一過了八點半，孩子們一個個出現了，每個人都一邊向老師打招呼，又同時偷偷瞄向我。表情彷彿在問：「那個人是誰？」「他為什麼坐在那裡？」我不理會他們的目光，精神抖擻地向他們打招呼：「早安！」

上課前的教室安靜異常，這與我記憶中的課堂光景不同，所以有點陌生。我問了坐在前面的小男孩：「大家從一早開始就在認真地做什麼事啊？」結果男孩連正眼都沒瞧我一眼地回答：「寫作業。因為補習班的作業很多。」接著繼續振筆疾書。我又問了另一個孩子：「你在做什麼？」他回答：「在寫補習班作業。」回到座位的「老孩子」因為無事可做，只能呆呆地望向窗外，操場上也沒有孩子的身影。

下課鐘聲響，他們才表現得像孩子

「叮鈴叮鈴」第一節下課鐘才一響，孩子們立刻從座位上跳了起來，連整張書桌都在震動。他們分別從教室前後跑到走廊上，瞬間變得喧鬧沸騰。時隔多年，難得假裝自己是模範生的我也坐不住，跟著跑了出去。我這個大塊頭，悄悄地融入這群小蘿蔔頭之間，彷彿原本就屬於他們的一份子一樣。「太好了！」我表現地很自然。

五、六個男孩湊在一起，不需要任何東西就能玩，有一張桌子和幾顆棋子便足夠了。仔細一看，原來是「彈棋」。我也找來了一顆棋子，放在桌上彈。「啊！不要攻擊我！」「啊，不行、不行、不行！」然而，在攻擊行動中，並沒有手下留情這回事。飛速的黑棋將白棋彈飛了出去，玩了幾回合後，也許是我太好勝了，在瞄準其他棋子時，失手把自己的棋子一起彈飛了。「太遜了！」周圍譏笑聲四起。

女孩們則是蹲坐在四處，定睛一看，發現她們正在玩「抓石子」遊戲。就是把圓圓的五顆石子先放到地上後撿起，最後必須擲起五顆石子，以手背接住，接著再往上拋，假如能在所有石子落地前一把抓，即得到「五年」的遊戲。即使過了漫長的歲月，這個遊戲依然未變。最擅長的孩子，展現了迅雷不及掩耳的手法。「我以前也玩得很好！」湊熱鬧的我插嘴道。但孩子一說：「那你玩給我看。」我便默默離開了。

他們玩耍的模樣，毫無疑問是「小孩」沒錯，這和他們埋頭於補習班作業裡的樣子截然不同。在一旁看著孩子們的我，露出了疼愛的笑容。他們是如此活潑、興奮又開朗，在這裡我見到了我這個老孩子已久未展露出的笑容，光是看著這片風景就十分療癒。「我來對了。」當這念頭浮現之際，上課鐘也響了，真可惜。

明明是體育課，卻無法去操場的孩子們（feat. 懸浮微粒）

我期待的體育課終於到來，但卻出現了意料之外的敵人，那就是懸浮微粒（PM2.5）。「老師，今天懸浮微粒會不會很嚴重？」其中一個孩子問道。老師說：「今天懸浮微粒汙染太嚴重，可能沒辦法去操場了。」「什麼……」孩子們發出失望的哀號聲。

別說是走去寬廣的操場了，汙染已嚴重到必須緊閉窗戶的地步。看著只能待在狹小教室，甚至不敢大口呼吸的孩子們，心裡莫名感到內疚。他們在這年紀，原本該與泥土為伍，卻無奈地先認識了另一種塵土。

大家無可奈何，只能在室內上體育課，老師說要玩「丟制服」的遊戲，規則很簡單：每個班級共分成七個小組，其中只有一個小組（四人）穿著制服，這些學生必須瞄準其他孩子，向他們丟擲制服，就像在打躲避球一樣，丟中最多同學的小組即可獲勝。獎品是「牛奶糖」，孩子們聽了都眼睛一亮。

遊戲開始了。本來只想應付應付，沒想到我也不知不覺玩得很投入，為了不被制服打中，我勤快地跑來跑去。我應該要跑得更快才對，但是教室太狹小了，無法盡情跑動。而且我這個老孩子的動作要是太大，小孩可能會因此跌倒，所以行動得更加謹慎。我像是一隻潮蟲般，先靜靜躲在一角，再大搖大擺地到處跑。儘管我的年齡長了孩子們三倍，行動卻快不了這麼多。即便如此，他們為了躲避，都跑到了我身後，似乎是將我當成一種盾牌。雖然我也想成為他們堅實的守備，但實際上卻逃跑了（對不起）。

出了一身汗以後，我彷彿真的變回小學生了，在那瞬間，我也是十二歲。不知道已經多久不曾如此毫無顧忌地玩耍了。我的心情就像是見到了遙遠記憶裡，那個仍是五年級的自己。

我想在學校和學生玩成一片是有原因的，因為希望孩子能掏心掏肺地告訴我他們的故事。

他們覺得去補習班很累。有個孩子表示，他回家後才休息沒多久，又得立刻去補習。我問他幾點回家，他說晚上九點。我接著問他要去幾間補習班上課，他回答一天平均要去三、四間。另一位孩子甚至說，他根本連家都沒回，就得直接從學校去補習班。問他是否吃過晚餐才去，他說自己沒時間吃晚餐，就先去了補習班，必須忍耐著飢餓，等到晚上約八點半才能回家。「不用去補習班的同學，請舉手。」結果二十八個學生中，僅有一、兩個人舉手而已。

而且他們即便回到家，也一樣無法休息，因為補習班作業繁重，平均必須花兩、三個小時完成，寫完都超過了晚上十一、十二點。那些很晚睡的孩子表示自己是凌晨一點上床，早上七點起床。「你們竟然睡得比我這個老孩子還少。」我苦笑回道。當我問他們週末是否能休息，得到的答案果然不出所料，許多學生必須上補習班，也有人表示補習班會出週末的作業，所以很忙。

我與孩子們約定好，替他們傳達想對大人說的話，作為我這位轉學生來訪的紀念，結果孩子們滔滔不絕地發表意見。結論非常單純：「我們想玩久一點！」「我不想去補習班。」小孩玩耍本是天經地義，但他們竟然把理所當然的事當成願望，多令人心疼啊。我還在讀國民學校時，也不至於如此嚴重。

老師告訴我：「最近連學校也不太出作業了。」我問理由為何，「因為希望他們來學校能玩個夠。」孩子們也如他所言，因不願錯失在學校的寶貴時間，所以盡情地玩耍。放學以後，孩子們就去補習班，連未來的課程也都先要學。他們的學習範圍，從小學五年級至高中的數學都涵蓋在內。

A小學的操場，一整天都空蕩蕩的，看起來很冷清，彷彿是為了空下這塊地而存在似的。

鄰近南北韓停戰線的B小學，操場上人滿為患

我懷著沉重的心情從A小學回來後，隔天接著造訪了B小學。這是一所位於京畿道坡州市停戰線附近，全校共有五十五名學生的小型學校，我對這裡的孩子感到好奇。

一進入校園，立刻看見操場上有兩個孩子正跑跑跳跳，這令我喜出望外，於是問他們：「小朋友，你們是幾年級的？」原本正開心盪著鞦韆的孩子回答我：「二年級。」接著他們問我：「請問你是老師嗎？」我又胡扯道：「不是，我是轉學生啦。」我感受到了他們投射而來的尖銳目光，便匆匆忙忙進入建築物裡。

向校長先打了招呼後，我們聊了一下。校長說：「我們學校的孩子幾乎不上補習班的。」因為不只是當地少有補習班，學生家長也負擔不起補習費，所以這是個能夠恣意玩樂的環境。「孩子們真的玩得很開心。」校長開懷地說道。

聊著聊著，遙望操場，似乎全校五十五名學生，都來到了操場上，一片熱

鬧。大大小小的孩子們，有的踢球、有的嘻笑喧鬧，有的跑跑跳跳，額頭上掛著一顆顆汗珠。

孩子們玩到了早上九點，才走進了教室。我先進入了六年級的教室等候，而孩子們跑出了一身汗以後，才一個個氣喘吁吁地走進來。全班都集合起來，總共有八位學生，有幾張臉蛋脹得紅通通，又有幾張臉曬得黑黑的。

第一節是國語，主題為「勸說文寫作」。我將平時對樓上製造噪音的阿姨隱忍下來的憤怒，都寫在文章裡，寫到鉛筆筆芯差點磨成粉了。主要內容如下：「大門開關時『嘰——』的聲音猶如鬼哭神號，求求您抹一點潤滑油」、「您在夜裡『喀喀』關東西的聲音吵醒了我」、「您走路時發出的『咚咚』腳步聲大到我都能聽見，麻煩穿上拖鞋吧」等等。

我自認為寫得很好，但是聽了孩子的發表後，卻說不出話了，他們的想法非常成熟。一位學生寫了勸說希特勒的文章。「您所引發的戰爭，造成無數人的死亡與痛苦，我懇求您別這麼做，如此世界才能維持和平。」而另一位同學則是認為回收效益不太好，因此寫了一篇勸說社區居民做好垃圾分類的文章。他寫道：「請好好將垃圾分類後丟棄，這樣地球才能少受一點苦。」他們實在令人佩服了，於是我試探性地問孩子們去補習班的頻率，沒想到會去補習班的孩子，在八位當中只有一位，而且這名學生，每天只去補習班一個半小時左右就回家了。

無法在補習班學到的思考方式，他們靠著自己領悟出來了，這不是透過補習教育就能獲得的想法。寫信給希特勒的孩子，說他讀過《第二次世界大戰》這本書，另一個孩子則是讀過了與環保有關的書籍。即便不去補習班，他們也懂得好好利用時間。孩子們受的教育，不是提前學習未來必會學到的知識，而是與生活息息相關的知識。

在玩樂中學到的事——「你不可以這麼做」

「遊戲」確實能讓我們從中學習。玩彈棋時，有人弄掉了棋子，其他孩子便會幫忙撿起來；還有玩殺手遊戲時，如果有人因為太散漫而妨礙了遊戲進行，其他孩子就會告誡他：「不可以這樣。」而以集體拍背的方式懲罰同學時，也會邊笑邊提醒別人：「不能打這麼用力啦。」

孩子必須在玩樂中學習，而且要與他人一起玩，這是我在「丟制服遊戲」中獲得的體悟。其中有項遊戲規則是，為了瞄準對手而移動時，不能移動超過兩步，因此必須將制服傳給身邊的其他的同學，這樣的合作精神也很重要。

然而，有很多小孩只顧著自己丟制服，而違反了移動不得超過兩步的規定。如果把制服傳遞給其他人，即可讓更多對手出局，他們卻沒這麼做，因為沒有傳給別人的想法，該說這是由於長期以來，已習慣了自己一個人學習的緣故嗎？

將一切看在眼裡的老師告訴我，遇到困境時，學生們只要找到了願意出手幫忙的人，自己就不會輕易挺身而出。現在自私自利的孩子越來越多，令他相當擔憂。從長遠來看，這才是真正重要的教育，但在過去這段時間裡似乎被遺忘了。

破壞了孩子日常生活平衡的，正是白熱化的「教育熱」，二十四小時當中，大多數的時間全花費在讀書上了。根據綠傘兒童基金會的資料顯示，韓國兒童每週的讀書時間平均為六十小時，在ＯＥＣＤ（經濟合作暨發展組織）國家中是最長的。

我能理解父母焦急的心情，在採訪過程中遇見的家長全都這麼說：「我們也不想讓孩子補習到這種地步，可是又擔心孩子會落後其他人。」或表示：「假如只有我的孩子沒去補習，我怕他可能會跟不上學校的課業。」不知究竟是由誰開始的教育競爭現象，正將孩子們逼入牆角，而他們甚至在不明白為何必須這麼做的情況下，被追趕得難以喘息。

沒錯，處在這樣高壓的教育環境下，我們不能單單怪罪父母為何讓孩子過得如此艱辛。有一位育有高中子女的母親如此說道：「以前堅持讓小孩玩到國中，結果現在孩子因為他的課業落後而埋怨我。」假如不和其他人一樣提前起跑，而因此進不了好的大學，最終將無法功成名就的憂慮，正逼迫著他們前進。

時隔多年來到小學，塵封許久的回憶重新浮現。那既不是複雜的數學公式或倫理課本，也不是任何名作的金句，可能也不是我考了一百分的記憶。

我腦中浮現的，是玩「騎馬背」遊戲時，責怪朋友怎能如此卑鄙的回憶；是為了想快點吃到飯而死命奔跑的模樣；是我在操場上被足球打到重要部位而痛慘了的插曲；是我在操場沙坑上蓋蛤蟆窩的樣子；是我們興奮地拿著網球玩丟傳球遊戲，或是笑嘻嘻地在躲避球畫上火焰圖案模仿《鬥球兒彈平》的過往；是我們克難地以膠帶替代紙張做成球，在走廊上跑來跑去而被老師斥責的那些回憶。

也許是那段歲月太遙遠了，大人自己都已遺忘，我們也曾經是小孩，也討厭被迫讀書的環境，也曾想盡情玩耍。孩子們正懷著同樣的心情，癡癡地望著我們。他們能留下怎樣的童年回憶，完全操之在大人手中。

B小學的課堂結束後，我開心地和學生們玩蹺蹺板，玩到屁股都快散了。我開心到幾乎忘了自己為何來到這裡。此時，一位老師走過來問我：

「南記者，老師們正要開會，您想去看看嗎？」

瞬時，學生目光全注視著我，所以我答道：

「不用了，我只想和他們玩久一點。」

「耶！」

孩子們歡聲四起。

1	2
3	4
5	6
7	

1　孩子上課時，走廊十分安靜，不過一到下課時間，他們立即蜂擁而至。孩子們告訴我，放學後就沒時間玩了，所以必須在學校玩夠本。

2　「我也要玩。」正在玩彈棋的孩子們。（ⓒ A 小學的老師）

3　放學後的操場很冷清。

4　儘管已經早上九點，B 小學的孩子們仍在操場上活蹦亂跳，老師說這就叫「玩樂體育」。

5、6　放學後，B 小學孩子們依然在操場上開心玩耍。

7　看見孤零零的書包，代表它的主人正在操場上跑跳。

來寫不加包裝的坦誠版自傳

距離最後一次打開自傳的範本，已經有八年了。我已經許久不曾如此望著一片空白的電腦畫面發愣，必須寫的字數共三千字，對於寫作已駕輕就熟的我來說，也是不輕鬆的篇幅。應徵動機、專業能力、特殊事蹟等，再次見到這些我已遺忘許久的問題，感覺從過去到現在什麼也不曾改變過。

每當青年失業率又創下糟到不能再糟的紀錄時，我總會想起二十多歲時的待業時期。從應徵的第一階段「寫自傳」開始，便茫然無措。寫了又寫，改了再改，寫到連「放屁」也要形容成是「具有熱忱」的境界了。當時的心情是如此急切，每寫完一頁，就要花上數天，直到書面資料合格人選公告日之前，都無法專注於任何事情，只是不斷地來回進出網頁、反覆確認社群上的消息。

假如落榜的話，那麼我在寫「自（我杜）撰」過程中，好不容易吹捧出來的自信心，也會在瞬間隨之瓦解，彷彿是一路走來的人生都遭到否定似的，而且應徵失敗後，也需要一段時間才能重新振作。正當我感覺自己變得更堅強時，就幸運地應徵上工作了。

某一天我在公車上偶然聽見鄰座上男子的通話內容時，突然想起了遺忘已久的求職時期。內容大略是如此：「今天光是沒通過書面審查的就有四間。」「我真的寫得很認真，不知道為什麼沒過。」「我很努力研究企業理念與資訊。」「自傳畢竟沒有正確答案。」「至少你還比我好一點（苦笑）。」「好煩！」「我恐怕該放下一切了。」等等。這段對話以懷著一絲希望的語氣結束了，「應該會順利的吧。」是他最後的一聲長嘆，莫名地在我耳邊徘徊了許久。

我實在不忍在此提及青年失業率的數據，只想如實說出這樣的故事——那些既不勇敢、沒有滿腔熱血，又不具有創意的人才，每天都在絕望與希望之間奮鬥的青年的喜怒哀樂。這不是他們的「自（我杜）撰」，而是真實的「自傳」。為此，我也想敦促任用這些年輕人的企業，能夠了解待業青年的真實心境，並為他們創造更好的工作機會與環境。

這就是為什麼我在睽違已久後提筆寫起了自傳的原因，但寫的並不是自己的故事。我訪問了五位年齡介於二十二至三十多歲的待業青年，他們的心聲栩栩如生地融入在自傳的一字一句中。我問他們，假如要在自傳裡一五一十地描述自己，會打算怎麼寫，結果他們紛紛答出許多不曾吐露過的想法。

如果我真的將這份自傳寄出去，想必一定會落選。那間公司的人事主管看見自傳，大概會說：「這瘋子是怎樣，很想紅嗎？」然後如同其他自傳一樣，在短短幾分鐘內就被丟到一旁。然而，我希望他們能思考一下其中蘊含的意義——待業青年們是懷抱著何種心情來應徵的。

自傳的內容一共包含了三項，每項各一千字，總計三千字。

一、請具體描述你應徵本公司的理由，以及為此做了哪些努力。

我代表待業青年，撰寫了這份自傳。也許您會問我為何要對貴公司做這種事，其實我只是因為截稿日快到了，沒有其他惡意。

許多企業總會問應徵的理由，但希望你們別再問了，因為哪有什麼了不起的原因呢？當然是為了賺錢而應徵。畢竟身在資本主義社會，想要過上好日子就需要錢。還需要我進一步說明嗎？因為我必須還就學貸款，因為想按時繳出不便宜的房租，因為為了求職我也花了很多錢，因為希望能有更充裕的生活開銷，因為我想戀愛也必須結婚，因為我要生兒育女。

再者，因為貴公司是名氣響亮的大企業，這是我應徵的主因，也是我的肺腑之言。想獲得更高薪水、維持工作與生活間的平衡、希望公司的營運能長長久久、員工福利越多越好，大家的期待都是一樣的。有人會問，那為何不去中小企業，只將目光放在大企業上呢？為什麼不降低自己的眼光呢？但反過來思考，那些公司會是「你想去的企業」嗎？

一間求職資訊網站上顯示，貴公司的總滿意度，在五分的滿分當中獲得了三．四分的評價，企業推薦率則是百分之六十六，平均年薪為四千四百一十九萬韓元（相當於一百一十九萬三千三百一十元台幣），雖然這不是新進人員的薪資，不過算是不錯了。至於下班時間有點晚的評語，有些令我擔心，尤其對於像我這樣的年輕世代，準時下班更是至關重要。

為了進入貴公司，我做了許多努力，正確來說，是「奴力」，而且是從大學一年級就開始準備。學分是基本，語言、研習、志工、社團、實習、參加競賽也是基本，現在甚至連旅行也成了基本要件了。然而，大家都會做上述的基本功，因此無論如何「奴力」，也將遭到「光速淘汰」。最終，我在一番自責與自嘲後，得到了以下結論：因為我未盡到最大的「奴力」才無法成功。迎著涼颼颼的秋風，我只能長長地嘆了口氣。

把「自傳」寫成了「自撰」，也是一種「奴力」，假如寫得不夠引人注目，就會迅速地被略過。儘管如此，也請您別小看這件事。無論人生如何苦不堪言，至少我拍下了露出開朗笑容的照片為證，而且還為了寫自傳而徹夜不眠，這是那張紙所代表的重量。

二、請具體描述你想做的工作，以及自己具有比其他人更能勝任這份工作所需的專長與經歷。

這說起來很尷尬，我都還沒進貴公司工作，竟然已經在問我打算做什麼了。坦白說，我不清楚進入公司後能夠成就什麼。

貴公司已經在求才網頁上介紹了需求的職位、工作內容，以及公司的願景為何，但是這些依然不夠。因為說明太艱澀，藍圖也描繪得不夠清晰。但即使不清楚該做什麼工作，我也必須去做。於是去了求才說明會，纏著貴公司員工問東問西、搜尋網路資料。如果用心研究貴公司，就能說明「確切想做的工作」了。

最初，我只是盲目地拚命應徵，卻接二連三地在書面審查階段落選。「儘管您的能力十分優秀……」我一天必須看好幾封這樣的簡訊。我用心撰寫的職涯抱負，就這樣成了自作多情的想像，羞愧的情緒湧上心頭。「我應該要再多投幾間的啊。」這是我最後的心情。畢竟我是抱著「即便是數十間、上百間，我也總會應徵上一間」的心情應徵的。

儘管如此，我很清楚這其中包含了「熱情」。「如果應徵上了，我一定會全力以赴。」這句話雖然看起來相當真心、懇切，但是對方大概會認為：「原來你並沒有具體的熱情啊。」於是我終將因為「奴力」不足而落選。

至於說到出眾的專業能力，那就要看看貴公司的「理想人才」為何了。簡而言之是：「重視客戶，喜愛創新挑戰，接受新的可能性，對工作懷抱榮譽感，熱情地投入工作，為人正直，能換位思考，懂得體諒，以及能夠與公司一同成長的人才。」

事實上，我並非這樣的人才。我對客戶沒興趣，不確定自己是否有創造力，挑戰精神和一般人差不多，工作只願做到下班為止，偶爾為人不太正直，很多時候我也會自私，比起公司我更重視自己。不過假如這麼寫的話，必然會落選。所以為了不落選，只好寫「自撰」。即使我的創意僅如蚊子眼淚般少，仍把自己吹噓成像賈伯斯一樣的人；我只有拿多少月薪就做多少事的熱情，卻放話我會讓公司增加兩倍市值。

其實這也不是輕鬆的事，只能秉持死馬當活馬醫的精神，熬了一整夜寫出來。我已經如此努力地生活了，難道熱忱仍舊不足嗎？

三、請描述你在學業以外，懷抱極大熱忱、秉持挑戰精神去投入一件事，進而創造出成果或達成目標的經歷。

由於我對學業也不怎麼熱衷，這問題令我無言以對。

大學生哪會遇到什麼很大的挑戰呢？難不成要走上漢拿山的白鹿潭舀水，再步行到白頭山的天池，一邊高喊著「統一」，一邊將水倒入天池裡嗎？還是年輕人必須千辛萬苦地創業，最後成功發大財呢？

絕大多數的人，都是謹守本分的平凡大學生，或是待業青年罷了。他們並沒有足以寫出各一千字的「創造成果」、「達成目標」的經歷。我的大學時期，有時和同學或學長學弟一起喝酒、上課，有時在考前臨時抱佛腳，有時在放假期間精進自我。然後服完兵役回來，不知不覺升上了大三、大四，轉眼間就被「就業」兩字纏身。

我所面臨的重大挑戰，似乎正是此時此刻了，那就是——茫然的「就業準備」。

即便發著牢騷，我依然認為自己「無論如何也能做到吧？」在歷經一番白費力氣之後，我又再次振作了起來。假如不是在書面審查時落選，那就是過了書面審查，卻在職務適性評估時落選，或是在面試階段落選，最後又回到了原點。我將眼光降低又再降低，歲數也一年比一年大，似乎逐漸成了無用之人。聽說別人應徵上工作了，比起為他歡慶祝賀，其實我心裡更感酸楚。去書店時還忍不住拿起公務員考試用書看看，又擺了回去。小時候看著每天去上班的爸爸，我就說：

「我不要當上班族。」但最終仍走上這條路。這不是件容易的事，即使我只想過平凡的日子。

仔細回想，我一直是抱持著熱情的人。小學、國中、高中時，我非常用功讀書，進了優秀的大學，我總是在激烈的競爭裡，盡了最大的努力。然而，我所走過的那段人生，在「落選」面前，卻顯得微不足道。

儘管日復一日地跌倒，我依然會再度爬起，這是此刻的我在人生中面臨的最大挑戰了。我的成果雖「及格」，卻尚未創造出來；我的目標雖「及格」，卻尚未達成。即便如此，我仍堅持寫出這段的原因是，上述情形幾乎是大多數待業青年的現實與真實。

我鼓起勇氣，在自傳中坦率直言了。貴公司也請坦白告訴我吧。請問您將這篇自傳從頭看到尾了嗎？您花了幾分鐘讀完呢？您是不是直接略過這段，馬上去看我的學經歷呢？您期望的人才，真的只有網站宣稱的條件而已嗎？如果不是的話，我們就把話說白一點，別再浪費彼此的時間吧。

每篇自傳最多需寫出五千字，最久得花費一個月

自傳就這樣寫完了。從採訪到最後的撰稿，花了我足足三天的時間。在書面資料審核階段時，才發現過去不曾寫過任何自傳的九年之間，原來什麼也沒改變。

我曾聽聞過「盲選」政策，但實際上依舊要填寫學歷。企業會一一詢問高中是否畢業、是否中輟、是否具有同等學力證明等，確認大學讀的是本校或是分校，是日間部或夜間部。而語言能力檢定、資格證照也是必備的。我在資格證照欄位裡，僅填了「駕照」而已。

我甚至覺得現在的公司比起自己以前求職時，問得還要更仔細，從工作經歷、志工服務、旅遊經驗、社團活動到研習課程全都得回答。明明就是新鮮人，搞不懂為何要問工作經歷，而且連一個月以下的旅遊經驗，都成了不值得一提的事了。沒想到旅遊體驗，也成了社會競爭力的一環。我很懷疑在大學四年間，該如何累積這些經歷呢？為了填滿一項又一項的空格，又必須投入多少時間與費用呢？究竟大學生要做多少事才能達到門檻呢？

就連撰寫自傳這件事，也令人備感壓力。待業青年金廣倪（化名）表示：

「每家公司都會要求自傳，有些篇幅最多還超過五千字。事先做好對企業的研究是必要的，要詳讀公司的理想人才、職務等，而且因為應徵職位都不一樣，每次都必須花幾天重新寫過。假如是非常想去的公司，甚至會需要一個月的時間重寫。」金某為了向自傳顧問諮詢，還付出了超過十萬韓元（相當於兩千七百元台幣）的費用。

而大學生宋侶力（化名）則批評道：「即使通過書面審查了，還要通過錄取的那道窄門，所以無論如何都要應徵很多間公司，但是也因此花太多時間在寫自傳，壓力實在很大。如果選用人才時，可以只問必須知道的事情，只要寫履歷，把自傳簡化就好了，反正面試的時候一樣也要問問題啊。」

此外，也有人質疑這些辛辛苦苦寫出的自傳是否真的具有鑑別度。待業青年朴祿曲（化名）說道：「反正自傳根本是寫得像『小說』一樣，有鑑別度嗎？他們搞不好根本不會把好幾頁的自傳全部讀完。」

完成了五名待業青年的採訪後，我讀了他們所寫的自傳，看起來已是盡力寫到最好的自傳了，接著我再次仔細觀察他們。秉著熱情，夜以繼日寫出自傳的其中一人，我認為他具有優秀的「同理能力」。而只羅列出實習經歷的那位求職者，個性平易近人，擁有令人想和他聊天的魅力。至於另一位強調客戶至上的青年，在微不足道的一舉一動之間，都表現出他的「體貼」。

這些都是在自傳裡所看不見的特質。然而出社會以後，上述特質可能比起專業能力更加重要，我想大多數的上班族都會同意吧。

應屆畢業的三位新進職員中，有一位僅任職一年就辭職了。那麼企業是否也該好好思考一下，現在手上的自傳，對於選用優秀人才是否真有其必要。

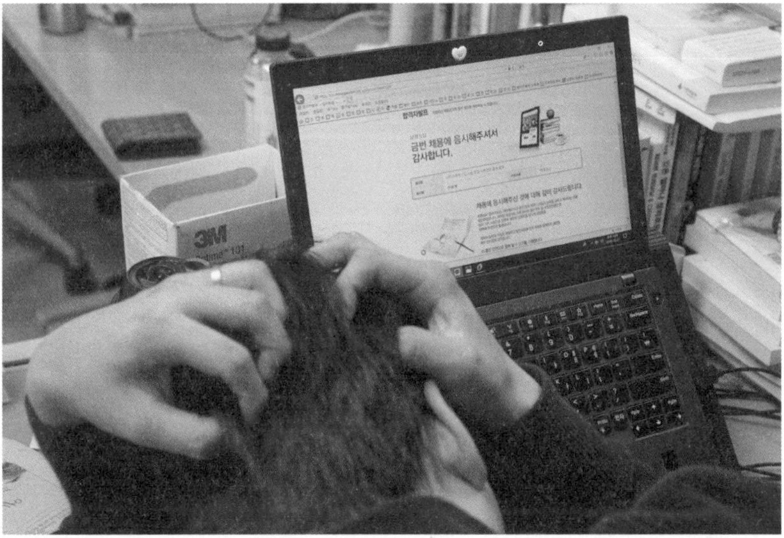

應徵了某家公司，卻得知在書面審查階段就落選，我不禁趴倒在桌上，以表達煎熬的心情。（ⓒ後輩南宮民記者）

六十二年生的金永壽[1]

「永壽啊！」

五十七歲的金永壽回過頭，意識到對方並不是在叫自己。他心想，自己都年近六十歲了，還有誰會以半語叫他的名字呢？儘管如此，他聽見自己的名字，仍不自覺地回頭看了一眼。他看到一個起碼有三、四歲的孩子摔跤了，他的媽媽正著急地將他扶起。「我不是叫你要小心一點嗎？」接著，她又以既像責罵，又像擔憂的語氣叨念著。孩子似乎快哭了，淚眼汪汪地投入媽媽懷中。金永壽出神地望著他們。

以前總認為孩子像是沉重的包袱，但不知何時起，開始覺得他們可愛了，原來已經到了這樣的年紀了嗎？他忽然覺得自己和那個孩子很相似——在奮力奔跑的途中跌了一跤，卻無法靠自己站起來，只是癱坐在地的模樣，和他一樣。不過金永壽也頓悟到，再也沒有人會在一旁扶他起來了。

「老了就是這樣啦，因為老了。」這是他告訴朋友心中的體悟後，所得到的回應。他們一起喝著酒，說這是因為男性荷爾蒙減少，女性荷爾蒙增加的緣故，勸他別再感嘆，趕快多喝一杯燒酒吧。儘管酒杯斟滿了，他的內心依然空虛。道別了友人，剩下自己孤身一人時，那股空虛感又再度襲來，所以不知從何時開始，他已經對此習以為常了。

某個秋日的早晨，金永壽也對太太坦露了這些心事。結果太太回答：「對啊，你就是因為沒開店了，太悠閒了才會這樣。不要光待在家裡，至少出去學點東西，和其他人互動一下啊。」還告訴他假如真的沒事做，至少幫忙做做家事。金永壽忍不住回嘴：「現在碗不都是我在洗的嗎？」正把洗衣精倒入洗衣機的太太，不知聽見了沒，並沒有回應他。他坐在沙發上打開了電視，因為沒什麼好看

1 這篇文章是訪問了四位年齡約五、六十歲身為父親的男性後，以其受訪內容為基礎創作的小說。他們說「金永壽」是那個年代最普遍的名字。

的，他只是不斷切換著頻道，卻突然迷上了宣傳「年糕排骨買一送一」的購物頻道廣告。熱騰騰的平底鍋，滋滋作響地煎著肉片的聲音，正強烈刺激著他的唾腺。正當他的購買欲直線上升之際，吸塵器「咿──」的噪音劃破了寂靜，太太開始在打掃客廳。

因為不想做家事，於是他沒來由地在孩子房門口來回踱步。他有兩個兒子。小時候明明會跟著他去澡堂、去爬山的孩子們，進入青春期後都變沉默了。「吃飯了嗎？」「吃了。」「要回家了嗎？」「對。」「晚安。」「爸爸晚安。」父子間的對話僅止於此。孩子們向來對長輩說話畢恭畢敬，是金永壽教育他們要注意禮貌，叮嚀到他們耳朵都快長繭的成果。他告誡孩子別因不禮貌而造成他人困擾，於是在爸爸嚴格標準下成長的他們，都十分乖巧有禮。然而，不知是否因此產生了副作用，父子間說起話來總是有點彆扭。

看了看時間，現在是上午十一點，他感覺時間過得好慢。金永壽心想：「不如來養隻小狗吧？」並一邊走到外頭散步，看見了公寓一樓布告欄上貼的一張紙，上頭寫著社區鄰近的圖書館將舉辦「自傳寫作」的講座，同時說明了這項活動也有益心靈，可預防失智症。「我還不至於要預防失智吧？」雖然他稍微惱火了一下，但還是專注地看著那張紙。接著，他從夾克內層口袋拿出手掌般大的筆記本和筆，記下了講座的日期與報名的方式。課程是每週兩次，一共十六堂課，講課時間為兩小時，一個月的學費是四萬韓元（相當於一千零八十元台幣）。「至少出去學點東西。」想起太太說的這句話，於是金永壽決定趁此機會，好好爬梳過往人生的軌跡。

父親盼他長命百歲，而取名為「永壽」

金永壽，一九六二年出生於首爾，在四姐弟中排行老么。「永壽」是他的父親親自取的名字，蘊含著期盼他長命百歲的意義。永壽的爸爸一開始為了挑選他的漢字名，可說是煞費苦心，也曾考慮過以含有「出類拔萃」之意的「靈秀」命名。不過爸爸認為長壽畢竟是最好的，於是決定替他取名「永壽」。直到金永壽二十歲了，才聽說是因為姊姊的緣故，父親才取了這個名字。原來有一個比他早一年出生卻早夭的姊姊。在那個年代，連見都沒見過就先離世的哥哥、姊姊不計其數。總之，金永壽對自己的名字並不是太滿意，這是普遍到不行的菜市場名。

在點名時，經常同時有兩位會喊「有！」大家甚至必須以「金永壽一號」、「金永壽二號」或「大金永壽」、「小金永壽」的方式來區別。

金永壽小時候家境還算不錯，父親從事汽車維修業，居住在洋房裡。雖然他也有全家大小六、七口人擠在一間房，生活困窘的朋友，但當時並不是彼此之間會比較「我有錢，你沒錢」的時代，大家都相處得很融洽，金永壽的母親也告訴他隨時可以帶朋友來家裡玩。在那個沒什麼娛樂的年代，他會和朋友在鄰里附近的溪邊踢毽子，或在地上畫線玩跳格子遊戲，如果有球的話就玩起躲避球。玩到肚子餓了，朋友們就提議：「我們去永壽家吧。」大家都因為永壽家有很多金屬，可拿去換麥芽糖來吃而高興不已，於是金永壽的母親會為他的朋友準備午飯，也會給他們零食解饞。看著朋友笑開懷的樣子，金永壽也不禁感到幸福。

國民學校一年級時，金永壽第一次獲得了肯定——他在學校獲選為「健齒寶寶」。因為全年級中只能選出一位，所以他的心情特別好。牙醫頒獎給金永壽的那刻，他以餘光瞄了媽媽一眼，她正露出高興的表情。當時的班導師對他的母親說：「保健老師幫了一點忙，您去向他打個招呼吧。」這句話的言外之意，金永壽直到長大成人後才想通了。這種事當年竟在大庭廣眾之下發生，回想起來，似乎是有點微妙的時代。

讀國高中時，他的頭髮剃得光溜溜，這是「標準」的髮型。金永壽的個性安靜又沉著，在班上的學業表現中等，並不是特別優秀，也不是會惹麻煩的學生。

學生時期多多少少會受到委屈，像是被老師責罵的時候。那時有位英文老師特別地古怪，情緒經常起伏不定。某天，他心情不好，便以班上有一群學生太吵鬧為藉口，對他們集體體罰。連沒喧嘩的金永壽也抓著前座同學的桌子，讓老師從後方打自己的大腿。他那一整天身體疼痛不已，回到家一看，才發現被打到瘀青了。他將傷口藏好，沒讓媽媽看見。否則媽媽要是問他：「在學校做了什麼事被懲罰？」他肯定又會挨打。既然無論怎麼做結果都一樣，他只能吞忍下去了。

畢竟他還曾因為沒準備混食（混合米和大麥）[2]的便當而挨棍子打。

2 韓國人以米飯為主食，但在一九七〇年代末期之前，稻米生產量不足，因此政府自一九六七年起至一九七六年間實施「混粉食獎勵運動」，至一九七七年才解除行政命令。該期間內，所有餐廳供應的米飯必須混合百分之二十五以上的大麥或其他麵製品，若違反此行政命令，餐廳將受到嚴懲。而在學校裡則藉由檢查便當的手段，來推行家庭內的節米運動。

父親離世後，母親失去了笑容

金永壽記憶中的父親，個性謹慎嚴格，但他依然會「老么啊、兒子啊」地叫他，對他特別疼愛，還在皮夾中放了一張金永壽皺巴巴的相片，隨身攜帶。父親假如在外喝了酒，就會一邊唱著：「喔，牧童的笛聲在山谷處處蕩漾……喔，牧童啊。喔，牧童啊。我的愛啊。」這首歌謠，一邊回到家。當門外隱約傳來粗獷的歌聲時，永壽就知道是爸爸回來了，於是出門去迎接他。這時爸爸會一把抱起他，用他那張整天下來已冒出刺刺鬍渣的臉磨蹭他。即使金永壽不喜歡那粗糙的觸感，仍盡量忍耐，不露聲色，尤其當爸爸手裡提著裝了菊花餅的袋子回來的那些日子，更是如此。

他手藝不凡的父親，在冬季時會替他們做出雪橇。每逢此時，他都會高興地向朋友們炫耀。雪橇製作完成，好好存放在家中倉庫後，他們就會眼巴巴地直仰望著天空。每天早上睜開眼，便睡眼惺忪地跑到外頭，確認下雪了沒。在大雪紛飛的日子，金永壽會爬上後山，盡情地玩雪橇玩個夠。即使他跌跌撞撞，鞋子和衣服也都弄濕了，但世上沒有比這更有趣的事了。當時爸爸親手替他拉雪橇的背影，是如此地寬大，令他久久難忘。

金永壽對父親的記憶，停留在他升上國中一年級的那一年，當時是父親年約五十歲的時候。他正經歷工作不順的時期，不僅操勞過度，還嗜酒成性，後來因為體重不斷下降，而去醫院檢查出罹患了肝癌。醫生說發現得太晚了。在過世的前一個月，父親把他叫了過去。「爸爸大概快要死了，你不要哭。我死了以後，你只要去找萬壽叔叔就好，你高中畢業前他都會幫忙你。」金永壽眼淚直流地對爸爸說：「你不要洩氣，你絕對不會死掉的。」然而，那句話成了父親最後的遺言。父親離世後，每當金永壽日子過得辛苦時，就會去他的墓地。他沒告訴任何人，只是獨自一人買了馬格利酒和燒酒過去，儘管得不到任何回應，他也會說：「爸爸，我來了。」然後對他侃侃而談。那是他永遠懷念的「心靈故鄉」。

金永壽的母親自那時起便沒了笑容。她當年四十三歲，丈夫的死亡對依然年輕的她而言，是難以承受的事。以往金永壽只要把飯吃完，她是那種會一臉微笑地說：「我們永壽把飯都吃完了，好棒。」的媽媽。在爸爸離世後，她變得越來越堅強。有些鄰居太太看到金永壽和母親時會說：「至少她沒拋下孩子，好好養大他了。」每當此時，媽媽也不會反駁什麼，只是和她們擦身而過。在化妝台最底下的抽屜裡，還有爸爸僅存的一張照片，雖然金永壽知道這件事，卻裝作不知情，他刻意不提爸爸的事。每次看見辛苦工作了一整天後回到家的媽媽，露出滿臉倦容，金永壽就決心要趕快成為「大人」。

第一份薪水，獻給了母親

一九八一年，金永壽成了大學生，他的主修是經濟學。那是人們熱切地渴望民主化，而便衣警察會一一檢查他們包包裡是否攜帶「危險物品」的時代。父親過世後，家境不怎麼寬裕的金永壽，靠著兩筆助學貸款讀到畢業。因為必須賺生活費，即便是在政府下令實施禁止課外輔導的時期，他仍然偷偷地接了家教。一個月的家教費用大約是五萬韓元（相當於一千三百五十元台幣），每次上課同時教三個學生的話，有時能賺到十五萬韓元（相當於四千零五十元台幣），那是他整個大學生涯裡，賺了最多的一次。

一九八八年，二十七歲的金永壽找到了第一份工作。那是個即便每天都飲酒作樂，也能靠著一張大學文憑找到很多工作，只須選擇到底要去哪家公司上班的時代。他也被三、四間公司同時錄取，後來決定去百貨公司上班，當時正是銷售、證券、保險與旅館等產業的興盛期。金永壽推測銷售產業將大幅成長，雖然他也考慮過證券業，不過證券業成長可能有限，因此選了別條路。他的第一項業務是在男性服飾專櫃販售白襯衫，他帶了六百件白襯衫去賣，有些親朋好友也一人向他買了一件。他收到的第一份薪水共二十四萬韓元（相當於六千四百八十元台幣），在前三個月的試用期裡，月薪只能得到八成。

金永壽將第一份薪水全放入了信封袋後，就去找媽媽。他穿著西裝，向媽媽行了大禮後說道：「媽媽，這是我的第一份薪水，雖然沒多少錢，請您收下吧。您獨自撫養我們長大，真的辛苦了。」然後將整袋薪水交給了她。金永壽的母親紅著眼眶說道：「永壽啊，看到你好好長大了，你不知道我有多欣慰。」金永壽也去了父親的長眠地，向他行了大禮，也發了一些牢騷，久久地坐在那處無人回應的地方。

從拿到薪水開始，金永壽拚了命地攢錢。當年銀行的利率大約是百分之十五至二十左右。也許是節儉慣了，他即使拿到了薪水，也不輕易花錢，會先規劃這個月要存下多少，然後思考下個月需要花多少。他將存款分配為勞工定期存款、住宅申購存款後，每個月僅花十萬韓元（相當於兩千七百元台幣）以下的費用在生活開銷上。生活費透支時，他一天只吃一頓飯。朋友約他出來的話，他便撒謊說：「我已經有約了，沒辦法去。」一連獎金他也老老實實地存了起來。就這樣，他工作尚未滿一年，就已還清了所有的大學就學貸款。無債一身輕的那天，金永壽請了幾位好朋友吃烤五花肉和真露燒酒。

從「維他命」感受到的溫暖而步入婚姻

金永壽初見妻子是在一九八九年，也就是他二十八歲那年的聖誕節。當時一位與他要好的後輩，老是對無暇談戀愛的金永壽說，他認識一個好對象，勸他去見見看。於是在天氣嚴寒的聖誕節當日，他前往位在鐘路三街的會面場所。有位女性坐在那間咖啡店裡，年紀比金永壽小了四歲，名字叫做金永淑。身高大約一百六十公分，外表端莊，聲音明亮，牙齒整整齊齊。

他們靜默無語地坐了一陣子，金永壽生硬地開口問了第一個問題。「請問妳的興趣是什麼呢？」女孩回答：「我喜歡讀小說。」接著他們詢問彼此讀過什麼深受感動的書、喜愛什麼音樂等客套的問題。約莫一小時，金永壽說：「很高興認識妳。」然後遞了自己的名片。桌上的咖啡他連一口都沒喝，漸漸冷掉了。

他經過三天以後，才再次聯絡那位女孩。在上班、吃飯、睡覺等日常中，金永壽時不時會想起她的身影。猶豫了一陣後，金永壽打了通電話約她出來見面，這件事需要莫大的勇氣。

第二次見面的那天，金永壽得了重感冒，坐在對面的金永淑，從手提包裡翻找出一樣東西，是維他命。她說：「你的感冒好像很嚴重，吃一點這個吧。」接著羞澀地把維他命給了金永壽。那瞬間，他們微微碰觸到彼此的手。對金永壽而言，從她的手傳來的溫暖，是如此地令人難忘。兩人就這樣交往了兩個月後，便結婚了。

成為「父親」這件事

難道是因為「逢九不吉」的緣故嗎？二十九歲那年，對金永壽來說是殘酷的一年。當年春天，結縭才兩個月，妻子便有了身孕，但是一個月後卻流產了。他的第一個孩子，連這世界的一絲陽光都沒見著，就回到天上去了。他對淚水直流的妻子說：「這不是你的錯，這是自然會發生的事而已。」又說道：「我們就聽天由命吧。」這是金永壽的母親經常掛在嘴邊的一句話。每當人生跌宕起伏時，他總會想起這句話，讓不如意的事情，順其自然地流逝。

同一年秋天，金永壽的母親忽然離開了人世，死因是腦出血。媽媽對他說的最後一句話是：「天氣變冷了，你出門要多穿一點。」正忙於工作的他，有些敷衍地回應：「知道了，別擔心。」然後掛掉了電話。他在接獲通知，前往醫院的路上，依然沒有真實感。看見母親一動也不動的模樣，金永壽眼裡湧出了淚水。半個月後，母親在病床上辭世了。金永壽尚未從送走孩子的傷痛中走出，又再次成了喪家。

然而，公司對於魂不守舍的金永壽無法諒解。「你很累吧？休息一個月再回來吧。」沒有任何一個人對他說出這樣溫暖的話。公司只說：「業績怎麼這樣？銷售狀況太差了。」還要求他另外提交報告。那是一段活得行屍走肉的日子。

當他僅憑著「塞翁之馬，必有後福」這句話勉強苦撐之際，妻子再度懷孕了。過了十個月，妻子歷經了十小時的陣痛後，金永壽成了父親。當時是凌晨五點左右，他為了出去抽根菸，在那奇蹟發生的瞬間缺席了。因為這件事，金永壽必須得聽太太對他嘮叨一輩子。

「你好歹也克制一下抽菸的衝動，小孩要出生了，難道不能忍一下嗎？」兩年後，金永壽的次子出生了。他沒告訴太太，其實內心的憂慮更勝於喜悅。他擔心：「我究竟能不能成為一個好爸爸？」「我能養活孩子嗎？」

在手忙腳亂之中，孩子們很快地長大了。金永壽深切地體會到成為一個父親的心情，尤其是孩子生病的時候。某次他在外喝了酒回到家，發現剛滿兩歲的小兒子生病了。於是只好搭上太太駕駛的車前往醫院，沒想到一輛前方的轎車強行搶道，伴隨著「啊！」一聲尖叫，車子緊急煞車了。煞車的後座力讓坐在後方的大兒子跌到了地上，原以為他頂多流鼻血，沒想到滿臉都是血。直奔急診室的金永壽夫婦，一邊等待孩子的電腦斷層掃描結果，一邊瑟瑟發抖。幸好檢查了腦部後，確認並無大礙。返家後，金永壽都沒闔上雙眼，徹夜未眠。太太說萬一怎麼了，要立刻送孩子去醫院。「真希望痛的人是我。」金永壽答道。「我也是，你先睡一下吧。」

曾是忠心員工，大難臨頭一樣被裁員

金永壽與他那個世代的人一樣，不懂得替自己留點餘地。只要公司一聲令下，只要目標訂了下來，就必須立即「向前衝」。他不僅忠於自己的職務，也忠於公司的應酬，公司的任何要求，總是擺在第一順位。公司的電話就是最好的例子，他從來沒利用過公司的電話處理私事，即使同事們都任意使用公司電話，但金永壽仍堅持只用公共電話，還說：「私事怎麼能用公司的電話聯絡呢？」不過這樣的日子，僅維持了一年多，直到某次因為小孩生病，他必須打個緊急的電話為止。

他喝酒也喝得很凶。而且他參加的也不是有特殊意義或有前景可圖的酒席，不過就是下班後的聯誼罷了。酒量不超過半瓶的金永壽，老是無法拒絕前後輩同事的邀約，喝到臉已漲紅、嘔吐，同事依然繼續斟酒勸進。喝光的燒酒瓶如啤酒瓶般堆積如山，直到夜深大眾運輸都停駛了，酒席才結束。即便如此，他隔天依然能仗著青春熱血，輕鬆地出門去上班。論工作，他也是拚了命地做。從早上八點半開始上班，到晚上十點半才下班，可說是天未亮就摸黑出門，夜晚又望著星星返家的無限輪迴。

不知從何時起，他養成了日抽三包菸的習慣，靠著菸酒熬過那段日子。結果在一九九七年，金永壽三十六歲時突發心臟驟停，那是他在外喝了酒，回家入睡後發生的事。幸好妻子及時發現，將他送到急診室，九死一生地挽回性命。但是從此之後，金永壽感覺公司對他的態度改變了。加上當年十一月二十一日，亞洲金融風暴爆發，而他任職的百貨公司也進行了人力組織調整。那段時期，大家只能過著一邊看人臉色，一邊忐忑不安的日子。

最終，他的擔憂成為了現實。某天，他在午休時出去吃了一碗雪濃湯，回到公司卻得知了自己被迫提前退休的消息。光是他奉獻給公司的歲月就佔了十年，總計三萬三千個小時，但是公司在不到一小時便將他徹底掃地出門。

他就這樣從貢獻了多年青春的百貨公司離職了，在一九九八年的春末，炎夏將至之際。他的大兒子才八歲，小兒子六歲。金永壽連撫平心中失落與悲憤的時間也沒有，因為還有三個家人仰賴著他過活。為了節省油錢，他利用大眾交通工具，揮汗如雨地四處奔波找工作，但是整個國家都陷入了危機，沒有任何地方歡迎他。那年夏天，簡直如同地獄一樣，每天只能反覆面臨走投無路的絕境，連白天的到來都令他苦不堪言。金永壽每天看見又有人在某座漢江大橋上自殺的新聞報導，總是心想：「我能撐到什麼時候呢？」

擺攤賣衣為家計

日子就這樣過了半年，眼看帳戶餘額即將見底，金永壽再也沒有退路了。接受了自己無法重返百貨業的現實後，他決心從街頭重新開始，在街邊擺起攤位賣衣服。服飾的價格在當時仍有暴利可圖，聽說如果生意做得好，能獲得很不錯的利潤。只要買進便宜的庫存，再以現金交易方式轉手賣出即可。

開工的頭一天，金永壽在路邊擺出一排排的衣服，並貼上簡陋的價格標籤，然後楞楞地看著路過的行人。他以為，只要靜靜擺攤，客人便會自動上門吧。假如路過的人群正盡情逛衣服，他又會擔心遭到警察突襲稽查，因此惴惴不安。金永壽就這樣無奈地度過了一週。

他生性臉皮薄，根本不敢放聲叫賣。金永壽對於為了生存而走上街頭，連最不願做的事都做了，卻在最後關頭拋不下自尊心的自己感到心寒。某位經過他攤位前的大叔，可能看他可憐，發出「嘖嘖」聲嘆道：「你這樣能賺得了錢嗎？」這句尖銳的話令他振作了起來。翌日，他在家人仍沉睡在夢鄉的清晨五點起床，來到住家附近的空地。他拿著手鏡，看著自己的臉大喊：「金永壽，你做得到！金永壽，你做得到！金永壽，你做得到！」金永壽每天藉此提醒自己要展現決心，於是他一天做得比一天好。原本最多只會喊「一件五千元！」的他開始慢慢改變了。他會對跟著媽媽一起來的孩子說：「你好可愛，今年幾歲了？」再給小孩一個糖果，或是向拿著沉重行李的老人家說：「我幫你拿著吧。」以討對方歡心。漸漸地，他陸續培養了一個又一個的老主顧，原本受挫的他心情也因此慢慢好轉。

金永壽所流的汗水，終於換來了相應的回報。在擺了五年攤後，他落腳在公寓大廈內的特賣會場；接著在一年後又進駐了兩間街邊店面，逐漸擴張了事業。然而，他的人生卻越走越苦澀。那些只需陳列出來，客人就會全買走的服飾，都必須透過批發商進貨。如此一來，他非得去東大門了。店面晚上九點打烊後，金永壽小睡一會，就前往東大門。批發店的鐵捲門一拉上來的瞬間，即使店門只開了三分之一，大家也為了多搶一件衣服蜂擁而入。等商品都逛過一遍，貨品都搬運完，已經是凌晨兩點半了。肚子有點餓的話，他就吃一碗烏龍麵或辣炒年糕，再開車回家，此時已是凌晨五點。然後睡個五小時左右，又在早上十點起床，出門開店去。這是他日復一日的生活，甚至在國定假日也從未休息過。

八年來他費盡心血才紮穩根基的街邊店面，卻因為房東的變卦而面臨危機。當時他即將五十一歲了，房東沒付給他半毛權利金[3]，便將他從經營了多年，已有了感情的店面趕了出去。房東給的理由是：「我的小孩要在這裡開咖啡店。」一金永壽真的非常努力生活，然而房東要他滾，他就不得不打包走人的現實，令他相當委屈。

更雪上加霜的是，他開始遭受網路商店的打擊。以前批發商人不做零售生意，是一種商業道德，但後來連這份默契也蕩然無存了。由於批發商的親戚朋友以便宜的價格取得貨物，然後在網路上以金永壽完全無法與之競爭的價格販賣，於是客人開始逐漸流失。在走了一段下坡後，他終究結束了服飾生意。

在五十七歲之際回首來時路

為了下一份工作而苦惱的金永壽，後來在住家附近開了一間小規模的炸雞店。他憑著先前學到的生意手腕與誠懇老實的個性，吸引了越來越多附近的老主顧。後來有一天，某個退休的上班族也在附近開了連鎖炸雞店；接著，又有個年輕老闆經營的炸雞店開張了。有位客人過來對金永壽說：「那個年輕人開的店賣得比你便宜，量也給得更多耶。」金永壽過去一瞧，果真如此，於是他也將商品降為同樣的價格，可是銷售量依舊持續下跌。在相距不過兩百公尺的商圈裡，三間炸雞店展開了熾熱的競爭，當金永壽看見有人經過門前，似乎都往其他炸雞店走，心裡不禁擔憂起來。他決定店面必須延遲一小時再打烊。

他苦撐再苦撐，終究在四年後宣告關門大吉，因為只要開門營業就會虧損。那時他的老大是二十八歲，老二是二十六歲。老大已踏上了求職的艱困道路，而老二仍是大學生。儘管五十七歲的他很想休息了，但還有許多該完成的事情。繳

3 在韓國，所謂的權利金，意指原店面租戶將營業設施、顧客、經營技術，或店面所在位置的商業價值等有形或無形資產讓度給新店面租戶時，所收取的額外費用。

完了孩子的學費後，必須準備他們的結婚經費，並為夫妻倆的退休生活打算。他打趣地對妻子說：「我想去買一輛機車和棉花糖機，改賣棉花糖好了。」棉花糖一支只需要一匙砂糖，成本僅一、兩塊錢而已，卻能賣到一、兩千韓元。雖然只是個玩笑話，金永壽其實還不想停止做生意。應該說，他還不能停止做生意。

他年輕時，原以為自己到了七十五歲，就會成為滿頭白髮的老人，然後離開人世。沒想到由於醫療技術的進步，現在已步入了「百歲時代」。他已經努力地活到了五十七歲，竟然還要再活四十三年，這是他始料未及的變化。他的朋友也是如此，認為壽命的延長並非喜事，反而令他們畏懼。他們的光陰都花在侍奉雙親，撫養子女，而自己卻僅剩「空殼」一副。俗話說「六十而耳順」（能理解所有意見並順應之），但他的內心卻仍像地獄般煎熬。

金永壽在與朋友喝了杯酒後，經由首爾車站的地下道返家，突然聽見有人發出「啊！」的尖叫聲。回過頭才發現地下道裡有隻鴿子正咻地低空飛過來。輕輕停在地上的鴿子左顧右盼，而行人則是七嘴八舌地議論鴿子為何會飛進這裡。不知道鴿子是否清楚自己走錯路，牠不斷地搖頭晃腦地疾走著。雖然大家都在笑，但只有金永壽笑不出來。牠不過是一如往常地飛翔，卻不小心降落在陌生的地方，在他眼裡，這彷彿與自己的處境一樣。他分明處在生活了一輩子的世界，卻在剎那間成了異鄉人。

金永壽今天也在外頭奔走，
因為唯有向前看，才能學到東西。
他站穩腳跟，挺直腰桿，
微風從灰白髮絲間輕拂而過，
在無聲中擁抱了他。

·2·

體驗小人物的一日生活

被棄養的小狗，仍逢人就展開笑容

「跑得差不多了吧？」

我正親吻著因為開心而撲向我的小黃。說再見的時刻到了。我將牠環抱我手臂兩隻毛茸茸的前腳，輕輕地移開，然後慢慢起身。那傢伙的耳朵依然向後翻，並看著我搖尾巴，我實在不忍心凝視那雙黑溜溜的眼珠太久。牠好不容易收回了視線，我的眼眶卻忽然一陣溼熱，所以我轉過身去。即使不看牠，我也能感受到那望向我後腦杓的一百多顆眼珠，和搖擺不已的五十幾條尾巴。牠們拉扯狗鍊而發出的「鏗鏘鏗鏘」聲響不斷從後方傳來。

這些被救援回來的孩子們，多多少少慰藉了我的心靈。我一共救回了三隻曾在垂死邊緣的小狗，其中兩隻是外表像狐狸犬的米克斯，另一隻是黑白相間的「賓士狗」。賓士狗原本不在我的計畫中，不過後來也救了牠。「這些狗沒辦法送養，就只能安樂死了，所以我要帶走牠們。」抱著賓士狗的胖大叔——小仙子計畫的代表黃東烈說明道。他將三隻狗放進外出籠裡，把門關牢，接著載牠們上車。他對這些不安的小傢伙們說：「沒事，我們要回家了。」黃代表似乎還捨不得移動腳步，對我說：「真的很想把牠們全都帶走。」

「流浪狗救援行動」正是如此令人茫然無措，無論是拯救一條生命，或是將牠留置原地。有時候得知了流浪動物的消息，心情都很沈痛，例如被遺棄在小島上的狗，對著來來去去的每輛汽車都搖尾巴的故事。儘管如此，我因為想了解真實的情況，而打算去救援動物。以前我當實習記者時，曾經採訪過飼養了三百五十隻流浪犬的「狗媽媽」。八個年頭過去了，但流浪動物面臨的現實仍舊毫無改變。我偶爾在看見岳父家養的多多時，眼前也會同時浮現一些畫面，像是寒冬時在外不停顫抖的小傢伙，與炎夏時熱到喘不過氣的毛小孩。

因為我想救援流浪狗，所以聯絡了動物保護團體，首先邀請的單位是名叫「CARE」的機構，但是負責人以「我們只有在需要救援時才出動，目前沒有案件」為由婉拒了我。結果大約在十天後，「CARE事件」就爆發了。新聞報導CARE的朴素姸代表，對兩百五十隻動物進行安樂死的消息，讓我瞬間起了雞皮疙瘩，自此以後再也無法輕易相信動物保護團體，也一度忘了這件事。

直到我想起冬季即將來臨，心頭又沉重了起來。正好在那時我得知了「小仙子計畫」。太太要我讀一下由機構的黃東烈代表寫的文章。文章裡寫道：「動物救援的五階段（救援、檢查治療、照護、送養、已送養動物管理）」，並表示這篇文章是為了安撫那些因「朴素姸事件」而受到打擊的人。我對於這樣標準化的救援行動以及公開所有資訊的體制產生了信任。文章的結尾，放了一張黃代表的照片，介紹他是「九隻流浪狗的爸爸」。我聯絡了他，表示想參與救援，他說：「下星期我要去江陵動物保護所救援流浪狗。」並欣然同意我跟著他一起前往。

照片上那些小狗，不帶走的下場就是安樂死

我和黃代表在東首爾客運總站附近的大廈對面見了面。將Starex廂型車停好後向我揮手示意的他，給我的印象很溫暖，「胖大叔」的暱稱相當適合他。他頂

著八比二分線的髮型，穿著沾滿狗毛的尼龍背心與黑色褲子的模樣，看起來純樸，並掛著春風滿面的笑容，和他握手時，我從他粗壯的手感受到了溫情。感覺他是個沒有心機、真情滿溢的人。他說要先去一趟洗手間，要我先上車。

拉開了偌大的車門後，坐在位子上的一隻白狗立刻跳出來，奔向我懷裡。黃代表將牠託付給我：「我們豆豆就麻煩你了。」我心裡正想著：「原來你的名字是豆豆啊。」牠就伸出舌頭舔遍了我整張臉，一面輕輕搖尾巴，一面將雙耳往後翻。通常與狗狗打招呼的第一步是先伸出手掌，但是這傢伙連這一步都不需要了，牠相當地親人。「哈哈，哎喲，豆豆。這麼喜歡，這麼高興嗎？」我根本還來不及說話，嘴巴又被牠舔了好幾次。我摸摸牠的頭、揉揉牠的肩，再親親牠，彼此認識了一下。

這時胖大叔回來了，車子一發動，豆豆就朝著前車窗的方向坐下。牠將兩隻前腳踩在我的膝蓋上，屁股則安穩地坐在我柔軟的肚皮上。因為擔心牠的前腳會踩空，於是我以雙腿闔緊、稍稍踮起腳尖的姿態坐著，畢竟這是一趟很遠的路程。豆豆對我感到滿意似地轉頭望了我一眼，而我也輕輕撫摸牠的頭。

黃代表說：「我們今天要去救援四隻狗。」目的地是江原道的江陵流浪狗保護所。正在開車的黃代表，給我看了他要救援的小狗照片。有兩隻年幼的小狗狗（一黑一白），年紀還不到一個月。牠們被遺棄在某個住家前的垃圾堆裡，行經的人發現後將小狗送到了保護所，不過對於剛出生的幼犬來說，保護所是危險的地方。由於必須與其他犬隻一起生活，牠們等於完全暴露在可能受病毒感染的環境中。事實上，去年初小仙子計畫救回的四隻流浪狗裡，就有三隻因病毒感染而死亡，所以最好是能盡快將小狗從保護所裡救出。也許因為心急了，坐在副駕駛座的我，右腳開始不自覺地使力，彷彿自己也踩了油門。

而另外兩隻米克斯都是白色的母狗，是去年在醫院後方的步道上發現的。體重是四．八公斤，耳朵像耳廓狐般豎起，圓圓的眼珠閃閃發光。兩隻雖然很相像，不過其中一隻有淚痕，因此能藉此區別。牠們看起來很乖巧，實際上個性也很溫馴，因害怕而瑟縮的兩隻狗，緊緊依偎著彼此取暖，他們試圖倚賴對方存活。去年的聖誕夜，原本是牠們的生命預計畫下句點的日子，儘管幸運地躲避了安樂死，但寬限的時間也所剩不多。兩個月過後，依然沒有出現願意領養牠們的人。

小仙子計畫並非只是可憐這些孩子而任意救援，而是要透過體制化的系統來幫助流浪動物。首先，小仙子的送養中心所收容的動物，必須找到新家人後，才能騰出空位。送養一隻後，再收容一隻，送養出兩隻，就能帶回兩隻毛小孩。假如有待救援的流浪動物，會先上傳消息到小仙子的討論區上。接著，正式會員（定期贊助的會員）會透過留言表達是否贊同救援行動，如果贊同數超過五十人的話，這隻毛小孩就能獲救。不過徵求救援行動的人，必須分擔三十萬韓元（相當於八千一百元台幣）的費用，而投同意票的會員也須各負擔一萬韓元（相當於兩百七十元台幣）。這些一點一滴籌來的捐款，會用於動物的醫療開銷與送養中心的營運上。如此一來既可解決資金問題，又能讓大家各自付出關心。

我抱著豆豆，和黃代表奔馳三百公里救狗

通過西首爾收費站後，我的手腕有種毛茸茸的觸感，是豆豆。牠把小小的下巴靜靜地擱在我的手腕上，雙眼微微闔上，我怕一有動作就會吵醒牠，因此動也不敢動。而右手則借給豆豆的身體倚靠，盡可能不移動。一股令人愉悅、暖呼呼的溫度傳了過來，我全然感受到這小小的生命，為了吸上一口氣而起起伏伏的動

靜。距離目的地的路程超過三百公里遠，希望牠能在我的懷裡好好地休息。

「牠很親人對吧？」胖大叔一副瞭若指掌的口吻對我說道。我也附和道：「牠真的非常親人，你常常這樣帶著牠到處跑吧？」看起來如此活潑開朗的豆豆，原本竟是流浪狗。他說有一次去京畿道的坡州時，看見豆豆在路邊徘徊，就在即將被汽車撞上之際，黃代表救了牠。當時他因為剛送走了過世的老狗「順順」而傷心不已，那段日子他經常在凌晨兩點醒過來，每天都輾轉難眠，所以偶爾也曾在開車時忽然打瞌睡。不過黃代表自從遇見如禮物般的豆豆以後，就奇蹟般地睡得很好。他說：「可能是擔心爸爸疲勞駕駛，所以順順送了豆豆給我吧。」

在我越來越好奇胖大叔的故事之際，他開始述說自己投入流浪狗救援行動的契機。這得回到二〇一二年的冬天談起。十二月十二日那天，他在巷道裡救了一隻小白狗，當時牠正隻身穿梭在車子不停呼嘯而過的危險路段。他先帶去了保護所，但在收容期結束前仍未出現領養候選人，於是他臨時收容了小狗，無論如何他也要幫牠找到好主人。黃代表替他取名「小仙子」，希望牠能像精靈一樣美麗又長命，並在小狗的頭上綁了漂亮的緞帶。

後來有一天，小仙子突然出現腹瀉症狀，他帶著不安的預感將小狗帶去醫院。診斷結果是感染了犬小病毒。沒有抗體又虛弱的小仙子，在環境惡劣的保護所裡抵抗不住病毒。黃代表無論如何也想救牠一命，於是籌措了一百一十二萬韓元（相當於三萬零兩百四十元台幣），替牠動了手術。

然而，這日漸虛弱的孩子，最後依然沒能撐下去，去了彩虹橋的另一端。即使在生病的情況下，牠為了不造成別人麻煩，硬是拖著身體到廁所拉最後一次肚子便離開了。黃代表募集的捐款中，扣除了醫院治療費用與二十萬韓元（相當於五千四百元台幣）的火葬費用後，還剩下九十二萬韓元（相當於兩萬四千八百四十元台幣），他決定將這筆錢用在救援面臨安樂死危機的流浪狗，所以在計畫名稱加上了「小仙子」這個名字。他在過去六年來救援的浪浪，已經超過了六百隻。

毛小孩，我寧可你們對人凶狠一點

我們從首爾連續開了大約三小時的路程。大約中午十二點，行經了狹窄蜿蜒的山路後，抵達了江陵流浪狗保護所。小狗汪汪叫的聲音感覺越來越響亮，似乎是察覺到有人來了。原本正趴著熟睡的豆豆，也睜開了眼睛，牠彷彿意識到朋友就在附近而開始東張西望。從車窗能看見外頭有綠色的圍欄，圍欄裡頭到處有粉紅色屋頂的狗舍。小狗全都走到外面，視線朝著車的方向聚集，輕輕地搖晃著尾巴。

「我們下車吧。」黃代表喀噠一聲，打開了車門，這時狗兒們吠得更大聲了。由近到遠，傳來了「汪汪」、「嚎嚎」、「吱吱」等各種猶如合唱般的叫聲。我們每接近一步，就能感受到狗群投射過來的目光。而我也越過了鐵柵欄，一一地查看小狗們。牠們的體型與品種全都不同，但處境是相同的。我走向正前方的那群狗兒，跪坐了下來，接著伸出我的手背，讓牠們嗅嗅氣味，這是和小狗初次見面時打招呼的方式。

瞬時，五、六隻狗聚在一起聞我的味道，也有直接伸出前腳的狗，或乾脆站起來，不停抓著圍欄的小狗。牠們表達的方式各有不同，但有一點很確定的是，牠們非常開心。我太了解牠們搖著尾巴、豎起耳朵，朝我走來的心情了，因為曾經養過小狗（小花）長達十七年。那是牠們迎接家人回到家時的行為，每次只要家人出門了，小花就會趴在門前等候好幾個小時，即使喚牠過來也不理不睬。而且每逢家人即將返家的時刻，牠好像都知道，一聽見走廊傳來的腳步聲，便開始搖尾巴。

當時見過的模樣，又在保護所裡見到了。而這樣的小動物，竟然是遭人遺棄的。流浪狗保護所的所長說：「這裡大約有上百隻，甚至有人是特地帶到江陵丟棄的。」這些浪浪想必曾在街頭歷經生死一瞬間的痛苦，即便如此，牠們依舊開心地歡迎我。「我寧可你們凶狠一點，我才不會那麼心疼。」內心一陣鬱悶。

我問黃代表：「牠們待在這裡，之後會怎麼樣呢？」他表示：「會先從咬人的狗、生病的狗開始實施安樂死，如果放著不管的話，最後全都會死掉。」這時候，忽然有隻小黃跑過來舔我的手，然後抬頭癡癡地看著我。可是我不自覺地避開了視線。

有遺棄狗狗的人，也有拯救狗狗的人

我們總共在江陵流浪狗保護所載走了三隻狗，接著又匆匆上路了，因為還得去救援兩隻出生才一個月的幼犬。牠們太幼小了，所以暫時由小仙子計畫的會員收容，他是從江陵流浪狗保護所領養出許多毛小孩的會員。我們和他一起吃了午飯後，決定將兩隻小狗帶走。

見面地點就在距離不過十幾分鐘的路上，所以很快就抵達了，車子一停下來，豆豆老想往後座移動，似乎很關心牠的朋友們。我盡可能讓豆豆靠過去，於是緊抓著牠以防跌下去。豆豆一靠近籠子，馬上嗅個不停，彷彿正在安慰同伴們：「我懂你們的心情」、「現在沒事了」。蜷縮在籠子裡的三個孩子也和豆豆打了招呼。剩餘的時間，我們就在附近的公園讓豆豆吹吹風，順便散個步。

小狗的三位救援者齊聚在餐廳裡，我們點了蕎麥湯麵、蕎麥拌麵和一盤餃子當午餐。談話的主題自然而然提到了那些拋棄小狗的「渾X」。首先以上個週日，有人在水庫遺棄小狗的故事開始。這隻小狗四肢完好，也沒有受傷，彷彿是有人為了把牠丟在在水庫溺死才買來的，最後小狗似乎是靠游泳倖存了下來。「人類實在太殘忍了。」氣氛忽然嚴肅了起來。他們也聊到那些把幼犬棄置在家的人。「這些只能慢慢爬行的幼犬，連狗肉商都嫌太小，不願意帶走。」我們苦笑說，這或許還比較幸運。他們表示自己是因為喜歡狗而做這些事，心情卻常常悲喜交雜。

用完午餐後，終於到了和待救援的小狗相見的時刻。臨時照顧者的車上有小狗外出包，裡頭有一黑一白的幼犬稍稍探出頭來，是體型不到一個手掌大的孩子。我用兩隻手指摸了摸他們。兩隻幼犬被載上了車後座，黃代表說：「請把座椅向後移動。」如此一來後座的狗籠才不會晃動，牠們會更舒服一點。我感受到了他時時顧及小狗的那份心意。

狗兒們再撐一下吧！

等到載齊五隻小狗時，已是下午兩點五十分左右了，現在是再次踏上超過三百公里歸途的時刻。回頭看看救回來的賓士狗籠子裡，有嘔吐過的痕跡，牠似乎正飽受暈車之苦。出發前往江陵時，黃代表還曾開玩笑說：「我們要不要去一趟海邊？」不過在照顧這些毛孩時，我完全忘了這句話。大約開了三十分鐘後，他才突然問道：「我們剛才不是講到要去海邊嗎？」但我們也只是一笑置之。即使不講出來，我們彼此都明白這些孩子很辛苦，一心只想著必須在開始塞車之前回去，所以連休息站也沒停留。回想起來，當初去江陵時，我們也沒去休息站。不論是前往救援或返回的路上，心情都是一樣的。

我擔心在後座的小狗，所以老是轉頭看看，這時豆豆也會跟著湊熱鬧。兩隻混狐狸犬的白色米克斯，依然緊靠著彼此，有淚痕的那隻沒往前看，而是向後縮成一團，黃代表說牠比較敏感膽小。賓士狗不知是不是吐到累了，把身體攤得長長的。小白狗安靜不動，小黑狗則是不斷地抓外出包的紗門，但過了一會便安靜下來，大概是睡著了。黃代表輕輕拍著小狗，好像明白牠們心情似地說：「辛苦的日子結束了，再忍一下下就好。」狗籠搖晃的聲響，猶如狗兒們的回應，在車裡迴盪著。

回到首爾前我們還有待完成的工作，就是幫救援回來的孩子命名。黃代表已經在凌晨六點二十八分貼文，請會員替這些小狗取名字，才過了一下子，討論區已有超過二十五則的會員留言，提議了「秀秀、沙沙、寶妮、哈尼」、「多蘭、都蘭、天天、嘿皮」、「小樹、小木、小果、小葉」、「星星、閃閃、亮亮、燦燦」等名字。看到各式各樣的名字，我不禁微笑，心頭也暖呼呼的。這時我想起了「當他呼喚我的名，我遂成了一朵花」[1]這段詩句。「曾經在街上徘徊於生死邊緣的這些小孩，也需要取個新名字，過上新生活才行。」這念頭浮現的那一刻，成了我難忘的瞬間，心裡也百感交集。所以我向黃代表道了謝，謝謝他救援這些孩子，並告訴他，他正在做了不起的事。

當時，我忽然看見手背上有抓痕，是剛才在江陵流浪狗保護所，小黃開心地緊抓著我時留下的痕跡。我想起了那些不得不留置在保護所的毛小孩，我的心比起這道意外發現的傷痕更痛。只能看看已經救回的孩子們，稍微撫慰一下受傷的心。把這一切看在眼裡的黃代表問道：「想餵牠們一點零食嗎？」他從車內抽屜裡拿出鴨肉，撕成一條一條，方便牠們食用，除了還不太能吃的幼犬以外，其他小狗都餵了。兩隻混狐狸犬的米克斯津津有味地吃完後，還吵著要多吃一點。黃代表看見牠們吃零食的模樣，表示小狗們至少已稍微放輕鬆，讓他安心了點。虛弱的賓士狗看似想靠過來，但又馬上別過頭去。

我們在下午五點五十分左右，天色漸暗時到達醫院。黃代表慶幸至少避開了下班時間的車潮，提早抵達了這裡。才剛抵達他就立刻先確認流浪狗的狀況，從

---

1 韓國著名詩人金春洙（김춘수）的作品《花》裡的詩句。

外觀看來並無異常。然後便提著狗籠趕緊進入醫院。

我們打算先讓小白狗和小黑狗兩隻幼犬開始接受檢查，護理師先問了小狗的名字，黃代表回答：「是秀秀和沙沙。」小白狗叫秀秀，小黑狗叫沙沙，這兩個名字再適合不過了。「秀秀啊、沙沙呀！」我叫了牠們的名字，將牠們抱在懷裡，心情很微妙。我們也確認了小狗的性別，分別是女孩和男孩，體重同樣是一．四公斤，身長也差不多。明明是同胎出生，牠們的個性卻正好相反。秀秀有耐心又穩重，沙沙則是可愛又喜歡撒嬌（有點愛無病呻吟）。為了接受檢查，我們將小狗抱到診療檯上，秀秀很安靜，而沙沙卻不停哀叫掙扎。

檢查項目一共有四項，寄生蟲、冠狀病毒、犬小病毒與犬瘟熱。黃代表說，雖然感染了寄生蟲和冠狀病毒可以治療，但若感染了犬小病毒和犬瘟熱，小狗的死亡率很高。曾有一次他救援了四隻流浪犬，結果其中三隻都因為感染了犬小病毒而死亡。尤其這是會傳染給其他犬隻的病毒，若感染的話將變成緊急狀態。聽了這番話，我也緊張了起來。「牠們好不容易才走到這步，千萬要沒事才好……」我雙手合十地祈求著（我只在小時候祈禱過）。在等候結果的五分多鐘裡，心情焦慮無比，一分鐘猶如一小時般漫長。黃代表的心情似乎也一樣，他不斷在小小的醫院裡走來走去。

「檢查結果出來了。」聽見這句話，我們立即進入診療室。獸醫查看檢查結果的表情令人捉摸不清。他說秀秀的健康狀況良好，但是沙沙的冠狀病毒檢查呈陽性。不過糞便看起來不差，有可能實際上並未感染病毒，即便真的感染了，只要吃藥即可痊癒。聽見牠們健康無大礙的消息，慶幸地鬆了一口氣。

我們也替另外三隻救援回來的狗取了名字。混狐狸犬的兩隻米克斯（女孩）中沒有淚痕的那隻叫「寶妮」，有淚痕的叫「哈尼」，而賓士狗（男孩）則取名為「波利」。我們請醫院替寶妮、哈尼和波利健檢，檢查結果等到日後再聽取。我們隔著玻璃窗和毛孩們道別，同時祈求牠們都能健康無礙。後來聽說了檢查結果，幸虧三隻全都很健康，檢查過後，牠們也會一起接受結紮手術。

帶回送養中心的毛小孩們，終於吃到飯

約莫晚上六點三十分，我們把秀秀和沙沙兩隻幼犬放在包包裡載回去，黃代表說要去位在附近的小仙子計畫送養中心，在那裡總共收容了三十多隻的小狗和

貓咪，他堅持無論花多久時間，直到牠們送養出去以前，都會持續收容。他也告訴我，前陣子成功送養了收容五年左右的兩隻動物，令他高興得不得了。一般而言，大約兩到三個月內，牠們都能找到新的主人，只是根據動物的品種和年齡，送養的時間多少有差異。通常他會先觀察兩周左右（確認是否有病毒潛伏），假如沒有異常狀況，就會貼出送養公告。

進入送養中心，就先看見了四、五隻的毛小孩。我想起來在抵達以前，黃代表曾驕傲地說：「如果你看到這裡的動物，應該會對牠們良好的狀態很驚訝。」一說著這句話的他，露出一副猶如父母以自己孩子為傲的神情，讓我深受感動。他不辭千里前去營救動物，又為了牠們往後的生活而付出心力，我想沒有比這更高貴的情操了。因為迫不及待認識這些毛孩們，我忍不住朝牠們跑去，不過黃代表說必須先脫下鞋子，換上室內拖鞋才行。那一刻，我才留意到送養中心處處貼著注意事項。我先用洗手乳將手消毒乾淨，現場也備有除塵滾輪，能將衣服上的灰塵清潔乾淨。

小狗房共有四間，各收容了大約四、五隻狗，因此牠們也有足夠的活動空間。進門後，我每隻都抱了一下，牠們高興得又蹦又跳，而且每隻的狀態看來都是無可挑剔地良好，看得出來牠們備受愛護，毛髮與指甲狀況也很正常。蹭一蹭牠們的鼻子，還傳來了好聞的味道，房間也非常整潔。另外，為了讓狗兒不受炎夏所苦，四處也都裝設了冷氣機。還有洗澡後專門用來吹乾毛髮的房間，以及用來放古典音樂給牠們聽的CD播放器。

秀秀與沙沙則被分配到四個房間之中的恢復室，這間房裡備有能供給乾淨空氣的空氣清淨機。已經先住在房裡的香奈兒（博美犬）前來歡迎弟弟妹妹，十個月大的牠原本在江陵保護所，就在即將安樂死之前被救回來，而且也一併接受了小型犬容易罹患的膝蓋骨脫臼瘸疾手術。秀秀和沙沙也住進了這間鋪上了尿布墊與軟墊的恢復室。一給牠們水和飼料，這些小傢伙可能因為長途旅行而餓著了，所以狼吞虎嚥地享用，也解了小便。牠們這才感到安全了。如此討人喜愛的孩子們，竟然差點死掉。想到這裡，我已忘卻了整天累積下來的疲勞。

企圖喚醒飼主「良心」的想法很天真

耗費了整整時十二小時的救援行動終於落幕，那天晚上八點半在返家的路上，我的心情一直很複雜。

起初進行採訪的原因，是為了告訴那些遺棄寵物的人，遭你們任意拋棄的小貓、小狗，正過著苟延殘喘的悲慘生活。畢竟那些人在遺棄寵物後，大概就從心裡抹去記憶，或是抱著「反正會有人救牠們」的想法。所以我想確實地告訴他們，也想讓打算要丟棄寵物的人了解不可以輕易棄養，因為對於寵物而言，斬斷牠們生路是相當殘忍的。我抱著殘存的最後一絲期望想這樣對他們呼籲。

然而，去了一趟江陵流浪狗保護所後，我才認知到這是多麼天真的想法。收容在保護所的上百隻動物裡，我們只救回了五隻（百分之五）。當然，經長途跋涉了六百多公里的救援工作，確實完全改變了秀秀、沙沙、寶妮、哈尼與波利的生活，這趟路程的價值是無庸置疑的。儘管如此，我還是常常想起留在那裡的其他小狗，牠們吠叫、搖尾巴，緊抱著我的手，還留下抓痕的樣子，即使好幾天過去了，依然歷歷在目。

我對來家裡玩的多多說：「你知道你的那些朋友現在有多辛苦嗎？」多多似乎正試圖理解我的話，把頭歪向一邊。我忽然抱起牠，感受一下彼此的溫度，也許是想藉此洗淨我的罪惡感，並獲得一點慰藉吧。

我仔細察看了農林畜產檢疫部的統計資料，想證實心中的猜測，結果也確實如我所想。二〇一七年登記在案的寵物數量為十萬五千隻，當年遭遺棄的寵物為十萬兩千六百隻；二〇一六年登記在案的寵物數量為九萬兩千隻，而當年遭遺棄的寵物為八萬九千七百隻。這世上有一部分的人很熱心地領養動物，但另一部分的人也同樣勤快地遺棄動物。因為遭遺棄而流落到保護所的流浪動物裡，有百分之二十七．一最後自然死亡，有百分之二十．二則被施以安樂死，也就是半數以上皆死亡，只因為牠們被拋棄了。

這不是個光憑良心呼籲即可解決的問題，黃代表的想法也和我相似，他指出能夠快速繁殖與販售的體制才是問題的核心。舉例而言，有情侶到忠武路逛到了寵物店，「哇，好可愛！」地讚嘆一番後，未經深思熟慮就把寵物買回家，彷彿是在購買一個漂亮的配件一樣。然而小狗也和人類一樣會漸漸老去，模樣也會改變，結果人類才意識到牠們長得比預期更大，飼養起來很累人，醫療費用昂貴，年紀越來越大，因此決定丟棄寵物。人類就這樣拋著仰賴自己生活的小傢伙，朝著人煙稀少的地方去，這些動物可能還以為主人要帶牠去散步而開心不已吧。但是即使努力追上去，也追不上主人，大部分的動物只懂得在原地等待主人，最後在路上送命。幸運一點的話會來到保護所，不過十天後，依舊遭到安樂死。這一切的一切，皆因飼主的心意變卦而起。

看起來很和善的胖大叔也強烈認同這點。他認為「犬隻繁殖場」的營業許可與懲處應該更嚴格地執行，他甚至說也有一般家庭任意將養大的狗賣掉，假如賣不出去就賣給狗肉店的情況。黃代表表示，解決方式是在小狗遭販售之前，必須在其體內植入晶片，應該要建立能夠追溯主人是誰、住在哪裡、如何被丟棄等資訊的履歷，才能遏止遺棄動物的行為。我完全認同他的意見，可是現行法律相形之下太多漏洞了，我們還有一條很長的路要走。

小白狗秀秀，在二〇一九年三月八日上午九點四十分過世了，死於犬小病毒。因為有潛伏期，所以在接受健康檢查時並沒有發現異狀。在生病期間，秀秀那小小的身體承受了抗血清、干擾素的注射以對抗病魔。即使牠虛弱地躺著，但見到有人來探望牠時，還會起身迎接對方，可惜最後仍戰勝不了病魔。

我希望拋棄秀秀的可悲飼主能知道：小白狗只度過了五十多天的短暫狗生，儘管牠來到了六百八十公里遠的地方，無論如何也想努力活下來，卻還是成了天上的星星。會有這樣悲傷的結果，全都是因為你把尚未斷奶的孩子丟在垃圾堆裡的關係。

你以為拋棄了秀秀就能迴避所有的責任，實在是太天真了。這條小生命也許直到最後都在等你回來，等待那位牠出世後見到的第一個人。秀秀一直相信你總有天會回來帶走牠。

1	2	3
4	5	

1 「我是人類啊，和拋棄你的主人是同類的。」看見在江陵流浪狗保護所的小黃高興地奔向我時，我在心裡默默說道。但這小傢伙依然搖著尾巴，環抱我的手臂表示歡迎，我感到很抱歉。（ⓒ黃東烈代表）

2 「豆豆啊，你這麼喜歡我嗎？」黃代表說豆豆是被遺棄在車道上，差一點沒命的孩子，但牠仍舊喜歡人類，喜歡到舔個不停。我們才在一起一天就有了感情，所以離別的時候特別難過。怎麼有人忍心丟棄這樣的孩子呢？

3 在保護所裡的兩隻混狐狸犬品種的米克斯（女生）。看見牠們有點畏懼的神情，我很難過。真想快點帶牠們離開。

4 「豆豆，好好睡吧。」這是在前往江陵途中安然睡在我懷裡的小傢伙。我連動也不敢動，就怕吵醒了牠。

5 這是流浪狗「小仙子」，是黃代表六年來拯救了超過六百隻流浪動物，並成立「小仙子計畫」的契機。遺憾的是牠尚未接受後續治療就離世了。（ⓒ小仙子計畫）

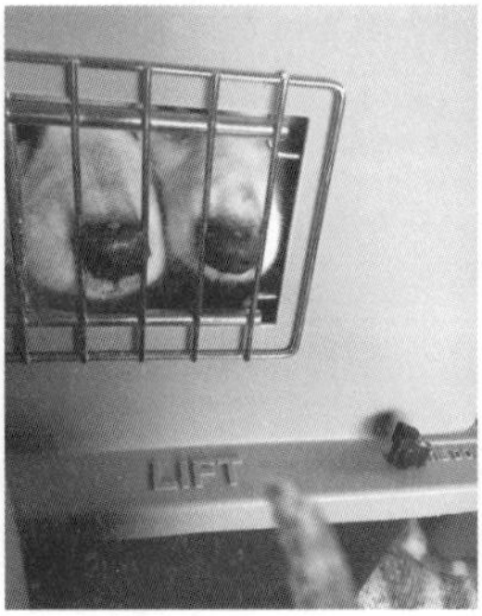

6	7	
8	9	10

6 聽說有人會特地開車到江陵遺棄狗狗，同樣身為人類的我，覺得很抱歉。（ⓒ小仙子計畫二〇一五年手繪月曆）

7 與狗狗初次見面時，我伸出了手背。聞了味道後，這隻江陵流浪狗保護所的狗狗，甚至直接靠在圍欄邊。希望你遇見好主人，展開新生活！

8 江陵流浪狗保護所的小黑高興時，會非常激動地撲上來。「你怎麼會淪落到這裡呢？」想到這點我都心酸了。（ⓒ黃東烈代表）

9 當我們快要抵達首爾時，餵了兩隻混狐狸犬的米克斯零食，牠們「哼哼」地嗅著食物的味道。

10 這是在動物醫院裡等待檢查的狐狸犬米克斯寶妮與哈尼。有淚痕的傢伙是哈尼，另一隻是寶妮。幸虧牠們的檢查結果都沒問題。

11	12
13	14

11 到達醫院後接受檢查的小白狗秀秀。檢查結果雖然沒大礙，但最終仍因感染了犬小病毒而離世。
12 秀秀這時胃口仍相當好。
13 在小仙子計畫送養中心毛小孩看見我之後，高興地蹦蹦跳跳的。
14 結束了從江陵到首爾的漫長救援旅程，來到恢復室休息的秀秀。

做廢紙回收，只爲求生活溫飽

此刻是攝氏零下四・四度，我剛被寒風賞了兩巴掌的上午九點。我站在一面圍牆前，踮起腳尖往陽光照射不到的另一頭瞧，果然猜對了，有些褪色的褐色箱子。箱子上的封箱膠帶又厚又髒，以指甲用力摳也不太容易清除，後來以拳頭「砰砰」地敲打箱側，才順利把膠帶與箱子分離，一口氣撕除。接著再將箱子上上下下共八個面都攤平，本來四四方方的箱子變得扁平後，就放上了手推車，整整齊齊地推疊上去，

後來找到的水果箱子是名勁敵，無法輕易拆開，因為四邊都以釘書針釘得牢牢的。我把箱子扔在地上，再用雙手抓住，以右腳踩著其中一面，然後用力拉扯

另一邊，「碰」地一聲，扯下了箱子的一面。如此反覆做了四次，終於把箱子收拾整齊了，這些也立刻堆到手推車上，車子增加的重量令人滿意。我使勁地壓平箱子，好讓推車能載運更多紙箱，車子的高度於是越疊越高了。

這是我生平第一次撿廢紙。以往廢紙總是我必須優先處理的對象，尤其是紙箱一旦累積多了就令人頭痛，過大的體積嚴重妨礙了陽台的動線，每逢此時，我總是引頸期盼星期四的到來。到了資源回收那天，雙手就抱著滿滿的箱子下樓，丟個痛快。處理掉紙箱後，總是無比地神清氣爽，看著空蕩蕩的陽台，心情很舒暢。

直到去年夏天，我遇見了一位住在附近的老奶奶，那天是熱得令人汗流浹背的日子。她的身高大約一百四十五公分，體重可能四十公斤左右吧。瘦小的奶奶推著高出自己許多的手推車，費力地經過我眼前，車上載了滿滿的廢紙，於是我走上前向奶奶搭話。「奶奶，我來幫你吧。」她微微一笑，將把手交給了我。出了這區後，我們過了一條路，爬了幾次上坡，又走了幾次下坡路，即便是由體重八十五公斤（以下），身體健壯的三十多歲男人來推這台推車也上氣不接下氣，我走到汗如雨下。一抵達目的地，奶奶就向我道謝，我卻不知該作何反應。從那一刻開始，我就對紙箱另眼相看。

幾個月後，我得知了一個事件。在慶尚南道的巨濟，有一名二十幾歲的年輕人，毆打了撿廢紙維生的老奶奶，那位青年的身高一百八十公分，而老奶奶是一百三十公分，他對老奶奶拳打腳踢了足足有四十分鐘，而且是毫無來由地施暴。當天凌晨，那位老奶奶便去世了。看了這則新聞，我對如此殘忍的行徑氣得咬牙切齒，這事件讓我想起先前在社區遇到的老奶奶，導致往後好幾天心情都有點沉重。儘管和老奶奶的相遇很短暫，我卻感受到了旺盛的生命力，對她既憐憫又尊敬。這不是任何人能夠恣意踐踏的生命。

我想要更深入地了解他們的生活，所以決定開始撿廢紙。我向全國回收處理業者聯合會打聽，取得了幾家業者的電話，然後聯絡了他們，可是大部分人都有所顧慮，表示撿廢紙回收的人會不高興。我詢問了理由，原來是他們擔心子女看到新聞報導後會覺得丟臉。幸虧後來首爾松坡區的回收業者願意協助我，告訴我可以陪同一位廢紙回收人士工作，他是一位身心障礙者。於是我去拜訪了他。

崔先生曾是事業有成的主廚

我去拜訪回收業者，從地鐵九號線三田站出站後約步行十五分鐘。那天氣溫驟降，因此我全身都凍僵了。我繞過大馬路，走進了小巷弄，立刻看見廢紙堆積如山的地方，在廢紙堆旁邊站了一個男人，他是今天與我同行的崔進哲先生。他的身體看起來有點不方便，只能彎著腰慢慢地移動。我先開口打招呼，感謝他願意接受採訪，他馬上說因為自己口齒不清，說的話可能很難聽懂，對不起。我告訴他沒關係，如果聽不懂，只要再問一次就可以了。崔先生答道：「就把我當成是你哥哥吧。」一想到他像是個大我十九歲的哥哥，心情就很好。

崔先生騎的是三輪車，因為兩輪車對他來說難以控制。他將載運廢紙箱的推車停在那區公園的附近，因為家門前是禁止停放車輛的。他騎著腳踏車，一直問我會不會騎太快，因為他顧慮到走在他身旁的我，於是我說不會太快（其實還真有點快）。反正我當作是來順便舒展筋骨的，以一下子競走，一下子小跑步的方式一路跟著他，藉此漸漸驅走了寒氣。

途中我小心翼翼地提出令我好奇的疑問。我問他是如何開始做這行，於是他談起了八年前的事。他原本是擁有好廚藝的中餐主廚，當時正值事業有成的時期。「以前我還上過電視呢！」他笑著說道。有一天，厄運突然降臨，他在工作時因腦梗塞昏厥了，在如此緊急的狀況下應該立即送醫治療，他卻錯過了最佳時機，因此留下後遺症。他雖然藉由復健多少恢復了身體右半邊的機能，但仍無法隨心所欲地控制左半邊，不僅是走路，連說話都變得困難。他的人生在一夜之間劇變，主廚夢也破碎。

他失業之後，再也無法維持生計，成為領取基本生活保障補助的對象。儘管他有政府的補助，不過為了撫養就讀高中的兒子與就讀國中的女兒，生活費仍相當吃緊。在他陷入絕境之際，便開始做撿廢紙回收的工作。崔先生說：「這是我唯一能做的工作。」然而，這項工作對他的身心而言相當艱鉅，起初他甚至收集不到廢紙箱。能供應大量廢紙箱的店家，早有了固定配合的回收商，而且他光是走路就很費力了。即便如此，他還是一步步地開始收集廢紙箱，連週末也不休息，每天都勤勞地工作。這樣的日子持續了八年後，幸運之神眷顧了他，他的身邊開始出現會替他保留廢紙箱的鄰居。

攤平紙箱大挑戰

我們聊著聊著，就到了他停放推車的地點，以鎖頭拴住的推車裡，已經裝了三、四個紙箱。我問他這是今天撿來的嗎？他回答還沒，是附近居民把廢紙放在這裡給他回收。他通常會在上午十點開始工作，因為他太早開始收集，大家不太會給他紙箱。所以他會在早上七點起床，先送孩子上學，等大家累積了一些紙箱後，再開始工作。

我打算先靜靜地幫忙，光是收集廢紙箱就讓他很吃力了，如果一直和他說話會很失禮。我想在他身邊幫忙的話，就能更了解他吧。

首先，拆解紙箱是關鍵。大部分紙箱都是直接丟棄的，因此必須費一番功夫將箱子攤平，才能載運更多的廢紙箱。我把包覆著紙箱的膠帶和釘在邊邊角角的釘書針清除，不過一開始拔不太起來。即便我試著用指甲使勁撕，但早已牢牢黏住紙箱的膠帶，還是讓我吃盡苦頭。在觀察了崔先生熟練的手法後，我才得到了要領。必須先以拳頭「碰碰」地搥幾下紙箱側面，讓膠帶和紙箱間產生縫隙後，再一口氣撕除。在他身旁看他怎麼做，我就跟著做，還真的成功了。

拆解厚實的紙箱就更不容易了，由於材質很扎實，用拳頭搥打的話，不僅手會痛，而且也不管用。我因為心急，太用力拆紙箱，雙手因此被柏油刮傷，左手的食指和右手的拳頭都出現傷口，流了一點血。寒風一吹，雙手便疼痛不已。「早知道就戴手套了。」我後悔著。這是因為我太小看撿廢紙箱了。在旁邊看著我的崔先生告訴我，厚實的箱子要用腳踩。我學他用腳去踩釘上了釘書針的紙箱邊緣，箱子果然攤開了。

偶爾也會收集到膠帶已經撕除，而且拆開攤平的紙箱，只要直接放到車子上即可，真是令人謝天謝地。我想起每逢公寓的回收日，警衛伯伯總會叮嚀大家先撕掉箱子上膠帶，這時我都會抱怨：「好麻煩喔，為什麼要撕掉？」至今我才明白了原因。撕除紙箱的膠帶，整整齊齊地拆開平放，這是為了某些人的生計而做的舉手之勞。

崔先生數度問我手會不會冷，擔心地看著我，雖然我回答不會，但這並非實話，我的手其實凍得很，尤其受傷的部分已經快麻痺了。十二月刺骨的冷風不斷地抽打我的身體，不過因為持續工作的關係，汗水依舊流個不停。我必須反覆彎腰數次，腦中只有「紙箱就是金錢」的念頭，想要努力多撿些廢紙，幫助崔先生的生計。

賭上性命在街道上推回收車

我們把紙箱攤平，整齊地疊起，再將另一個紙箱擺上去。書籍則必須另外分類，因為價格比起廢紙箱高很多，運氣好的話，看見堆放整齊的廢棄書籍，會高興到快跳起來。所以沒有破損的書籍，都另外以箱子好好裝起來。

手推車變得越來越沉重了。我自告奮勇想替崔先生推回收車，但是他婉拒了。他表示要自己來，這對腦梗塞患者也是一種復健，推車子就是在運動。後來才知道，原來他因為走路不方便，所以藉著手推車的重量來支撐自己的身體，就這樣一步一步，喀噠喀噠地走著。即使雙腳的速度不同，他還是堂堂地踏出腳步。我想替他分擔一些重量，所以幫他推了一把，但是他說不需要這麼做，幫忙推車反而會妨礙到他。於是我只在上坡路段助他一臂之力，同時也配合他的步伐走路。右腳慢慢地，左腳快快地。如此調整好以後，我們步伐變得很合拍。

在巷道裡，汽車川流不息，險象環生，大型卡車、轎車、公車等，直接從身邊呼嘯而過。在巷子裡車流不斷的情況下，我們必須一直躲避車子，而且起起伏伏的路面還導致推車傾斜，車上的箱子因此掉了下來。他說路況危險，要我抓著他的身體前進，而我也反過來請他小心，有時他也會抓著我的身體。這是平時他獨自行走的道路，不過大多數的車，似乎仍會禮讓手推車，不會猛按喇叭催促，而是靜靜等待。

無論再怎麼小心謹慎，四周依舊充滿危險因素，這是長時間在路上推著推車所無法避免的風險。崔先生曾在幾年前因為摩托車意外而導致兩根腰椎骨折。當時因為一輛摩托車突然爆衝，撞到推著推車的崔先生，導致他瞬間昏倒。等到恢復意識時，人已躺在醫院裡了。而且因為醫療費用昂貴，他沒能徹底接受治療，至今腰部仍因為車禍的後遺症而疼痛不已，所以無法長時間行走。他邊走邊咳嗽，邊走邊喘氣，若是太累了就稍微坐下休息，如此反覆循環。

而我也無法倖免於那些危險的一瞬間。因為厚實的紙箱拆不開，我打算改用腳處理，於是把箱子放到地上，就在腳正要用力踩下去之際，一輛車子近距離地從箱子旁飛速駛過，只差幾公分就要輾過我的腳了。原本已被冷風吹得漲紅的臉，因為一陣暈眩而變得更紅了。

互助的鄰居，強奪的鄰居

這畢竟是個共生的社會，崔先生也擁有一群會幫助他的人。他走進了一間便利商店，店長夫婦就高興地歡迎他，也閒話家常了一下。「你昨天怎麼沒來？」「我怎麼可能不來，是因為昨天時間太晚了。」店長夫婦是一九六四年生，與崔先生同年，於是笑著對彼此說：「我們是朋友，朋友。」

便利商店裡堆滿了紙箱，是收了貨品後留下來的。夫妻倆說這些箱子只留給崔先生，也很清楚他的情況，並稱讚崔先生是比誰都更努力生活的人，為他感到不捨。我們彷彿是發了橫財般，賣力地拆解、收拾這些紙箱。店長說：「這樣整理地乾乾淨淨，我們也有好處。」全整理好以後，店長要我們喝杯咖啡再走。他泡了充滿了人情味的三合一咖啡。喝完了香甜的咖啡後，我們稍作歇息，這時才看見了一度已經被自己遺忘的汗水。

接著又去了另一間商店，店面後方有放置廢紙的空間，那裡正堆滿了紙箱，全是店主收集起來的。不過在廢紙的周圍，有與肩同高的鐵絲網圍繞。我問崔先生這是不是他自己做的，他說沒錯，因為如果不把門關好，其他人就會拿走這些箱子。他打算把箱子放上推車，但正前方卻停著一輛車子，中間的空隙僅能容一個人通過，根本無法停放手推車。於是他打電話請車主來移車後，才能將推車移動到靠近紙箱的地方。

崔先生擺了一張藍色塑膠椅在地上，椅子其中一角已經破損了，不過他並不在意，直接開始進行拆箱子的工作。他拿起體積較大或重量很重的紙箱時總是很吃力，我就會趕緊上前盡力幫忙。

箱子都收拾完畢了，我正打算推走推車，他卻請我稍等一下，然後走到角落去拿起長長的管子，轉開水龍頭。「要把這裡清理一下。」他將髒亂的地方清潔乾淨，用清涼的水柱到處沖一沖，地面立刻變乾淨了。

然而，他不只有會幫忙的鄰居，也有會搶奪的鄰居。那是在他正專心整理東西時，一時不注意之下發生的事情。

一位阿姨打算從我們上午整理好的紙箱堆裡拿走書，幸好我發現了，及時告訴她：「那些書不能拿走喔。」她卻神色自若地回答：「我以為是可以拿走的啊。」然後離開了。崔先生說，有些人會趁他在工作時，就這樣拿走廢紙——那些他在上午頂著寒風，冒了滿身大汗才收集回來的廢紙。

收集這麼多的廢紙，也只能賺到一餐的錢

廢紙持續地累積，一超過肩膀高度，就需要以繩索固定了。為了避免紙箱掉落，必須用繩子從這一邊繞去另一邊，牢牢地綁住。疊得整整齊齊的箱子固定好了，再擺一個很重的紙箱在上頭，如此一來，即使移動手推車也無須擔心。我推了一把試試看，結果車子重到我的身體幾乎快站不住了。要穩住車子的重心又是另一道難關。崔先生請我把沉重的箱子平均分散到推車的前方和後方，我照他說的趕緊移動紙箱。後來再抓起把手，果然發現重心穩定了，推起來輕鬆許多。

現在是該前往回收業者據點的時間了，手推車搖搖晃晃地前進著，崔先生說車子很重，他要走到把手裡，從前面拉車子，我也同意他的方式。花了近三小時所收集來的廢紙，在推車上堆積成小山，左搖右晃地向前行。

崔先生告訴我今天收集了很多，應該可以換到大約六千五百韓元（相當於一百七十六元台幣）。我以為自己聽錯，於是再向他確認一次：「收集了很多，但是只能拿到六千五百塊嗎？」結果他回道：「平常只能賺到四千塊（相當於一百零八元台幣）而已。」

到了回收業者的據點後，我們心急地等候測量重量的結果。廢紙與成堆的書都嘩啦啦地全倒了出來。過了一會，回收據點的老闆給了崔先生一萬一千韓元（相當於兩百九十七元台幣）。我問測出來的重量是多少，他告訴我廢紙重一百一十公斤，書籍重五十五公斤，一共是一百六十五公斤。我又問了磅秤在哪、是什麼時候秤的，他說地上的鐵板就是磅秤，大的鐵板是大磅秤，小的鐵板是小磅秤。於是我直接站上去量量看，就出現了九十四公斤的數據，回收站裡的人說：「應該是你的包包太重了。」不過我秉著良心坦承自己原本就很重。

崔先生表示這已經算賺得很多了，他已心滿意足。我問回收業者，為何紙箱的價格如此低？廢紙價格是每公斤五十韓元（相當於一點三五元台幣），書則是一百一十韓元（相當於兩點九七元台幣）。他表示，廢紙的價格有逐漸降低的趨勢，因為以往這些廢紙會大量輸出到中國，不過現在他們只想買乾淨的箱子。業者也說，回收處理業曾經輝煌過一段時間，尤其一九九七年金融風暴時倒閉的店家很多，加上過去景氣好的時候，蓋了很多建築物而產生大量廢棄物，可是現在的狀況變困難了。

午餐只花十分鐘，主食是一罐牛奶

下午一點，我們再次開始收集廢紙箱。崔先生加快了腳步，因為還有沒去的地方。他說一天會在社區裡繞個兩趟，以他的體力只能做到這麼多了。正當此時，剛好有另一位進來回收站的撿回收老太太向他打了招呼，並問道：「這是你兒子嗎？」於是我介紹了自己，她向我打氣說：「辛苦了。」

下午我們又開始做同樣的工作，看見了空空如也的手推車，我心想這次也能載滿廢紙嗎？無論如何，這次比起上午輕鬆多了。崔先生推著手推車，我則走在他前頭，四處尋找有紙箱的地方。崔先生說：「這工作做久了，會變成眼裡只看得見紙箱而已。」真的是這樣。

下午兩點，崔先生提議去便利商店前面休息一下再繼續，打算吃第一頓飯，其實他連早餐都沒吃。我們一起進了便利商店，他說自己要喝牛奶，要我也選一樣。後來，崔先生選了五百毫升的牛奶，而我選了兩百五十毫升的草莓牛奶（小學生胃口），價格共兩千七百五十韓元（相當於約七十四元台幣）。崔先生表示他要請我喝，但是我堅決婉拒他的好意。我實在不忍心讓他招待我，因為這等於是五十五公斤廢紙的價值，是崔先生至少得收集兩、三個小時才能換來的錢。

我們在便利商店前並肩而坐，一起喝牛奶。我問他為什麼不好好吃頓午餐，他回答因為沒有時間。崔先生拿了吸管回來，如果不用吸管喝的話，就很難喝到牛奶，因為他的牙齒不好。我仔細觀察了一下，光是肉眼就能發現他的牙齒狀態很嚴重，全部的牙齒皆泛黃了，而且大部分僅剩半截，連臼齒也沒剩幾顆。我問他有沒有去看牙醫，果然得到了預料中的答案。「靠著撿廢紙怎麼能治療牙齒？」我啞口無言。我們兩人都彎著腰，將剩餘的牛奶喝得一乾二淨。

載滿最後一趟手推車，我們相互握手

在一番勤勞奔走後，手推車的第二趟也滿載而歸。雖然已事先說好「收集這些就好了」，但是我們兩人都忍不住找來更多廢紙，每次看見紙箱，又再度重複「收集這些就好」這句話，推車就這樣一點一滴地長高。反覆了好幾次後，我們才推走了推車，一邊沐浴在耀眼的陽光裡。這次是「滿船」，在推車前方坐鎮指揮，拉著推車的崔先生，就像是船長一樣。儘管人生曾短暫受挫，但他依舊無懼浪濤的影響，堅定地往前行。這份情操，讓他的背影看起來更壯碩了。第二趟推車載回了八十公斤的廢紙，崔先生把賺來的四千塊錢（相當於約一百零八元台幣）握在手中。原以為數量已經夠多了，沒想到重量甚至沒超過我的體重，心中百感交集。

崔先生忽然抓住我的右手，再度問了已經反覆問了好幾次的問題：「你的手會不會很冷？」他的雙手彷彿刻上了人生的痕跡，厚實、粗糙而堅毅。我也以同樣的老話回應他：「不會。」並把我的手覆蓋在他的手上。平常認生的我做不出來的舉動，此時卻自然而然地那麼做了。其實他的雙手更冰冷。我就在想，那雙又破又舊的手套，能阻擋得了多少零下氣溫的寒氣呢？我問他手為何這麼冷，他支支吾吾地說，是因為血液循環不太好。所以我緊緊握著他的手，等他的雙手恢復溫度。他的手分明是冰冷的，卻傳來了暖意。

他開口說道：「託你的福，今天比較輕鬆一點，也撿了好多廢紙，比平常賺了更多錢。你應該很累吧？辛苦了。快點回家吧。你怎麼回去呢？地鐵站在那邊。」雖然簡短又未經修飾，不過他已盡可能清楚地對我說出這番話，對我而言是無比的溫暖。

在回家路上我有了一些感觸。崔先生之所以撿廢紙維生，並不是他有什麼不好，而是非常偶然的結果。人生是如此反覆無常，任何人都有可能面臨這樣的境遇，因此請別把他們視為另一個世界的人，希望能對待他們如自己的鄰居朋友，即使只是付出關心，也能成為他們生活中莫大的助力。

比如說，在棄置紙箱時留意是否撕除了所有膠帶、是否折疊整齊等瑣碎的小事；或是當他們緩慢通過車道時，是否耐心地等他們先過；當推車又搖又晃時，能否默默幫他們推一把；或是對他們說一句暖心問候等等。

還有一件事。對於這些容易成為醉漢手下亡魂的族群，我們不能不給予他們尊重。他們正以各自的方式，在水深火熱中熬過每一天，而許多我們未關注到的社會弱勢族群也是如此。為了避免這些人因長期以來獨自奮鬥而倒下，必須向他們伸出援手。

崔先生以不方便的身體，推著超過兩百公斤重的手推車，用滿身的汗水換來了一萬五千塊錢。他說要給孩子們零用錢，一邊將紙鈔成團地塞進錢包裡，接著說他要回家做飯了。他奮力踩著三輪車，一溜煙就消失的身影，是如此耀眼。

在返家的途中我才開始感到飢餓，見到小吃店立刻眼睛一亮，看了一下菜單，辣炒年糕三千五百韓元（＝九十五元台幣）、海苔飯捲三千韓元（＝八十一元台幣），而起司飯捲是四千韓元（＝一百零八元台幣）。假如是平常的話，我應該會買一條飯捲吃，但此刻卻遲遲無法行動。崔先生今天賺的錢，大概只能買到兩人份的辣炒年糕和三條飯捲，更別說他在一人作業的情況下甚至賺不了這麼多，光是買兩人份辣炒年糕和一條飯捲，就會花光所有錢，畢竟他平時收入還不到一萬韓元（相當於兩百七十元台幣），所以他只路過餐館，無法買飯吃。而且，下面這個疑問總是盤旋在我腦海裡：他們的生活，真的過得去嗎？

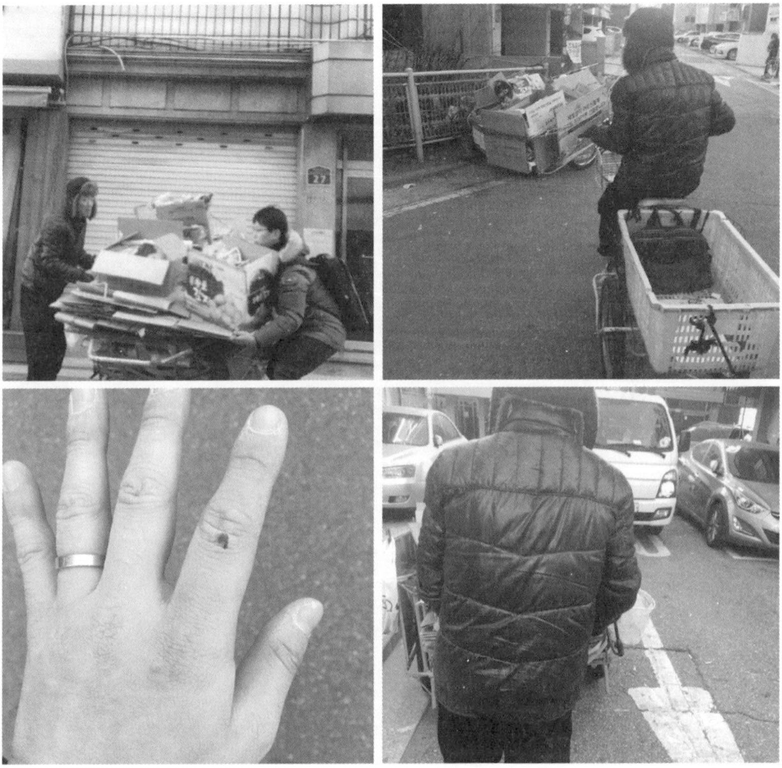

1	2
3	4

1 崔進哲先生（左）與我（右）緊抓著堆放了廢紙的手推車。疊放在推車上的紙箱快要往一邊傾倒，於是我趕忙抓好。我雖然胖，不過手腳很快。

2 騎著三輪車的崔先生，前往他停放手推車的地方，附近的居民會在他的推車上堆放一些廢紙，這對他而言是很大的鼓舞，不過也有一些人會偷走他推車裡的廢紙（真是欺人太甚）。

3 拆紙箱過程中，左手食指不小心被柏油路面擦傷。我應該要戴手套，卻因為小看了這份工作而受傷。仔細看會發現我的戒指因為手指發胖而變小（沒人想知道好嗎?!）。

4 一輛白色卡車試圖從推著手推車的崔先生右邊經過，在狹窄的巷道裡幾乎沒有迴避的空間，他總是曝露在危險的工作環境中。

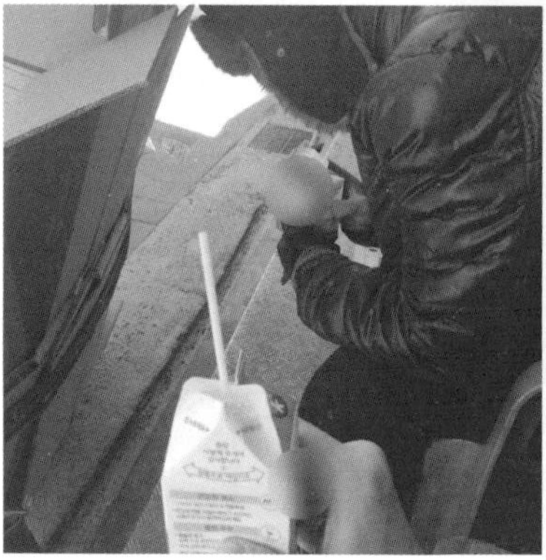

5	6
7	8

5 這是撿廢紙途中造訪的便利商店，店長夫婦請的兩杯三合一咖啡。我們暫時休息了一下，喝了溫暖的咖啡，身心都融化了。

6 這是第一次收集完廢紙後手推車的模樣，總重量一百六十五公斤，賺進一萬一千韓元（＝兩百九十七元台幣）。因為是花費三個多小時努力收集來的，等於每小時賺了大約三千五百韓元（＝九十五元台幣）。

7 崔先生和我都沒吃早餐，今天的第一餐就是牛奶。牙齒不好的崔先生說吃東西不太方便，仔細一看，他的口腔狀況很糟。他說沒有多餘的錢治療牙齒。

8 做完了一天的工作，崔先生推著推車踏上歸途，陽光從他的頭頂上灑落，他的背影看起來更寬大了。

在弘大商圈的鬧街上清理嘔吐物

現在是夜幕依然低垂的凌晨五點，有對年輕男女正癱坐在弘大的一間酒館前，那位女性的頭髮一直垂到地上，看樣子是喝醉了。結果令人不安的預感真的應驗了。他們剛才坐著的位置上，貼了兩張完美的「煎餅」，其實是兩攤嘔吐物，旁邊還有幾個空水桶滾來滾去。正當我在煩惱該怎麼清理的瞬間，清潔隊員李鐘石說：「在上面撒一些沙子就可以了。」他說幸好量不多，就直接以掃把掃乾淨了，我也幫忙一起掃。這時，巷子裡傳來清晰的「嘔嗚——」的聲音，又有另一位女性，正在確認自己是否消化了剛才吃下肚的下酒菜了。李先生說巷子裡面不是負責的清掃區域，不去打掃也沒關係，讓我鬆了一口氣。

我們朝著夜店門口移動腳步，裡頭傳來「動次動次」的音樂聲。街道的緣石底下滿是垃圾，到處散落著像是裝在破塑膠袋內的空酒瓶、提神飲料罐等，裂開的玻璃碎片還滾到車道上，被丟棄的菸蒂甚至有數十個。在清掃這些垃圾時，李先生說：「小心車子。」一輛輛汽車從我背後奔馳而過，我卻渾然未覺。李先生告訴我，清潔隊員連背後也必須長眼睛才行，工作服採用「螢光色」的理由，也是為了讓他們在夜裡更顯眼，假如誤以為駕駛會小心開車，那就糟糕了。

以前垃圾只要一離手，就沒我的事了，頂多偶爾在路上看見被亂丟的垃圾（如成堆的飲料杯等），會忍不住皺個眉頭的程度罷了。我確實認為有人會清理這些垃圾，所以漠不關心。但是在去年夏天的某一日，我目睹了一個畫面。有個小孩在搖晃餅乾袋，餅乾屑因此撒落一地，可是孩子的母親只瞧了一眼，便轉身離開。掉在地面上的餅乾屑，被行人踩了又踩，變得髒亂不堪。隔天，同一個地方卻不見任何髒汙的痕跡，乾乾淨淨。那是我第一次想起了「負責清理的人」——那些在我們尚未察覺的時候，悄悄清掃環境，然後消失無蹤的清潔隊員。

這些令人感激的清潔隊員，不僅身處惡劣的工作環境，最近意外事故也頻傳。先前在首爾市龍山區馬路上，曾有一位替垃圾回收車進行貨櫃替換作業的清潔隊員，因為被捲入油壓設備而喪命。在光州，也曾發生兩位清潔隊員在回收垃圾的過程中，遭倒退的車輛撞死的意外。他們雖然是不可或缺的存在，但時常處於辛苦又危險的工作環境中。

因此，我決定體驗清潔隊員的一天。既然已下定決心要做，首先想起的就是「以垃圾多聞名的地方」——弘大的鬧街。弘益大學商圈，是江北地區流動人口第一名，每日有超過十萬人次來來去去的地方，我打算成為負責將此地打掃地乾乾淨淨的清潔隊員。從凌晨五點到下午三點，我與其他的清潔隊員，度過相同的一天。

起床時間是凌晨四點，連出門工作都很艱辛

起床時間是凌晨四點，比起平時要早兩個小時。因為擔心要是起不來該怎麼辦，所以設了足足五個鬧鐘，凌晨三點五十分、三點五十二分、三點五十五分、三點五十七分和四點整。我想至少會聽到其中一次吧？前一天晚上十點就躺上床

了，卻遲遲沒有睡意。「還沒到就寢時間啊？」我的身體表示抗拒。過了晚上十一點，才好不容易睡著了。隔天凌晨，我在第四個鬧鐘響起時，勉強起床了，窗外仍是一片漆黑，我用冷水洗了幾次臉以後，出門去了。「呴呴呴」地吐了幾口氣，嘴裡冒出了長長的白煙，吹了吹冰冷的凌晨空氣，這才清醒一點了。

光是要抵達目的地弘大就是個問題。由於平時生活省吃儉用的關係（其實是沒錢），我捨不得花錢搭計程車。原本打算開車去弘大，可是停車似乎不太方便，後來又想搭公車去，卻發現第一班公車在凌晨四點二十分才由總站出發，如果等公車來，五點以前是到不了弘大的。我抱著遺憾的心情，在公車站徘徊了一陣子，才搭了計程車前去。最後我付了大約六千韓元（相當於一百六十二元台幣）的計程車費，不禁好奇清潔隊員都是如何去上班的？後來才得知，因為他們必須大清早上工，所以很多人會住在工作場所附近，或是騎摩托車上班。

凌晨五點整，我抵達了清潔隊員的「休息室」，地點位在弘大的鬧街上，就是大家偶爾經過會瞥見的貨櫃屋。我走進裡面，換上了綠色的工作服（尺寸一零五號），清潔隊隊長說凌晨會比較冷，所以為我準備了冬季工作服。換上褲子後，在短袖T恤外層又套上一件厚衣，接著戴上安全帽、戴上工作用棉手套，最後拿著掃帚和畚箕，就萬事具備了。

我從清潔隊員的業務中，選擇了「道路清潔」（邊走邊清掃）這項工作，除此之外還有生活廢棄物、廚餘、再生資源、大型廢棄物處理等項目。每天的工作時間劃分為三個時段：凌晨五點至上午八點為第一時段，接著到八點四十五分為止是早餐和休息時間。上午九點至中午十二點為第二時段，午休時間則到下午一點，第三時段則持續至下午三點。第一時段，我在弘大的想像庭院週邊兩側人行道；第二時段，我在合井一帶的街道；第三時段，我再次回到第一時段的區域清掃。

遭傳單、名片轟炸過的地面，掃了五遍才勉強清理乾淨

第一輪清潔工作，是從弘大的想像庭院左右兩側展開的羅迪歐大道，我身邊有三年資歷的清潔隊員李鐘石先生同行。拉著手推車到達目的地的瞬間，我立刻清醒了。隨手丟棄的垃圾，簡直令人嘆為觀止——遍地都是色彩鮮艷的娛樂場所廣告傳單。雖然這是我經常出入的街道，但卻是第一次見到它的「真面目」，因

為以往見到的是已清掃完畢的狀態，對此一無所知。在廣告傳單之間，還摻雜了一些菸蒂。李先生告訴我，由於是星期四的關係，垃圾量比起平時算少了，星期日的垃圾量會比星期四多出三倍。

我原先的計畫是，把所有垃圾都掃到一邊後，再一次性清理掉，然而野心勃勃的初次嘗試卻失敗了。傳單比起預期的更難清掃。緊緊附著在地面上的傳單，彷彿在嘲笑我笨拙的掃地技術，最少得掃個三、四次，最多必須掃五次，才能將傳單掃進畚箕裡。我更賣力地用雙手揮動掃帚，但打掃的成果不如意，所以手越握越下面，我的腰也越彎越低，心想：「這些傳單到底是哪個XX丟的？」李先生看見我和垃圾奮鬥的模樣後勸我：「這樣彎下去的話腰會很痛喔。」並叮嚀我要把腰挺直，手抓掃把抓得高一點。雖然我修正了姿勢，腰卻老是越彎越低。

李先生的技術相當熟練，即使只用單手掃地，也能將傳單俐落地掃進畚斗。看來似乎有什麼訣竅，於是我向他請教了一下。他說，掃把的刷子部分一邊長一邊短，要先以長邊打一下傳單，再掃起來。我試著「啪」地打了一下，果然輕鬆地掃除了傳單。

才剛熟練了掃傳單的方法，新的敵人又登場了——娛樂場所、借貸等業者的名片。名片面積更小，比起傳單更難掃除，即使運用李先生傳授給我的技巧也行不通。名片不是掃不動，不然就是溜到畚箕底下，我一時火大，便伸手撿起名片，因為不斷反覆彎腰的動作，身體越來越疲累了。我已精疲力盡，汗水直流。開始做清潔工作也不過二十分鐘，而且是在氣溫低於二十度的清晨裡，竟然流了這麼多汗，可說是遭遇熱浪後的第一次，根本熱到可以穿短袖工作了。

從辣炒年糕湯底、沒喝完的飲料杯到隨地亂吐的痰

垃圾可說是越掃越千奇百怪。人們隨意丟棄垃圾，對於負責清掃的人而言是完全無禮的行為，總以為「反正有人會打掃」，於是隨手丟掉。

無論車道或人行道上，皆可見成堆的菸蒂，那是大家抽完菸就隨地亂丟的結果。由於街道四處都有菸蒂，清理起來並不容易，甚至在垃圾桶旁邊也有人亂丟菸蒂。而清除卡在人行道的磚頭縫隙裡、行道樹保護板空隙裡的菸蒂，才是最折騰人的事，我還寧願行人把菸蒂直接丟在地面上，至少打掃起來輕鬆一點。最後實在看不下去，只好開始徒手撿拾菸蒂。李先生說，在他尚未擔任清潔隊員以

前，總是隨地丟棄菸蒂，但現在如果身在沒有垃圾桶的地方，他就乾脆不抽菸了，因為他能體會清理者的心情。

至於廚餘的情況也相同。廚餘是必須另外丟棄的廢棄物，可是很多時候大家都直接扔掉了，其中又以未喝完的飲料瓶為最多。那些還懂得把廢棄飲料瓶立好的人，已算是有禮貌的了，還有很多人把飲料打翻，將地面弄得亂七八糟，原本應該要把瓶蓋一一打開來，倒掉裡頭的飲料才對。此外，有人會把吃剩的外賣食物，整個裝在塑膠袋裡，棄置在垃圾桶旁，也能看到地上擺著用來盛辣炒年糕的碗。難不成有人捨不得吃完食物，打算隔天再來這裡吃嗎？

嘔吐物與痰是最令人不舒服的。這裡因為夜生活興盛，隨處可見嘔吐的痕跡。我想起了大學時期「嘔吐的回憶」，當時替我清理的清潔隊員的感受，正是我現在的感受。雖然已過了十五年，可是我真心對此感到抱歉。特別是吐到地上的痰如果遇上了垃圾，兩者可說是「如膠似漆」，無法輕易清除乾淨，讓我吃了不少苦頭。在清掃過程中，也不時看見行人隨地吐痰的樣子，甚至目擊了一位看似是大學生的男性，當著我的面往地上吐痰，瞬間，我的手把掃帚握得更緊了，但最後仍勉強讓自己消氣。清潔隊員說，要是我們有「勸導的權限」就好了。

行人和違停汽車都是障礙物

必須清理的不僅僅是垃圾而已，因為正打算清掃垃圾時，會發現行人、站著的人，與違停的車輛，全都是阻礙物。

弘大商圈畢竟是規模最大的繁華地段，即使到凌晨五點，路上依然有許多行人，觀光客與外國人也絡繹不絕。第一輪清潔工作必須在上午七點四十五分前完成，雖然內心很著急，但進度無法如我的意。如果掃垃圾掃到一半時有人經過，就必須停下清掃的動作，因為擔心會揚起灰塵。而站在一旁聊天的人，對於清潔工作也造成妨礙，雖然有些人會識相地讓開，但大多數人不會這麼做。有一名疑似想搭訕女性的外國人站在垃圾周圍，嘻笑喧嘩了好一陣子，我只好在附近打轉，慢慢地打掃，甚至還想像用掃把戳一下他屁股，可是怕打不贏他，只好忍了下來。

在這之中最令人頭疼的，莫過於違停的車輛了，而且其中大部分為等待客人的計程車。我們必須清掃街道緣石下滿滿的垃圾，卻因為這些計程車而左右為難。李先生喊了好幾次「請移動您的車輛。」車子雖然稍微往前開了一點，不過又再次停了下來。光是清空車輛就得費一番功夫，而且車子若突然發動，也容易造成危險。在如此緊張的狀態下工作，感覺加倍地辛苦。

清潔隊工作的原則是，每工作五十分鐘，必須休息十分鐘，所以工作期間抽空休息了幾次。每當休息時，才感覺到自己全身是汗，我吹吹早上的涼風，把汗水晾乾，緩一口氣。回頭看看先前經過的地方，原本髒亂的道路已經變得清潔溜溜。這樣一來，早上出門的市民看了也神清氣爽吧？想到這，我體會到了一股難以言喻的成就感。

我們大約在七點半結束了第一輪的工作，然後來到想像庭院附近的廣闊區域，李先生表示，他們打掃完各自負責的區域後，會前往協助不易清理的街區，其他清潔隊員也三三兩兩地聚集到同一個地點工作。清潔隊員彼此之間，因為深知人手不足與彼此辛苦的這份友愛之情，猶如剛舀起的魚板湯般溫暖。不一會天亮了，街道也亮了起來。

「落葉」不是秋日的浪漫，而是冤家

早飯是拌飯配大白菜湯，俗話說：「肚子餓了，光吃白飯也香。」即使菜色很平凡，嚐起來也像山珍海味，連平時沒有吃早餐習慣的我，也把一整碗湯吃得一乾二淨。接著，我好好地休息了二十多分鐘。大家很有默契地關了燈，躺在自己的位置上，我也躺了下來。可能是因為太久沒用到肌肉了，全身上下彷彿遭到毒打過一頓般痠痛，尤其是使勁用力過的腰部右側，感覺到陣陣疼痛。休息室立刻變安靜了。清潔隊員從凌晨開始，為了乾淨的街道而奮鬥，他們汗臭味、鼾聲，充滿了整個房間。

美好的休息時光結束後，第二輪清潔工作開始了。工作區域是由弘大往合井方向，長達七百至八百公尺的雙線道路，在街道的兩側皆種滿了行道樹，終於到了掃「秋天落葉」的時候了。我和李先生分別負責道路的左側和右側，他自願打掃垃圾較多的右側道路。

街道四處佈滿了落葉。首先，我把人行道上的落葉往車道方向集中，但是才剛唰唰地掃了一下，葉子馬上掉了下來，再掃一次，葉子又落了下來，我就這樣繼續掃，葉子也繼續落下。李先生叮嚀我，這麼做的話，掃到半夜也掃不完，應該先把落葉都先堆到一邊再接著掃，然後堆另一堆，再清掃。落葉「簌簌」的聲響哪是浪漫，根本是冤家。轉頭一看，地面又滿是葉子了。於是我漸漸加快了打掃的速度，不停地揮灑著汗水。

行道樹之中，懸鈴木寬大的葉子是最令人困擾的習題。每次一揮動掃帚，葉子就往四處飛散，而且葉片很大，即使掃進畚斗，也老是突出來。「五顏六色的垃圾啊，拜託別再掉出來了！」我暗自在心裡吶喊。我細膩的秋日感性，在那一天全都煙消雲散了。

正與落葉奮鬥的瞬間，有位經過的男人對我說：「辛苦了。」我轉身向他說：「謝謝。」那句話令我振奮了起來。以前我為何吝於說這句話呢？

完成第二輪工作後，稍微曬曬上午的太陽，休息了一會，雖然身體很疲倦，但或許是流了許多汗的關係，我反而精神抖擻。我也以把街道打掃乾淨的自己為傲，所以心情很好。

第三輪工作完成，全身痠痛不已

吃完了午餐，稍作休息後，下午一點我們開始了第三輪的清潔工作。因為街道已經掃過一遍，整潔度尚稱良好，不過仍舊在四處出現了一些亂丟的垃圾，也有很多菸蒂。

上午還很生疏的打掃技術，到了下午已經很上手了，即使我不再用力掃地，也能輕鬆地掃乾淨，這是需要技巧的。一隻手唰唰地打掃，另一隻手要就近拿著畚箕收垃圾。當垃圾量多時，則先用腳固定住畚箕，以雙手抓住掃把，再一次性地掃除垃圾。如果必須一次清掃大量垃圾，就得使用大掃把。我趁李先生熟練地以大掃把掃地時在一旁觀摩，那不是一個區區新手能駕馭的配備。

下午三點，清潔工作終於告一段落，李先生擔心我會因此累倒。我才剛回答：「我還好。」即將退休的一位清潔隊員馬上笑著對我說：「明天你就知道了。」李先生也表示，他剛開始做這份工作時，曾經在一個星期裡，天天到汗蒸幕報到。我果然如老人家的預言，隔天全身彷彿是被打過一頓般，疼痛不已。從握著掃把的拇指、手腕、四肢、肩膀到腰部，沒有一處是不痛的。

李先生也正試圖克服艱辛的日子。他表示雖然身體很勞累，不過只要習慣就好了，他是以正面的心態看待這份工作的，因為無論做任何事，都是同樣的道理。我從他身上感覺到了正能量。同時，他也娓娓述說了自己的故事。原本他從事出版業，三年前看到了清潔隊員的招募公告後決定來應徵。他平時過的是一週值白天班，一週值大夜班，如此循環不息的生活。李先生認為，凌晨出門工作當然辛苦，但優點是他能早一點下班，因此多了更多陪女兒玩的時間。我問他會不會很累，他笑著回答不會。能讓父親勇於扛起肩膀重擔的，正是他對家人的愛。

改善清潔隊員的勞動環境，仍有一段遙遠的路要走

結束一日體驗後，我仔細回顧了清潔隊員的勞動環境。國內清潔隊員總數為八十六萬兩千多名（統計廳各地僱用調查，二〇一八年），雖然勞動條件已有所改善，但仍舊十分惡劣。

清潔隊員在道路上清掃時，其實曝露在無數塵埃之中，這是在戶外工作的特性，也無法避免會接觸到懸浮微粒。而且因為必須持續拿著重物，所以罹患肌

肉、骨骼疾病與皮膚病等職業疾病的風險很高。另外，交通意外等安全上的問題也相當嚴重。

嚴重的就業困難，導致清潔隊員應徵者踴躍，然而社會群體對於這份職業的認知仍然低落，中央政府與地方政府依舊將清潔隊員歸類為「單純勞務從業人員」，而且直接聘僱與委外民營之間也存在落差。雖然我所體驗的是「道路清潔」，不過從晚上十點到上午七點則是委由民間清潔隊員執行的「計量垃圾袋回收處理」作業。麻浦區廳的廳所行政科長告訴我，夜班人員的工作更危險、更辛苦。

此外，清潔隊人力也很吃緊，負責弘大一帶清潔工作的道路二班總共有二十三位成員，但在垃圾量最多的週末，人手甚至更少，僅有十五名人力分攤工作。一名清潔隊員也透露，因為其他同事比自己更辛苦，所以他也不敢放鬆休息。

至於休息室等清潔隊員的專屬福利也很糟糕。在結束了勞累的工作後，二十幾名的清潔隊員連躺下休息的空間都不足，必須緊貼著彼此睡覺才行，而且枕頭也只有兩、三個可使用。然而，別說是增加休息室空間了，光是既有的休息室也要看鄰里的臉色，因為這是「鄰避設施」。

每次見到乾淨的街道時，我們總以為是理所當然，認為街道本該如此整潔，彷彿它一直以來都維持著這副樣貌。不過最近我開始留意到在道路上來來回回的清潔隊員，他們口中吐出的白霧，與浸濕他們袖子的汗水。

走在路上時，也注意到地上掉了許多菸蒂，我會把它們一一撿起來，觸感溼溼軟軟的，雖然不喜歡，但無所謂。我一直拿在手上繼續走，直到走了約五百公尺，才丟進垃圾桶裡。「清潔隊員明天應該能少做點事吧。」想到這點，心情也好了起來。

1	2
3	4

1 凌晨五點，在弘大鬧街上清掃垃圾的我。腿拍起來有點短，但實際上比照片看起來更長，這是因為褲子太鬆稍微掉下來的緣故。（ⓒ麻浦區清潔隊行政人員）

2 弘大鬧街上散落著各種娛樂場所的傳單，街道另一側也有滿地的傳單。大家在無意間撒落的傳單，造成清潔隊員莫大的困擾，他們為此加倍辛勞。

3 被丟棄在街道一隅的垃圾，包含有人吃剩的辣炒年糕湯底、水瓶、串燒竹籤等，全丟得亂七八糟。

4 在弘大街道上違停的車輛，是清潔隊員在清理緣石底下垃圾的障礙物。

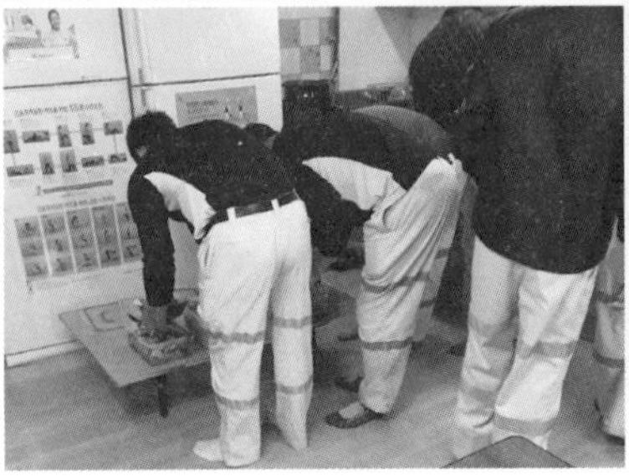

5	6
7	8

5 秋天的落葉在成為垃圾以前，是一種浪漫。但是當我拿起掃把的瞬間，掉落的樹葉便成了仇人。掃過一遍後，樹葉又立即落了滿地。（ⓒ清潔隊員李鐘石）

6 與凌晨遭傳單轟炸過的模樣截然不同的乾淨街道。市民在整潔的街道上來來往往的樣子，我看了很有成就感，忘卻了打掃的辛勞。（ⓒ清潔隊員李鐘石）

7 休息室裡設有小廚房，不僅能在此休息，也可以用餐，可惜空間很狹小，希望環境可以再改善。然而休息室被視為鄰避設施，要找到適合的空間並不容易。

8 我從人行道上撿起來的菸蒂。我相信如果大家都能確實按照規矩丟垃圾，清潔隊員的打呼聲也會越來越小。（ⓒ我的右手）

閉眼參加櫻花慶典

似乎有什麼東西輕輕地擦過我的右臉，搔癢的觸感，令我驚訝地突然停下腳步。接著，左臉也傳來了類似的觸感。「哇，好像在下雪一樣！」在十二點鐘方向，有人發出了讚嘆。「原來是櫻花啊。」我這才大概猜到是什麼觸感了。我在原地站了一會，暫時沐浴在令人心曠神怡的春風裡，背部也感受到午後陽光灑下的暖意。我的心情，隨著錯身而過的女子的笑聲而變得飄飄然，刺激著鼻梢的炒栗子香味與蠶蛹的味道，喚醒了我的食慾。

只可惜浪漫的時光未能持續久一點。我才剛移動腳步，所有的感覺神經立即緊繃了起來，我聽見從四面八方傳來的說話聲，卻無法判斷其方位。用來探索前方路況的白手杖（視覺障礙者的步行輔具），老是碰到別人的腳，我只好連忙低頭道歉。為了避開疑似是櫻花樹、攤販推車等的障礙物，我變得狼狽不堪。一下擔心會跌倒，一下擔心會撞到，於是慢吞吞地走路。結果忽然「哐」一聲，我一頭撞上某個東西，摸了摸，發現是櫻花樹。由於來不及探測到前方這條與臉同高的樹枝，於是我的頭在撞上瞬間向後折，不禁「哎喲！」地哀號，我也聽見周圍的人驚呼了一聲。我的額頭和內心同時痛了起來。

我閉著眼去了櫻花慶典，地點就在種植了一千株櫻花樹的汝夷島輪中路上。也許有人會反問：「既然看不見櫻花，為何還要去？」事實上，我也提出了類似的問題，但不是對別人，而是對視障朋友。結果他們如此回答道：「在家裡聽電視新聞報導：『櫻花開了，春天到了。』和親自去慶典現場與人互動，感受清新空氣的感覺並不一樣。」

視障朋友又接著說下去，他們根本不敢有獨自去賞櫻的想法，必須由輔助人陪同前往，因為路上有許多危險，想要單獨行動並非易事。有人協助他們時，雖然也覺得方便，不過視障朋友又說：「可是無論做什麼事，都必須有人陪我一起做……」最後一句話到了嘴邊，又吞了回去。

我隱約能猜測他想說的那句話是什麼。可能是要去便利商店買罐啤酒時，想去家門前小吃店吃一盤辣炒年糕時，都需要他人的幫助才能辦到。因此當我問他能不能自己去賞櫻，他會那樣乾笑也是理所當然的。聽了這樣的回應，心裡有點苦澀。難道在這萬物復甦的春季，想出門吹吹風，是一種奢望嗎？

經過這番思考後，我親自拿起了一隻白手杖，這是我向蘆原的首爾市立視覺障礙者福祉館借用一週的白手杖。收下了白手杖，聽到館方人員對我說：「一個人行動的話很危險喔。」讓我原本高昂的意志，瞬時畏縮了。儘管如此，最後我仍決定挑戰看看。如果獨自行動很危險，那我必須公開為何危險的原因，才能多少改變現況。

只要閉上眼睛，我的家瞬間就變成陌生環境

在走到外頭以前，我需要經過充分的學習和練習，於是看了韓國視覺障礙者聯合會所製作的影片，內容是關於步行基礎技巧、手杖使用指南、室外步行技巧等。看是看懂了，但是依然感到生疏。老實說我有點緊張，因為我從來沒想像過閉著眼出門這件事。

我決定先在家裡練習，畢竟這裡是即使閉眼走路，也感到熟悉的空間。然而真的閉上眼睛後，才發現根本不是那麼一回事。首先，我擺出步行的基本姿勢，按照影片中示範的動作，把手臂抬到與肩同高的位置後，手肘呈直角彎曲的狀態，然後維持這樣的姿勢走路。接著，我馬上理解為何要這麼做的原因了。我才跨出三步，立刻「砰」地撞上水泥牆，差一點就撞到頭了——這個基本姿勢，原來是為了保護身體，避免自己受傷。撞到一次以後，我開始被恐懼所籠罩，只能像貓咪般躡手躡腳地前進。家，不再是那個我所熟知的空間了，我甚至連方向和距離都無法準確拿捏。

即使只是從臥房走幾步到客廳，也成了一道難題。走出房間時，我的腳踢到了擺在門口的花盆，那是太太鍾愛的物品，我因此嚇到急忙睜開眼，幸好太太好像沒發覺，於是我趕緊將土撿起放回去，可謂經歷了生死一瞬間。後來我再次閉上眼在客廳走動，但老是有一種「前方有東西，又要撞上什麼」的感覺，所以身體變得非常僵硬。在練習大約一個鐘頭後，才稍微適應了閉眼走路。

在社區走動更令人畏懼

隔天，我在住家附近走動。關上家門後，我立刻閉上了眼。我搭上電梯，用手摸索了一下，按了一樓的按鈕，然後慢慢地地從公寓大門走出去。一感覺到室內到室外的空氣變化，我瞬時倍感焦慮。

我先冷靜地展開了白手杖，輪流碰碰左側，再碰碰右側，根據使用指南，探索的範圍必須比肩膀再寬一些。原以為已在家練習過，總該習慣閉著眼走路了，但才剛開始我就擔心到快要冒出白髮了。因為到了戶外，更不可能判斷哪裡是哪裡，無論是方向或距離都難以估測，所以我只踏出了幾步就停在原地了，感覺像是被遺棄在茫茫大海裡。生性樂觀的我，一路以來已經闖過了許多難關，但是這次的體驗究竟該如何是好呢？這是腦海裡唯一浮現的念頭，已經很久未曾感到如此茫然了。

雖然曾學過如何判讀導盲磚的方法，但卻毫無用處，因為住家週邊的導盲磚鋪設得並不完善，沒設置導盲磚的街道佔大多數，還有些地方鋪設到半路就斷了。即使我一天到晚在社區走動，也是第一次發現這點，因為以前的我不在乎。

我唯一能倚賴的，僅有這支白手杖和我的感官。由於在移動的同時，我必須一邊思考我走到哪、是否走對了地方，因此跨出的每一步都非常艱辛。遲疑了十分鐘後我睜開雙眼，發現自己不過是從一棟公寓的尾端走到另一端罷了，移動距離僅三十幾公尺。

平常走動的時候，都不曾發現這條路竟如此不友善行人，除了街道寬幅不一致，也不是直線延伸的道路，即使是一直朝著同一方向走，也必須轉好幾次彎。每當我懷疑自己是否走對了路，白手杖末端就會卡到東西，到處碰到不知是摩托車、自行車，或是其他不明的障礙物，而且對於道路的傾斜和彎曲也更敏銳了。每當我的身體開始搖搖晃晃，心情就變得焦慮不安，加上有許多白手杖探測不到的死角地帶。比如，與我胸口同高的樹枝突然擋在前方時，我總會嚇到睜開眼睛。

一小時過後，我的身體僵硬得猶如原木。後頸硬梆梆的，腰部陣陣疼痛，腿部神經緊繃，口乾舌燥，氣喘吁吁，而且手腕也因為緊緊握住白手杖而疼痛。坦白說，我甚至萌生了放棄的念頭，最後勉強憑著「這不僅是體驗，而是某個人的生活」的想法撐了下來。假如希望能有一點點的改變，那就必須用心猜測、了解和同理他們的生活。把社區繞了一圈後，我已經汗流浹背，現在終於可以收起白手杖向前走了。

眼睛看不見時，車輛瞬間成為「怪物」

終於來到了計畫好要去賞櫻的日子了，我正前往櫻花滿開的汝夷島輪中路。我先搭公車，再轉乘地鐵，接著必須步行長達一公里的距離。因為預期這會是一段很長的路程，我不禁緊張了起來。早上七點鬧鈴一響，我暫時睜開眼，又再度闔上眼。體驗現在才正式開始。

我盡可能以最簡單的裝扮出門。當日的天氣相當好，不過和我在自家附近練習走路時有個不同之處，那就是多了人與車。

之前大多是在夜晚練習走路，所以很清靜，但是到了人車開始活動的早晨，街道樣子就不同了，來來往往的人非常多。遇到靜止不動的東西，我只需避開即可，可是碰到會移動的人，很難事先做好準備。尤其聽見突然跑向我的聲音時，總會特別敏感，便瞬間佇立在原地。如果有人從不明的位置忽然出現，我會被他呼嘯駛過的聲響嚇到。在獨自一人的黑暗裡，車輛的聲音聽起來很詭異。我小心翼翼地慢慢走，從十二點鐘方向傳來「嗖——」的聲音後，我立即石化了。

我原以為走在人行道上至少比較安全，結果才稍稍安心了一下，這一絲希望就破滅了。在前往公車站的路上，前方有一輛摩托車經過，儘管這是生活中稀鬆平常的狀況，我卻嚇到差點跌坐在地。而且，我分明是走在人行道上，但一聽見汽車疑似要停車的聲音，就立即驚惶失措。

閉上眼以後，許多違反常識的路況更加歷歷在目，而且在一片黑暗之中，它們彷彿是威脅性命的「怪物」。

沒有廣播告知，白白錯過了十輛公車

我好不容易才走出公寓所在的社區，到達公車站時，因為剛在路上經歷了一番苦戰，我早已疲憊不堪。在這情況下，灑落在臉上的陽光，勉強給了我一絲慰藉。比起深不見底的黑暗，我更喜愛搖曳的溫暖光線，原因是如果站在陽光底下，我至少能在陰影籠罩時，察覺有東西正在接近。

「稍後即將抵達的公車是……」我老遠地就聽見公車到站廣播，於是朝著聲音的方向走去，越靠近公車站，廣播聲就越來越響亮。我回想了朝地鐵站行駛的公車號碼，並專注傾聽公車到站的廣播，但廣播聲被車水馬龍的噪音淹沒，必須靠得很近才聽得見。太專心傾聽的我，眉頭不禁皺成了一團。約莫五分鐘後，我聽見數班公車即將抵達的廣播，其中也包含了開往地鐵站的公車。

然而，即便公車抵達了，我也無法搭上去，因為往地鐵站的公車與未行經地鐵站的公車在同時間到站，我分辨不出該搭哪一輛才好，慌張到不停地左顧右盼，這完全是意料之外的狀況。我聽見了公車門開啟的聲音，又聽見了公車門關上的聲音，就這樣錯過了十多班公車。在依然冷颼颼的清晨，我吹著春風，身體漸漸凍僵了，只因為放不下沒用的自尊心，而無法開口向人詢問：「這是幾號公車？」事實上，我甚至不知道哪裡有人，所以靜靜等候別人先開口問我，可是卻沒有任何人這麼做。

不知道過了多久後，我認為不能再如此乾等下去了，否則今日的體驗將在公車站劃下句點。因此，我決心鼓起勇氣。當公車抵達，一聽見車門開啟的聲音時，我高聲地問道：「請問這是〇〇〇號公車嗎？」接著聽到一點鐘方向，有位回答：「對，沒錯。」的中年男性聲音傳來，是公車司機。

於是我朝著公車走去，搭上了車，卻不知道該在哪感應交通卡而茫然了一會，於是公車司機拉著我的右手去感應卡片。向他道謝後，我才終於安心地鬆了一口氣，也沒想過要找位子坐下，只是一直站在門邊。公車裡暖乎乎的空氣，溫暖了我的身體，心情才剛放鬆，我就立刻變得懶洋洋，並感到一股睡意襲來，好想直接在原地坐下。

當時公車上的電台節目正播送著歌手成振宇的歌曲《不要放棄》：「別徹底放棄／因為另一種面貌／我是為了生存而掙扎」聽見這幾句深深打動我的歌詞，眼淚幾乎要流下來了。

幫助視障朋友是需要方法的

下了公車後，我走向地鐵站。友善的公車司機，在我下車時也拉了我的左手，幫助我感應交通卡，於是我再次向他點頭道謝。

在街上走動時，唯一能仰賴的只有導盲磚，平時我連導盲磚在哪裡都不清楚，原來就在人行道的中央。直條紋的地磚，代表向前直行之意，而有數個圓點的地磚，則代表方向改變或停止的意思。雖然我認真用腳去感受，卻無法輕易辨別地磚的樣式。我後悔了，早知道就穿鞋底薄一點的鞋子。

我一階一階慢慢地走下通往地鐵的樓梯，導盲磚也延伸至地鐵站內。接著在地鐵閘門感應交通卡後進入，忽然出現一位聲音聽起來約五十歲的男性，從後方抓住我的背和手臂，問我是否要搭地鐵。我一回答：「是。」他便表示願意協助我，並拉著我前進。沒想到他卻邁開大步往前走，又毫無預警地突然轉向，那瞬間我頭暈目眩，左搖右晃，白手杖完全騰空，而我為了跟上他，疲於奔命，感覺像在搭雲霄飛車一樣。儘管很感激他那熱心助人的心意，但我感到非常不安。

「如果我幫助視障朋友，他們一定會很放心。」——這是視力健全者一廂情願的想法。協助視障朋友時是需要技巧的。在眼睛看不見的情況下，視障朋友很難快速跟上他人的腳步，還不如幫忙指引方向就好。我想起過去偶爾在地鐵站遇到視覺障礙者時，不知該如何是好的經驗。現在親身體會過一遍，大概明白以後該怎麼做了。

過了一會，列車到站了，站內廣播正提醒旅客：「請留意月台間隙。」一陣恐懼感突然襲來。我數度以白手杖探索地面，卻摸不清月台間隙的位置。霎時間，緊張感升到了最高點，在猶豫了好幾次後，我幾乎是以跳躍的方式勉強上了車。在列車上，我仍然萬分焦慮，心想萬一下車時腳卡在間隙裡怎麼辦？要不要稍微睜開眼睛？還是再次跳越間隙？要是月台間隙有安全踏板，就無須這麼做了。幸好，最後我安然無恙地下了車。

抵達輪中路前的一公里路途，我陷入了「迷宮」

我到了汝夷渡口站。從一號出口到輪中路，必須步行約莫一公里，雖然這是每逢櫻花季時必訪的地方，但現在對我而言等於是陌生的場所。「找到正確的路」果然如預想般困難重重，導盲磚至少不該讓我迷失方向啊，但是它無法告訴我該朝何處走。如果是在住家附近，多多少少還能猜測方向，在這裡卻不是如此。我不管三七二十一就出發了，可是完全無法判斷哪裡是哪裡，非常茫然。

當我走得越久，就越能看清這個都市街道的真面目——對視覺障礙者相當不友善的真面目。我徹底體會到這所有的設計，都是對於「不便」毫無概念的非視障者所打造出來的。人行道上充斥著會妨礙白手杖的物體，我好幾次因為撞到障礙物而差點跌倒。斑馬線就近在咫尺，我卻渾然不知，差一點從馬路中間穿越過去，直到聽見汽車駛過的聲音才嚇了一跳，及時停住腳步。我也不清楚行人穿越道的語音號誌裝設在哪裡，只能苦苦等候有人替我按下按鈕。即使綠燈亮了也無從得知，只是傻傻地站在原地。我有一種明明身在人群中，卻同時與世隔絕的感受，很孤單。

我走上一條奇怪的路好一陣子後，問了身旁的行人，才發覺走錯了。於是再次靠著白手杖的幫助，往回走了一段路程。當時可能是午休時間，一聽見上班族熙來攘往的聲音，我開始冒出冷汗，再次振作精神向前走。這裡猶如一座走不出的迷宮。

如果有一種能告訴視障朋友目前所在位置的語音軟體就好了。像導航系統一樣，藉由語音播放這樣的提醒：「這裡是〇〇〇，距離輪中路還有一百公尺。前方有行人穿越道，請小心步伐。請繼續朝十二點鐘方向前進。」願意開發出這項技術的好心人應該不存在吧。

「請問這裡是輪中路嗎？」

「是的，沒錯。請往這邊直直走。」

我問了身邊的行人，得知已經到達目的地，也順便確認了一下時間，現在是中午十二點半。

我稍微站著喘了口氣，此刻才感受到春日正午的風景。暖洋洋的陽光從天空灑落，舒服的微風吹來，吹乾了身上的汗水。人群的笑聲，「咔嚓咔嚓」的快門聲，可能是來自校外教學孩童的嘻笑聲，香噴噴的炒蠶蛹味道，鳥兒嘰嘰喳喳的鳴叫——這些聲響，令人充分體會了春遊的氣氛。

櫻花並不是只能透過雙眼欣賞，其實也可以用「心」去感受，還能享受想像的樂趣。我仔細傾聽世界的聲音，在白紙上隨心所欲地作畫——減少一些蜂擁的人潮，留下漫步悠閒的輪中路的畫面；這時的櫻花已經開始四處紛飛了吧；聽那孩子喧鬧的聲音，應該是個搗蛋鬼；那對情侶大概交往沒多久；烤得金黃的栗子吃起來一定很香。這些風景彷彿是親眼所見般，栩栩如生地浮現在腦海裡。對於視障者而言，賞櫻也是只能在春季體驗到的寶貴時光。

因為想留下一張照片，於是對著空氣問道：「不好意思，請問能替我拍張照片嗎？」我想應該會有人回應吧。結果有一位大約年近三十歲的女性欣然答道：

「我幫你拍吧。」在我自言自語著：「該怎麼拍比較好看呢？」的同時，她「咔嚓」地拍了一次，接著對我說：「請轉身面向另一邊。」然後又「咔嚓」拍了一張，共留下了兩張照片。後來我看了照片，她拍的不是全身，而是半身照，也許是顧慮到我拿著白手杖的關係？我感受到她的心意了。

不友善的點字板，對視障者毫無幫助

因為肚子餓得很，所以我走向附近的大型購物商場，這段路程與上一段同樣險峻。幸好進入建築物後，地面鋪有導盲磚，我跟著導盲磚找到了印有「點字」的指標。由於事前已在家中練習過，因此能讀懂一些單字，指標的內容只寫著：「五點鐘方向有電梯；地下三樓有電影院。」我好奇有哪些餐廳，於是繼續摸索下去，上頭卻只寫了「餐廳」兩個字，沒有其他說明。意思是要我隨便選一間吃飯嗎？

我去了有餐廳的地下三樓，可是接著不知道該往哪走，所以稍微站了一會。這層樓沒有導盲磚。我記得商場裡有一間漢堡店，決定先簡單解決這餐，於是四處詢問了漢堡店的位置。找到店家後，在店員的協助下，點好了餐點。順便問了現在的時間，他回答下午三點。這是我今天的第一餐。

拿到漢堡後，我找了空位坐下，這應該是今天第一次坐下來。我狼吞虎嚥地吃完了漢堡和薯條，餓到即使雙手沾得髒兮兮也不在意的地步。

全都吃完以後，我的眼眶頓時泛淚。以前真的太無知了，不了解視障者的生活竟如此辛苦，也忽然想起多年前過世的奶奶了。她因為罹患青光眼而失明，在眼睛看不見的狀況下，熬過了數十載的歲月，她唯一的樂趣是聽電台廣播。我讀國二時買了口琴，如果進去奶奶房間，偶爾會吹奏《故鄉之春》或《思念哥哥》等童謠給她聽，但是我太晚才明白，當時奶奶為何那麼高興的原因。

數位科技反而讓我進不了家門

搭乘公車回家的途中，我徹底累癱了，身體完全倚靠著顛簸的公車，陷入了沉睡。

到了家門口，我再度慌張失措，因為必須在觸控面板按下密碼才能解開門鎖，我應該要帶著門禁卡的，卻沒事先想到這點。閉著眼試圖按了幾次密碼，但門鎖老是發出「嗶嗶嗶嗶」的警示音，束手無策之下，只好睜開眼睛按了密碼。

我以為數位科技帶來的只有便利性，沒想到竟在意想不到的方面，漠視了視障者的需求。即使身在家中，也有許多不友善的設施，例如安裝在流理台前的電視機、對講機，全是透過觸控面板操作。所以如果有人按了門鈴，我連幫對方開門這件小事都做不到。也就是說，僅因為雙眼看不見的這個原因，就導致我無法在家招待客人。而且手機畫面也是觸控面板，所以自從閉上眼後，完全無法看手機，頂多只能從訊息通知的聲音得知有人聯絡我。

隔天再次閉上眼造訪的那間漢堡店也是如此。走到入口處，裡頭似乎有滿滿的客人，傳來了嘈雜的聲音。我用白手杖摸索了周圍環境，然後走向自助點餐機，但是只摸到了光滑的畫面，又是觸控面板。如果光憑自己一個人，是無法點餐的。

以上這些是視障者切身面臨的現實。先天失明的李俊範先生表示：「新建好的公寓採用的也是觸控式自動調溫器，所以我連居家生活都有困難。凌晨氣溫很低時，即使想調高溫度，也無法得知溫度。我還記得有一次因為按錯溫度，導致自己冷得直發抖。」

能彌補惡劣環境缺失的，終究只有「人」

體驗結束後因為疲憊不堪，我睡得不省人事。沒想到以往習以為常的走路、外出，對某些人來說，卻是困難無比的事。此外，我頓悟了一件事。全國總計有二十五萬兩千一百三十二名視障者（保健福祉部二〇一八年統計資料），然而在我們身邊為何幾乎見不著他們的身影？他們並非不想踏出家門，而是想外出也出不了門。

事實上，有鑑於周遭環境是如此的不友善，一個視障者想獨自行動，幾乎是不可能的事。導盲磚的品質一塌糊塗，方便他們行走的直線道路也少得可憐，而且到處都有障礙物，他們必須擔心的事簡直多到數不清。白手杖的末端老是受到不平整的人行道地磚阻礙，因為路面凹凸不平的緣故，其實難以辨別這是一般地磚或是導盲磚。此外，奔馳在人行道的自行車、摩托車，以及違停的汽車，也是令人傷腦筋的難題。別說是判斷自己身在何處或該往哪個方向走了，他們甚至無法得知自己眼前有什麼東西。

而能夠彌補他們生活上種種不便的，也只有「人」了。當我為了找汝夷渡口站一號出口而迷失方向時，有一位年約二十或三十歲的女性走向我，告訴我她也要往同個方向走，請我跟隨她即可。她緩緩地走在我的左手邊，貼心地提醒我前方的階梯距離我有多少步、把手的位置在哪。從出口出去後，她還問我：「你要走到哪裡呢？」我心懷歉意地回答：「我可以自己一個人走過去。」並誠心向她表示謝意。

我正在過馬路時，也有一位阿姨說：「變綠燈了，你可以過馬路了。」在穿越斑馬線當下，她又高聲提醒我：「還剩四十一秒喔。」一位聲音聽起來上了年紀的女性，則是以英語親切地告知我如何過馬路，在離開時又對我說：「Good Luck（祝你好運），God bless you（願上帝祝福你）。」

我感受到平時不經意擦身而過的人給予的溫情，真令人心情愉快。不過這一切都得憑運氣而定。遇到好心人就能獲得幫助，否則只能落得迷路的下場。視障者的生活，可能隨著運氣而時好時壞，但是他們也有享受獨自一人生活的權利。即便在無人協助的情況下，他們也應該要能享受美食、做任何事情的樂趣才對。

對我而言閉眼體驗只是一天，對於視障者來說卻是天天遭遇的事。更何況，你我有一天都有可能突然成為視障者，他們並不是做錯了什麼或運氣太差才看不見的，而是意外地失去了視力。既然如此，就不該把他們的不便視為別人家的事，而要想成是「為了某天可能會遭遇相同狀況的自己預做準備，一起打造更好的環境如何呢？」即使不這麼假設，也可以當作是一種擁抱彼此，互助共生的行動。

我再次前往輪中路賞櫻。為了幫助視障朋友盡情發揮想像力，我將所見所聞以詳細而生動的方式紀錄下來。與此同時，我也錄了音，為了讓他們能聽見、猜想櫻花盛開的春日風景。我希望能送給他們這份小禮物。這是我閉上眼睛賞櫻的那一天，不斷縈繞在腦海的念頭。以下是我所留下的紀錄——

如果來到輪中路，請找一張長椅坐下來吧。找一處能沐浴在溫暖陽光下的好位置，心情就會變得安然自在。然後，請稍微把頭向後仰零點五秒左右，這是欣賞櫻花的最佳視角，天空也一覽無遺。櫻花樹整棵盡是淡粉色，偶爾透出點點的鮮綠，彷彿是花海裡傳來陣陣浪濤聲的感覺。淡粉紅色該如何形容呢？以觸感來說，和棉花糖很相似，雖然鬆軟卻不脆弱。如果比喻成音樂的話，大概像是現在播出的這首名為《悄悄滲入》（조금씩 천천히 스며들어）的鋼琴演奏曲的色彩吧。至於香氣的話，聞起來猶如水蜜桃的味道。

粗一點的櫻花樹樹幹，是粗壯到即使張開雙臂也環抱不了的程度，從樹幹會再長出三、四根粗壯的分枝，就像是比出V字形的手一樣，向上延伸出一條條樹枝。如果樹枝已細得如拇指一樣，上頭會長出櫻花，大約會有十五朵叢生在一塊，開成一球一球的模樣。每朵櫻花有五枚花瓣，中央的部分帶有一點黃色，應該說，好像是一縷一縷的金針菇般冒出來。花瓣如同小拇指的指甲般大，呈長長的橢圓狀，在末端有細小的鋸齒邊緣。

花瓣以一種像是前滾翻的姿態，從樹上滾落，宛如在春天下的雪。據說花瓣落下的速度是每秒五公分，從看見花瓣掉落，到它完全落地為止所花費的時間，大約和說出「櫻花」兩字的時間相仿。落在車道上的花瓣，在每輛車行經時，也會隨之翩飛起舞，彷彿在追問車子為何跑得那麼快。風輕輕一吹，櫻花就像一場小雨般落下，你曾試著在未撐傘的情況下淋雨嗎？大概是類似那樣的感受。此刻，人人都忙著用相機拍下櫻花雨的畫面，這畢竟不是常有的機會。

在櫻花前的人群看起來心情雀躍，大多數人的嘴角都上揚了約拇指指甲般的高度，因為每個人都是畫面中的主人翁。他們擺出格外不自然的姿勢，整理著被風吹亂的頭髮，也稍微抬起了腳，再將拇指與食指交錯，比出愛心的手勢。而男友也甘願為了女友跪下，如果聽見「怎麼拍成這樣？」或「拍得很好。」的對話，代表他們正在看彼此的照片，兩人都綻放一模一樣的笑顏。一位看似是五十多歲的伯伯，撿起了一片花瓣，放進手機的透明保護殼裡，他可能是捨不得春天結束吧。

花瓣會在任何人面前凋謝，無論是年輕人、老爺爺、老奶奶，或是賣棉花糖的伯伯、賣炒栗子的阿姨。而且凋謝的櫻花，儘管失去了世上的色彩，心卻是最為耀眼，在你的面前也是如此。

1	2
3	4

1 在獨自去賞櫻之前，太太和我一起去了汝夷島輪中路的櫻花慶典，目的是要事先練習和掌握動線。即使太太在身旁陪著，我也難以邁開腳步。（ⓒ比櫻花更美的我太太）

2 視障者走路時的基本姿勢。為了盡量避免撞到前方的障礙物，行走時必須將右手手肘抬高到胸口的位置。儘管我對家裡瞭若指掌，但閉眼走路時仍會緊張。（ⓒ我太太）

3 閉上眼後，人行道上多了許多妨礙行走的障礙物，以前從來不知道走路竟是如此辛苦的事。

4 因為迷失方向，常發生從人行道差點走上車道的險境。

5	6	
7	8	9

5 公車進站，但我卻無法得知究竟是幾號公車。這是我閉著眼拍下的照片。（ⓒ錯過了十輛公車，在冷風中顫抖的我）

6 在汝夷島公園附近的長椅上擺著相機的自拍照。多虧一路上幫助我的人，我才能走到這裡。

7 這裡是大型購物商場的地下美食街。如果閉上眼睛，就不知道該去哪間餐廳，地板也沒有導盲磚。（ⓒ飢餓的我）

8 觸控面板對於視障者而言是惡夢，因為根本無法操作，也無法替來訪的朋友開門。（ⓒ我太太）

9 從來不知道走路會是如此累人的事。

身穿防火衣爬樓梯，才知救援之重

「火災，出動！火災，出動！」

下午一點十五分，消防隊裡警鈴大作，這是第一次出動救災，我的心跳急促了起來。原本坐著的消防員也瞬間像子彈般飛奔出去，那是一種本能反應的速度。我匆匆忙忙地跟著他們衝出去，什麼也沒準備，接著有人喊道：「要帶上防火衣！」於是我回頭拿了防火衣、頭盔、頭巾、鞋子後，搭上消防車。火災救災大隊的四位消防員已經全員上車了，他們說平均在三十秒內就會搭上車，而我是最後一名。

消防車正快速朝著首爾市松坡區的芳荑洞方向奔馳，車內空間狹小到連伸展雙腳都很困難，但消防員卻開始在車裡穿上消防衣，通常會在一分鐘內完成著裝。我趕緊跟著他們穿上消防衣，可是身體不斷搖來晃去，我差點數度摔倒。

穿上鞋子後，再穿上防火褲，然後戴上頭巾、防火上衣，我的全身已經不斷在冒汗。背上空氣瓶的瞬間，身旁協助我的林在植消防員問道：「你的面罩（戴在臉上用於連接空氣瓶的呼吸輔助裝備）在哪裡？」我因為太匆忙而忘記帶來了，這等於是忘了攜槍上戰場一樣。我竟然如此愚蠢，不禁自責了起來。

抵達現場後，嗆人的濃煙十分刺鼻。先行抵達的消防隊已正在滅火，失火的是一幢民宅，後來才聽說火災是由於泡菜冰箱漏電而引起，幸好火勢並不大，住宅內也沒有人。

午後無情的豔陽，令人喘不過氣來。這天的氣溫是攝氏三十三度，體感溫度高達三十六度，而防火衣裡大概有四十五度吧。光是站在火災現場的入口看，就已經覺得頭暈眼花、精神恍惚了。消防員井然有序地迅速行動，控制住火勢，穿著防火衣的他們，看起來格外魁梧。

雖然還很生疏，但是我想當一次消防員，我想緊跟著消防員，過一天和他們同樣的生活。遭到醉漢毆打致死的，前往救援卻無法從火場脫困的，受訓後回到家卻永遠長眠的那些消防員，他們的工作究竟有多危險，以致於在搜尋欄輸入「消防員」，接著馬上自動跳出「殉職」的關鍵字呢？身在一個只會在嘴上吹捧消防員是崇高的職業，卻絲毫無改進的社會，我不禁為四處奔波的他們感慨。在即使靜止不動也熱得喘不過氣的酷暑中奔向火場，會是多麼辛苦的事？我不自量力地揣測了一下。為了體驗消防員的生活，我拜訪了松坡消防隊，決定與日班（上午九點至下午六點）的消防員一起出勤。

「要帶著兩件內褲來。」

體驗的前一天，平時和我友好的李康鈞消防員聯絡了我。「你要帶兩件內褲來喔！我對其他人說，可以儘管使喚南記者，這樣他才會知道消防員為什麼會早死。」他半玩笑、半真心的一句話，讓我膽顫心驚。不過我仍然認為不至於會弄濕內褲，所以沒另外多準備一件，這是令人悔不當初的決定。

隔天上午，我來到了松坡消防隊。我向申永哲消防員自我介紹後，也向松坡消防隊隊長李正熙與其他的消防員打了招呼，然後拿到了一套活動服，包含一件橘紅色上衣和深藍色長褲，這是尺寸和我差不多（XL）的劉東烈消防員的衣服。胸口有名牌，肩膀兩側一邊有太極旗，一邊有六個六角形的階級臂章。

申消防員告訴我，那件衣服上的臂章是主管的階級臂章，不知情的人可能會以為我是某位新來的高階主管。我擔心有人誤會，所以遇見每個人都不停鞠躬。活動服十分輕盈透氣，穿上去以後，似乎稍微嘗到了真的成為消防員的滋味。接下來輪到防火衣了，我要在消防隊停車場裡練習把防火衣穿上。

防火衣裡如火燒般悶熱

穿上像靴子般的防火鞋，拉上褲子後，再背好肩帶。不過戴好頭巾後，頸部到處都感到搔癢。申消防員說明，這是為了防止頸部在火災現場受傷的保護措施。厚重的上衣，穿起來很像羽絨大衣，我的雙手一伸進去，身體瞬間熱了起來。這應該不是防火衣，而是「發火衣」才對吧？熱氣彷彿燒遍了我的全身。

我把頭巾蓋下來，然後戴上面罩，我的臉被壓塌，而且十分悶熱，不只如此，還要背上空氣瓶。空氣瓶裡裝著壓縮過的空氣，這些空氣會透過管子輸送到呼吸面罩裡，是用於避免消防員受到有毒氣體傷害的必要裝備。

將面罩下方的塞子打開，把「大氣呼吸」切換到「正壓呼吸」後，「呼」地猛然吸入一口清新的壓縮空氣。空氣瓶的供氣時間雖然因人而異，不過通常能維持三十分鐘。如果瓶內的壓力掉到一百兆帕斯卡（100MPa）以下，就會發出長長的「嗶」聲。這時，消防員就必須盡快離開火災現場，那聲音正如同保護他們生命的警報器。

戴上了堅硬的消防帽和密不通風的消防手套後，我感覺快要死了。這一身裝備重達二十五公斤。雙腳好像黏在地面上，重力彷彿變得更沉重，即使想移動也很困難。我一低下頭，重心立即向前傾。因為身體很沉重，我不禁跑起步來活動活動，結果申消防員說道：「在火災現場我們不用跑的，要快步走。」

背上的裝備重達三十五公斤，全身都在哀號

這一切還沒結束。一位消防員從幫浦車裡取出一個大包包，裡頭有消防水帶等裝備，在緊急情況下滅火時能派上用場。光是這個背包就重十公斤，加上防火

衣的重量，總重量就達到三十五公斤了。他們說當高樓發生火災時，得背著這個背包爬樓梯，因為火災時無法搭乘電梯。

我決定也體驗一次看看——挑戰走到四層樓高的松坡消防隊頂樓後再下來。雖然我秉持著「記者精神」的好奇心去挑戰，但過程很殘酷。當我爬到二樓時，全身都在流汗了。劇烈呼出的氣息，不停在面罩裡亂竄，劃過我的耳邊。到了三樓時，連襪子都濕漉漉的。看見頂樓時，我的意識已經漂流在《星際效應》中五次元時空的某處了。走下樓的路上，我開始和自己對話起來，並在心中吶喊：「幹嘛突然要做這種事？還不趕快開冷氣？」

下樓後一脫下防火衣，我的頭髮已經溼透了。高勝基消防員可能看我可憐，買了一杯柳橙蘇打給我，那簡直是「天堂的滋味」，我連冰塊都一起吃掉了。高消防員說，他曾經背著兩瓶空氣瓶，爬上高樓的四十三樓。這比起我體驗的距離還要多出十倍以上，難以揣測那番感受有多像在地獄裡。我問他為何要背著兩瓶空氣瓶，他回答：「為了救人而背的。」這句話令我羞愧，不禁把頭低了下來。

在反覆做了五、六次穿脫防火衣的練習後，我回到休息室等候出動救火。正當我心裡想著，要是今天沒出動，無法體驗的話該怎麼辦時，有一位消防員說：

「不出動是好事，沒有意外才好。」

在出動前往芳荑洞失火的民宅救災後，我才明白他的心情。消防員進入火場滅火，一打開窗戶，立即冒出了刺鼻的濃煙，廚房正在熊熊燃燒。因為火場過於危險，我不能進入。林在植消防員表示：「一進到火場裡，眼前什麼都看不見，只能扶著牆面憑感覺進入，所以必須由兩、三個人為一組行動，才能降低危險。」一方永善消防員向我說明：「讓逃生路線保持暢通，是最重要的事。」

下午兩點回到消防隊，我大口大口地猛灌水，彷彿是我獨自滅掉了那場火一樣，然後坐在椅子上吹著冷氣休息。他們說，在幾年前為了要節省冷氣費支出，甚至無法爽快地吹冷氣，浸濕胸口的汗水，必須等一個小時，才稍微變乾。

但是其他消防員回來後仍無法休息，還得處理行政工作，包含整理有關救火情況的資料等。由於救火時也以影片紀錄下來，必須確認影像是否保存完整。

不知何時需出動，心情忐忑不安

第一次救災回來以後，我乾脆將防火衣等裝備全都放在消防車上了。在警報響起後，時間不足以一下子拿好這麼多裝備。再往消防車內一看，其實已經擺好其他消防員的防火衣等裝備了，而且鞋子裡已經塞入了防火褲，這是為了要減少著裝時間，立即穿上褲子。

這段期間一直有種微妙的緊張氣氛，因為不知警報何時響起，令我惴惴不安，不停反覆地走到外面又走進來。當然我也希望不出動救災。一位消防員手指著另一位消防員，笑著說：「別看他看起來好像很放鬆，其實他沒在休息。只要出動的警鈴響起，身體就會先本能反應地衝出去，一直是處在緊繃的狀態。你說這樣子心臟能承受得住嗎？這就是為什麼消防員都活不久。」

即使他們全身都因汗水黏乎乎的，也不會馬上沖澡，因為有時救災到一半，又得出發執行下一趟救災任務，一天最多可能出動五、六次。既然馬上又會汗流浹背了，那乾脆等到要下班時再洗澡。

下午三點，我的精神才稍稍恢復，第二次的出動警鈴又響起了，我馬上跳上消防車。穿上防火衣對我來說仍相當困難，但比起第一次好一些。林消防員即便在忙碌之中，還鼓勵我：「再多體驗一次的話，應該會做得更好。」防火衣全穿好了，正等待出發，卻收到其他救災中心已經出動前往救火的通知，於是再次脫下防火衣，回到消防隊裡。

能讓辛苦的消防員精神振奮，又能令他們灰心洩氣的，是市民們的一句話。申永哲消防員回憶起有市民為了感謝他們救了自己，而特地登門道謝，令他們受到鼓舞；相反的，也有市民從緊急出動那一刻起，就拿著碼表計算時間，威脅道：「讓我看看你們有沒有超過五分鐘的黃金時間。」甚至也有指責申消防員為何這麼晚才到，還對他吐痰的無知市民。

多虧了以消防員身份度過的這一天，我想起了務必要做的幾件事。我從來沒正眼瞧過我家門前的消防栓鐵門，這次我便打開檢查確認是否沒問題。接著，又確認了閒置在陽台的滅火器日期，也把塞在角落的攜帶式滅火器擺到顯眼處。然後再確認瓦斯開關閥是否關好了。連以往嫌麻煩而延期的瓦斯安全檢查，我也約好了進行檢查的日期。因為我認為身為一個市民能替辛勞的消防員做的最好的事，就是盡可能減少他們的救災工作。

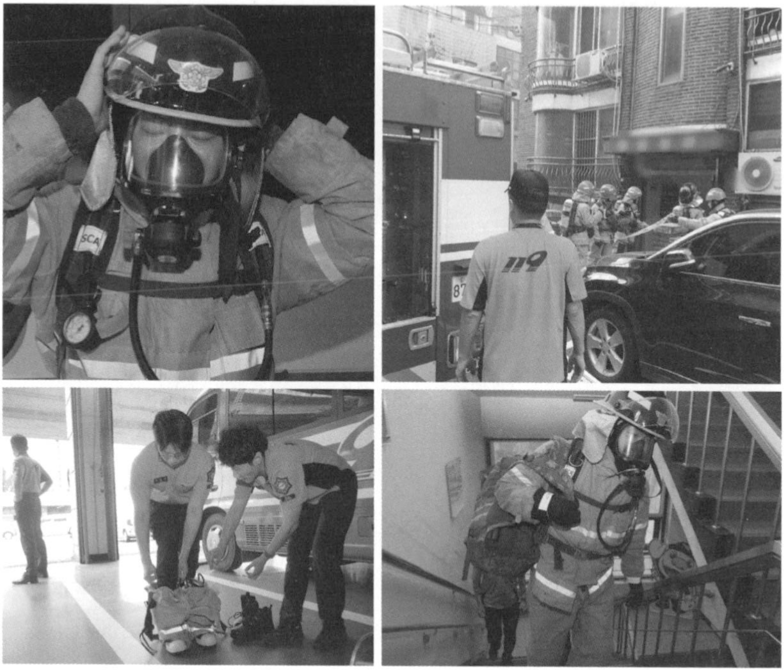

1	2
3	4

1 消防員穿的防火衣重達二十五公斤，光是在烈日底下穿著就夠折騰了。這是一邊流著汗，一邊感到苦惱的我。（ⓒ申永哲消防員）

2 首爾市芳荑洞的一處住宅區發生了火災，我也親自跟著出動救災，所幸無人受傷，災損規模不大。他們是負責救災的消防員。

3 我（左邊）在消防員的協助下，第一次穿上了防火衣，防火衣裡穿的是活動服。因為沒時間，只好把防火褲先塞進鞋子裡，再一次全穿上。（ⓒ申永哲消防員）

4 我背著重達十公斤的消防背包，才剛開始爬樓梯，就上氣不接下氣，頭暈目眩了。（ⓒ申永哲消防員）

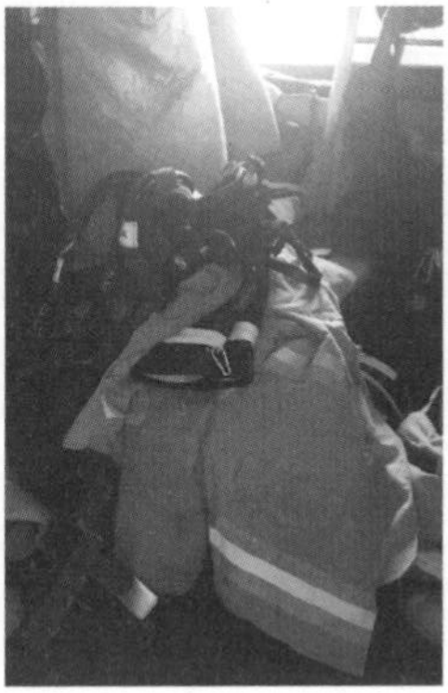

5	6	
7	8	9

5 消防員的衣著裝備（由左至右為頭巾、防火上衣、防火褲、鞋子、壓縮空氣瓶與面罩）。

6 光是穿著防火衣，就飽受高溫的煎熬了，只想趕緊脫下這身衣服。（ⓒ申永哲消防員）

7 消防員結束救援後，還必須做行政工作，大多數時間都坐在電腦前。一位消防員透露，如果可以只負責現場救災會更好。

8 火災出動警報只要一響，每分每秒都可能左右人命的安危，所以時間非常緊迫。於是消防員都直接在消防車裡穿上防火衣。這是擺在消防車上的防火衣裝備。

9 救災回來後，一邊吃著西瓜，一邊休息的消防員。在連日酷暑的天氣裡，他們流了很多汗，必須多補充水分。

陪伴孤單亡者走完最後一程

我拿起一朵白菊花，潔白而修長的花瓣，在我手中輕輕搖曳。然後一手抓著花莖，擺到祭壇上，放在紅紅的棗子與溫暖的燭火之間，並將花朝外，花莖朝內擺放，希望這麼做能讓亡靈拿得到這朵花。祭壇上正中央，擺了寫上往生者姓名的牌位，「故 尹基煥（化名）」與「故 金鐘福（化名）」。我望著他們的牌位半晌，然後低下頭。無論故人的人生過得如何，期盼他們的最後一段路能安息。

這是我第一次參加陌生人的喪禮。對於他們的長相、做過什麼或喜歡什麼，我完全一無所知。他們兩位是無親亡者，意即死後無人幫忙辦理後事的往生者。

尹基煥是在二〇一九年九月三十日，在蘆原區一處公園的長椅上離世，據悉，他生前獨自住在考試院裡。金鐘福則是在銅雀區某間醫院裡，因罹患肝癌而逝世。兩人雖然彼此毫無關係，卻都是在一九六三年出生。

無論在世時，或離世時，他們都過著孤獨淒涼的人生，我想陪伴他們走完最後一段路，也就是這些所謂無親亡者的葬禮。在過去，這些人的後事往往僅以火葬處理，近來則建立了替他們治喪的制度，稱為「公營喪禮」。首爾市從二〇一八年起制定了相關條例提供補助，而其他的地方政府也陸續加入此行列。

於是，我參加了公營喪禮，一起為這些無親亡者送行。這次的體驗，是由非營利團體「分享與分享」與殯葬業者「真情禮儀」協助我參與。

令人在意的枯萎「野草」

我將收在衣櫃裡的黑色西裝拿了出來，穿上久違的西裝褲，套上黑色的外套，穿上黑色皮鞋。這是對初次見面的故人應有的禮貌。

那天是大學學測日，一如往常般吹著刺骨的寒風，才一走出門，我馬上後悔沒穿大衣。聽見了樹葉窸窸窣窣的聲響，我低頭一瞧，是一些因冬季寒風而枯黃的不知名野草散落在地上。也許是正在前往告別式的路上，這平凡無奇的風景莫名令我在意。環顧四周，我看見一位繃著臉的考生和輕拍著他的媽媽。這正是與你所愛的人同行時的風景。

我花費了近兩個小時，到達了位在京畿道安山市的告別式會場。由於這天並沒有告別式，入口處的職員還問我：「請問有什麼事嗎？」我先表明了記者的身份，然後等待真情禮儀的明才益代表。看了一眼空蕩蕩的靈堂，感覺更淒涼了。

一會過後，一輛白色的靈車抵達了。

意外身亡的五十三歲無親亡者

明代表打開了靈車的後車門，裡頭擺放著一具遺體。他是原先安置在首爾醫院，再運送過來的無親亡者。遺體裝在塑膠袋裡，腰間繫著一條腰帶。明代表說明，這麼做是為了避免體液滲出。我問他那是什麼意思？他卻反問我是否聞到了味道。這才發覺，空氣中隱約瀰漫一股不曾聞過的微妙氣味。

明代表請我先到告別式會場的服務處等候，等他大致完成工作後，會再通知我下樓。雖然我曾堅持要陪同他工作，不過他堅決不讓我留下。即使我既好奇，又有點憂心，也只能無奈地先待在服務處了。

四十多分鐘後，明代表打電話請我下樓。這時，我第一次見到了躺在棺木裡的無親亡者。雖然看見了他的臉，我卻不自覺地迴避了視線，他的臉色發紫，鼻子右側有一道傷口。從黑髮看來，我以為他年輕很輕，沒想到明代表說：「他是一九六七年生的，五十三歲。」他穿著黃鐘花色配天藍色的壽衣，端端正正地躺著。

他是李順植（化名），故鄉是全羅南道莞島，在首爾生活一段時日後，於上個月的十三日意外死亡，死因為「墜樓」。明代表說他的腳骨折了，這也是剛才不讓我看到的原因。

他也說，無法得知李順植生前的情況，僅知道是基本生活保障補助的對象。我只能推測他的生活想必很辛苦，可能為了賺錢或實現夢想而離開了家鄉，就這樣過著險惡的生活，最後獨自死於異鄉，聽說他在家鄉也沒有親人。

「這遺體很乾淨」

我以雙手抓住李順植先生的雙腳，摸起來很僵硬。願他的靈魂得以安息。希望他能在一個能無憂無慮生活，無須擔心一蹶不振，不必天天拚命的，令他舒服自在的地方，享受久違的放鬆，散散步。

明代表告訴我，一般的無親亡者遺體狀態都不甚完好，不過這位的遺體已是相對乾淨的了，可以算得上是前百分之二十的前段班。話雖如此，明代表還是給我看了一張照片，他說是幾天前看到的無親亡者。

一看到照片，我不禁緊緊閉上眼。他的遺體都腐敗了，到處都是蛆，因為當初發現時已經呈現腐壞的狀態。他也說，假如是汽車旅館或一般旅社的話，至少會隨時清潔，而較快發現遺體，但住在考試院的人，經常是飄出異味後才被發現。我問他面對這種情形，是否覺得很辛苦。「當然辛苦啊，但是能怎麼樣呢？還是必須由我們來做。」身旁一起工作的李代表答道。正因為如此，他們不會交給員工處理，而是由兩位代表親自進行入殮。

在談話的同時，他們將李順植先生的臉部，先以一層白布包裹，再以一層黃色的壽衣裹住，他看起來更安詳了。我再次祈求他能得到安息。

現在要進行入殮了。兩位代表中，一位抬著頭，一位抬著腳，而我則幫忙抓著腰部。明代表對我說道：「把一手放在底下，一手擺在上面，抱住他。」在喊出「一、二，欸咻！」的口號當下，我們抱起了李先生，並將他的雙手收攏在中間。蓋上棺蓋後，再覆蓋一層紅布於其上，在「故 李順植」這個名字周圍，有花朵環繞。

最後，再鋪上一塊絲質白布，上面寫著「極樂往生」（死後在極樂淨土重生）。然後他們抬起棺木，移動到安置所，預計在隔天替他舉行喪禮，再進行火化。

在火化前，為無親亡者好好送別

我很好奇無親亡者下個階段的旅程，於是來到了首爾市立昇華院，也就是人稱「碧蹄火葬場」的地方。此地的深秋氣息，冷到我連鼻尖都凍著了。顏色漸深的落葉擦過我腳邊，沙沙作響。翠綠新葉萌生，又漸漸枯萎，是大自然的法則。

來到這裡，我更深刻地體認到，生與死正是順應著自然的規律。

到昇華院後不久，有輛靈車也抵達了，明代表從車上下來，開啟了車子後門，裡頭安放著兩具棺木，是正要踏上下一段遙遠路途的無親亡者。

我暫且忍住不問他們兩位的身份，先幫忙抬起了棺木。四個男人緊靠在一起，「欸咻」一聲，將棺木搬到有輪子的大體推車上。「哇，好沉重。」其中一位笑著說道，另一位也跟著微笑了。說不定那股沉重感，是來自無親亡者的生命吧。搬運棺木的過程中，大韓佛教曹溪宗志工團的幾位會員，則站在一旁誦經，還有人在棺木上放了一朵菊花。

我整理了一下棺木，心裡默默對著不知名的他說道：「初次見面，你好。我是南亨到。幸好你不是獨自一個人離開。我很榮幸能陪你走過最後這段路，你辛苦了，請安心地走吧。」

儘管有家屬，卻無人認領遺體的原因

兩具遺體的棺木，分別送進了一號與二號火化爐。我透過玻璃窗看著他們，而棺木前也擺了寫上他們姓名的牌位。現在是等待火化完畢的時候，聽說通常要花費一個多小時完成。

這時，我才詢問幫助無親亡者治喪的「分享與分享」朴鎮旭理事有關這兩位往生者生前的故事，以及他們為何成為無親亡者。

往生者的姓名是尹基煥與金鐘福，兩人皆是五十七歲，也同為無親亡者。我以為他們一定是沒有家人，卻得到了出乎意料的答案。

金鐘福先生有兄弟，可是放棄了認領遺體。尹基煥先生有哥哥和姊姊，但寄了遺體認領通知書到他們的地址，也毫無回音，於是兩人便成了「無親亡者」。

所以並不是只有無親無故的人才會成為「無親亡者」。每個人平均治喪花費為三百萬韓元（相當於八萬一千元台幣）。我從未曾思考過，那些將家人喪葬費視為負擔的人，正承受著多少生活重擔。因此我試著同理了一下那些為了生存，而迴避親人死亡的他們，是懷著怎樣的心情。朴鎮旭理事向我解釋，大多數的無親亡者的親人即使健在，仍選擇放棄認領遺體，是由於難以負擔昂貴的治喪費用所致。生前過著苦日子的無親亡者，其家人的處境通常也很艱困。

連一聲「你好嗎？」也令人懷念

在等待火化完成期間，二樓的靈堂已設置好了。這是最後一次替即將離去的他們斟一杯酒，進行追悼儀式的場合。

一進靈堂，曹溪宗義工團的十幾位成員已在現場，將小小的空間擠得水洩不通。靈堂的地面很溫暖，從腳底板傳來的暖意也直達心頭。祭壇上有紅棗、柿子、橘子、梨子與蘋果等，他們說今天準備的較簡便，原本連飯菜都會一起供上。

一場佛教追悼儀式，在「南無阿彌陀佛，南無阿彌陀佛」與優雅莊嚴的木魚聲的和鳴之下進行著。簡單介紹往生者以後，我們上了香，然後為即將遠行的他們斟滿最後一杯酒。酒水嘩啦啦流出的聲音，在安靜的靈堂裡迴盪。

現場朗讀了追思故人的文章。我跪坐在地，低頭致敬。「請放下孤獨艱辛的重擔，為表達與您永別的不捨，在此斟上了一杯酒。儘管萬般惋惜，仍祈求您安然上路。」然後再次向故人行了禮。

接著又朗誦了弔辭（讚頌往生者的辭），聽著心都酸了。看著無論生前、死後都孑然一身的無親亡者，彷彿是看見了另一個自己。「現在回顧因死亡而感到憂心的自己吧。我們的身邊，還有很多懷念『你過得怎麼樣？』、『你好嗎？』等問候的人。令人甚感心痛。」

骨灰罈比想像中溫暖

誦經結束，持續一小時左右的追思儀式落幕了，我走下樓，站在火化爐前。再過一會，火化也差不多完成了，我邊等待邊與朴理事聊天。他是從二〇一五年開始，在殯儀館替無親亡者張羅喪禮。於二〇一六年二月，第一次在首爾市立昇華院替他們舉行告別式，當時的記憶令他無法忘卻。當時的骨灰未經過研磨（將骨頭碎片磨成灰土狀），而是直接裝入骨灰罈中。朴理事拿到骨灰罈時，摸起來仍十分溫暖，他原以為人已經去世，而且是裝在塑膠骨灰罈裡，應該會是冷冰冰的。沒想到仍感受到溫度，彷彿是往生者的體溫一樣，令他至今還記憶清晰。

兩位同齡人的火化程序已完成，火化爐前的布簾也拉了起來。白色的粉末與尚未完全粉碎的骨頭都混在一起，這些得全部研磨成粉狀。五十七年的漫長生命，最終成了一把灰土。骨灰經研磨後又裝入骨灰罈，接著再將骨灰捧出去。

我輕輕地摸了摸骨灰罈，真如朴理事所說，依然是溫熱的，就像是曾經活在寒冷人世的他，最後吐出的一股溫暖氣息。確實如同人的溫度一樣熱。

一位家屬哀切的哭聲，從遠方的某處傳來。我頓悟到這樣的哭聲，代表的是一個備受愛戴的生命。然而對於無親亡者而言，卻沒有替他們流淚、為他們送行的人。幸好現在不一樣了，有為他們捧骨灰的人，拿著牌位的人，與跟隨在身後的人。儘管生前一直是形單影隻，至少此刻他們並非孤身一人。

骨灰罈裡裝的骨灰，會撒在有澤東山上，那是火化後的骨灰最終的落腳處。這是往生者真正的最後一哩路了。他們將往生者的遺照、骨灰罈和牌位擺好，點燃了香，並摘下一片片的花瓣撒在其上。接著取出骨灰罈裡的骨灰，放在專門為了撒骨灰而製作的大型骨灰容器，慢慢撒下去。然後再燒掉兩封寫著名字的信封，還有以韓紙包起來的五萬韓元（相當於一千三百五十元台幣）。我問那是什麼，朴理事解釋是送往生者離開時燒給他們用的盤纏，也就是俗稱的「紙錢」。

最後，我在心裡為他們默哀，旁邊傳來了誦經聲，而身為天主教徒的我則一邊畫十字，一邊在心中禱告：「既然有如此多人的心意陪伴他走上最後的旅程，無論他生前過得如何，也許他曾有缺失、曾犯錯，但仍舊活了精彩的一生，請讓他前往一個美好的世界。」

光是為了生活，就已吃盡苦頭

參加完告別式，我如往常般搭上地鐵，準備返家。此時身體已如千斤般沉重，眼皮也快闔上了，幸好有位子能坐。我頭靠著車門的把手發愣，然後環顧了四周。

坐在對面的年輕女子，正勤快地化著妝。先畫眉毛，接著畫腮紅、擦口紅。她身旁的年輕人似乎在唸書，認真埋頭於書本裡。而坐在我旁邊的老奶奶，則是戴著老花眼鏡，不太熟練地向女兒傳簡訊。「天氣邊（變）冷了，注意身體健康。」後方忽然有位流動攤販阿姨走過來，扯著嗓子叫賣皮帶，她的生計就靠那一台小小的推車了。

下班尖峰時間的地鐵上，整排的乘客都累攤了，身體緊挨著彼此。他們好不容易熬過辛勞的一天，上車後又得為了撐住沉重的身體而掙扎。誰不想舒舒服服地搭計程車回去呢？有位職業婦女一手抓著把手，一手拿著手機關心地問孩子：「秀雅，你吃晚餐了沒？」每個人都是如此從早奮鬥到晚。

人生雖是如此熾熱精彩，但在看見遺體化為一把灰燼的樣子後，也不禁感到唏噓。不過我也體悟到一點。人為了活著，不對，應該說，人為了活下去而如此拚命，在漫漫長路上歷經了千辛萬苦，離去時也應當優雅地退場。我們必須尊重、禮遇他人的死亡。

我想說的是，雖然誕生時人人皆相同，但人生路上卻各自遭遇了不同的悲喜而起起伏伏，如果至少能在最後的旅程獲得些許安慰，感受到溫情就好了。那是熬過了人生的生命，所應得的權利。曾經有人說過這句話：「死人沒什麼大不了，活著的人才該好好過日子。既然還有親人，為何要國家出面，用稅金替他們辦喪禮？」

我想依自己的親身經歷回覆這個問題。在告別式上，誦經是持續不間斷的，我卻因為中氣不足而吃不消。而且由於長時間盤腿的關係，雙腿也快要發麻了，儘管想撫慰往生者，也無法好好專注，因為我先感受到了自己的痛苦。過了一會，肚子還發出咕嚕嚕的聲音，很想吃上一口熱騰騰的飯。

像我如此虛弱又無力承受痛苦的人，怎敢怪罪那些為了生存而迴避親人死亡的人呢？我甚至不敢揣測他們過著怎樣的日子。但我仍想說：「死亡，是為了劃下生命美麗句點的權利，無論離世的人是誰，都該獲得最基本的待遇。儘管使用的不是昂貴的鐵杉棺木，至少也該替他穿上一件乾淨平整的壽衣再送他離開。」

舉行完喪禮後必須整理現場。我收拾了一下用過的菊花，有一片花瓣掉落在地上。其他花瓣都好好地長在花上，只有這一片隨著塵土翻滾。假如任由花瓣掉在地上，肯定會被人踩爛。

不過是一片花瓣罷了，卻令我忍不住在意它。我走近那片花瓣，小心翼翼地撿了起來，然後好好地插回菊花裡，我希望能完整保留潔白修長的花瓣直到最後。

即使那片花瓣自己掉落了，即使它已經沒有用了，即使有一天這朵花不再稱為菊花了，我也想這麼做。

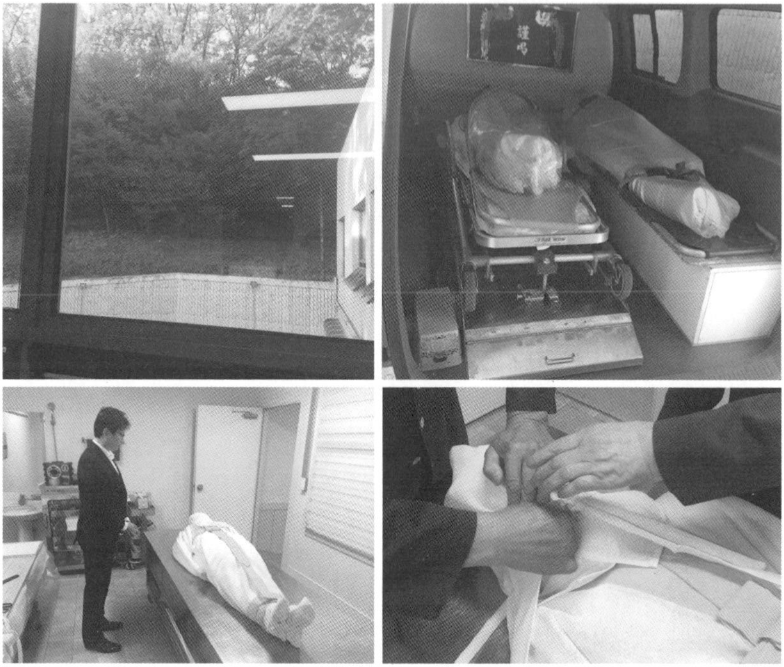

1	2
3	4

1 告別式會場前的風景。來到這裡會特別注意那些正在消逝的事物。我看著窗外景色，等待遲到的明才益代表。

2 聽說要舉行入殮儀式，我以為會和一般喪禮一樣，看見遺體重新打理好的樣子，但送來的是僅以塑膠袋包裹住的遺體。

3 出身於全羅南道莞島的李順植，在遙遠的他鄉首爾孤身離世，死因為「墜樓」，沒有人替他辦理後事。我陪著他走完最後一程。

4 李順植先生端端正正平躺著的樣子。以往無親亡者沒有壽衣可穿，現在公營喪禮已經越來越好了。

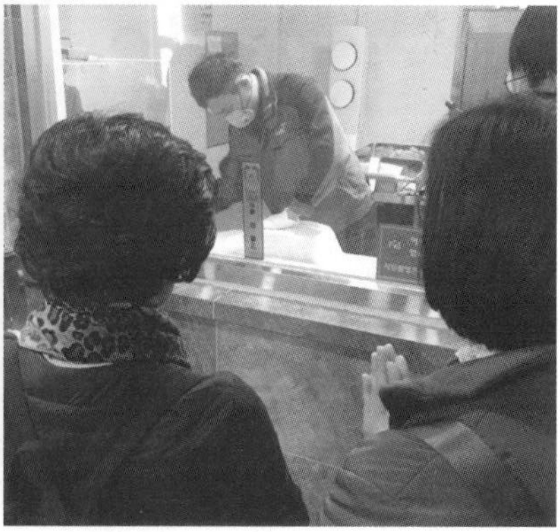

5	6
7	8

5 為了不讓故人的最後一段旅程太寂寞，而聚首在首爾市立昇華院的人。
6 遺體送進了火化爐一號機。
7 為了追悼故人的最後一段路而設置的祭壇。聽說當天的供品比較簡單，原本還有飯菜。
8,9 火化完所剩的僅是一把灰白的骨灰。

9	10
11	12

10 在有澤東山進行撒骨灰的儀式，這裡是往生者最後的安息之地。

11 即使身在追思故人的現場，我卻因為雙腳發麻而精神萎靡。不管死亡的意義有多崇高，仍舊敵不過生存的渴望，因為生活一旦陷入困境，他人的痛苦就變得微不足道，所以死亡的權利，自然不能全權交由個人承擔。（ⓒ血液無法循環的我）

12 就算是掉落的一片菊花花瓣，我也希望它的美麗能維持到最後一刻。（ⓒ我的左手）

使命必達的艱辛，無人知曉

晚上九點，我雖然被嘈雜的聲響吵醒了，卻怎麼也張不開眼睛。由於一直聽見噪音，於是勉強偷瞄了一眼，原來是太太正在拆開為了祛除夏天濕氣而訂購的除濕機。在沙發上昏睡的我，連走進房間的力氣都沒有，癱軟無力的四肢既痠痛又沉重。心想著：「我該去運動了。」卻又再次陷入沉睡。

隔天一睜開眼，第一個念頭是：「我該怎麼過好日子？」我踏著沉重的步伐去上班，忽然看見一群郵差騎著摩托車，從我公司前的光化門郵局出發，這明明是每天都會看見的風景，那天卻是第一次真正進入眼簾。看著他們戴著安全帽的背影，我低聲地向他們說聲加油。希望今天天氣不會太熱。

之後，我選擇和郵差共度了一天，驅使我這麼做的理由是因為「過勞死」。光是過去十年間死亡的郵差就有三百四十八名，他們究竟過著怎樣的日子呢？當我們晚上回到家，輕輕鬆鬆從信箱中取出的郵件，是如何到達我們手中的呢？我想只要親自做過一次就能得到答案了。

於是，我前往首爾市九老郵局，從郵差上班到下班的這段時間，我都要過著與他們相同的生活。這次一起同行的是有二十八年資歷的郵差張載善先生。

郵差的腦海裡有張「內建地圖」

上午八點一抵達九老郵局的三樓，郵差們早已開始工作，雙手忙個不停，他們正在分類包裹。掛號郵件放到黃色塑膠籃，而包裹則放到藍藍紅紅的鐵製推車裡。看著不停掠過半空的包裹，我不禁提心吊膽。

就在我出神地看著眼前如戰場般的現場時，文百南支部長（全國郵政勞動組織，首爾九老郵局支部）遞給我一件天藍色的背心，見到左胸口上象徵郵局的「燕子」徽章後，我瞬間打起精神了。這時才意識到自己真的成了郵差。

而我也趕緊和今天要一起工作的郵差張載善先生打了招呼。即使在我們對話的當下，他也相當忙碌，氣氛頗為緊張，已經能猜到時間應該很緊迫了。他們說普通郵件必須在兩秒內完成送件，而掛號則是二十八秒、包裹是三十秒內需送件完畢，時間就是如此地倜促。每天的郵遞量通常是普通郵件一千件、掛號一百件、包裹五十件，因此必須循著送件的動線，事先整理好郵件和包裹。

郵差張先生只看了一眼地址，立即知道該把這份包裹從這往那邊移，再把這份掛號從那往這裡放，接著再以橡皮圈捆成一疊，整理地乾淨俐落。光是近兩年他所負責送件的衿川區禿山洞，早已親自跑過無數趟了，因此腦海中已內建了地圖。我問他經過多久才能熟悉到這種地步，他說大約三個月左右就能上手了。

他整理好郵件後，將成捆的普通郵件與包裹，有條不紊地放置在固定於摩托車後方的方形郵遞箱裡。這些郵件一般達到二十至四十公斤重，加上足足五公斤重的郵遞箱，總共約二十五至四十五公斤重。而郵差必須載著這個箱子東奔西走。張先生說，最可怕的日子非下雨天和下雪天莫屬了。下雨時，他除了要穿上雨衣，還得小心避免雨水淋濕郵件；下雪時，他曾因為擔心路面結冰容易滑倒，所以用一腳撐住地面，導致十字韌帶斷裂。

載著滿滿的郵件騎了三十分鐘後，才開始送件

我們必須從九老郵局出發至位於張先生責任區域的衿川郵局，這段路程長八公里，車程約三十分鐘。郵差每天早晨都得騎大老遠的一段路，是因為衿川區並沒有郵政總局的關係。九老郵局不僅負責九老區，還包括了衿川區，一共兩個地區的郵務。我不禁想，要是郵資降價的話，郵差會流更多汗吧。

我表示自己也要騎車跟著去，但文部長問我真的沒問題嗎？他說可能會有危險，再次勸阻了我。雖然聽了這番話有點擔憂，不過我仍決定要騎騎看，因為必須和郵差做同樣的事才能徹底理解他們。最後，我決定先搭車到衿川郵局後，在從那裡騎摩托車。

到了衿川郵局時，是上午十點鐘。郵差張先生已先行抵達，正在收拾退回來的包裹，地上擺了大概十五個小包裹。他迅速確認了被退回的包裹，然後將資料輸入郵差專用的ＰＤＡ終端機。

接下來，到了該騎摩托車的時候了。我先簡單地在衿川郵局的停車場練習騎車。因為什麼也不懂，我愚蠢地轉了一下右手油門，結果發出「轟——」的一

聲，摩托車差點爆衝出去。文部長一臉憂心地走向我，向我一一說明如何停摩托車、煞車、變速，以及發動、熄火的方法。

郵差送件的速度大幅超越了我的預期。我從張先生將普通郵件投入郵箱的那刻起，就一刻也不得閒。我騎著車子跟在他後面跑，但是他的動作簡直飛快，不斷穿梭在巷弄的大小角落間，一轉眼便消失在我的視線裡。每當我奮力地追上他，終於可以停車時，張先生卻已經送完件了。而當我把摩托車熄火時，他又再次出發了。他的速度就是如此迅速。

我曾實際測過張先生停好摩托車，投遞完十多封郵件所需的時間，大約是三十秒。別說是幫上忙了，我還擔心會帶給他困擾，所以馬上振作了起來。

馬不停蹄地騎了約三十分鐘的摩托車後，我才勉強適應了。現在已經能大致跟上郵差的速度，也有餘裕停下車子。張先生稱讚道：「這真的是你第一次騎車嗎？好像騎得不錯。」

兩步併作一步，爬上無電梯的五層樓建築

張先生上樓時一次爬兩階，我不知道在心裡吶喊了多少次「等等我啊，張先生！」那好比是運動時抱定決心在競走般的速度，無論是上樓梯、爬坡路或是走在平地。

由於無電梯的建築佔大多數，所以只能不停地反覆上下樓梯。爬上二樓時，我已喘個不停；爬上三樓時，開始上氣不接下氣；爬上四樓時，我喘到連耳邊都能感覺到呼出的氣息，心臟也怦怦跳。偶爾必須爬到五樓時，我的五臟六腑都在翻騰了。

騎車快速移動，停車，下車，跑上，再跑下——我們持續重複這些動作。開始送件才不過一個小時而已，卻有一股彷彿爬完山後的疲勞感襲來。補充說明一下，我所經歷的這一切，根本不及張先生的一半，因為他還載著超過二十公斤的郵件，而我摩托車上的郵遞箱則空空如也。

張先生忙到沒空注意我。他取出郵件，確認住址，找到確切位置，請收件人簽收（掛號或包裹），完成遞件後要在ＰＤＡ上一一輸入資料，然後離開。途中

甚至還戴著耳機，接聽顧客的電話。我們或多或少都曾催促過郵差吧。「請問什麼時候送到呢？」現在我才知道，郵差是在何種情況下接電話的。

愛刁難人的「掛號」

送件時有個可恨的敵人，那就是「掛號郵件」（以下簡稱掛號）。所謂的掛號郵件，是「為了安全送達郵件，從郵局受理郵件起，至完成送件的期間，需留下詳細紀錄，特別慎重處理，以避免郵件遺失」的制度。一般而言，主要是寄送重要郵件時使用。

為了能夠「安全送達」，郵差必須歷經千辛萬苦才行。首先，送件前需先聯絡上收件者。由於必須是收件人親自簽收，當收件人不在時，則必須寫張通知書貼在門上，然後下次再來遞送。只有在跑了兩趟都無人收件的情況下，才能將郵件交由郵局保管。

我和張先生為了投遞法院文件，爬上了某棟建築的四樓，卻無人出面簽收，所以在「郵件送達通知書」上載明是何種郵件、何時曾經送件、由哪位郵差負責、聯絡電話等資訊，再貼到門上。張先生說，明天他得再來送一次。同樣的地方他必須跑好幾趟，非常辛苦。

在此之前，我只知道掛號是一種又快又好的東西，連掛號是什麼也不知道，就去郵局大喊「我要寄掛號」。如果郵差送件時我不在家，就在電話中告訴他：「我不在家，麻煩下次再送來。」我不禁埋怨起自己當時的那副德性。這一切並非理所當然的事，每封郵件皆是由郵差親手送達的。

送件時短暫吹到的冷氣，令人欣喜

隨著時間越來越接近中午，超過三十度的暑氣漸漸令人難以喘息。因為忙得不可開交，我暫時忘了現在是夏季，後來才感覺到汗如雨下。文支部長給我的小號遮陽帽派上用場了。對大塊頭的我來說這頂帽子太小，所以原本不打算戴上，卻差點在烈日下曬死。

我恨不得能夠休息。一下子走上四樓，接著又登上三樓，後來再爬上五樓，結束後便不自覺地發出了「啊——」的嘆息。於是每次遇到有電梯的建築物，我才能安心地緩一口氣。心裡一面想著：「到底什麼時候能休息？」一面看到郵遞箱裡幾乎沒減少的郵件，只能繼續忍耐，跟著郵差到處跑。

唯一令我欣喜的是，到了收件地址時，能稍微吹到一點從門縫裡飄出的冷氣。那股涼風實在太美好，美好到令人忍不住以眼波懇求收件人：「請慢慢地簽名。」「走吧。」腳步匆忙的張先生無情地催促著我，我卻捨不得離開。

還有一樣能讓我振奮精神的，就是一瓶結冰水。這是從九老郵局出發時，文部長給我的。當時我還無知地心想：「水都結冰了要我怎麼喝啊？」不過大約在中午送完郵件時，冰塊已大多融化成冰水了。在陽光曝曬下，結凍的水一下就融化了，一口氣喝下去實在痛快不已，我彷彿在喝啤酒般，忍不住發出「啊——」的讚嘆聲。

我們與包裹的戰爭，令人感激的「出貨備註」

中午十二點四十分左右，我們好不容易結束了上午的送件，準備去吃午餐，菜色是豬肉泡菜湯。走進餐廳後，可能是終於可以放輕鬆的緣故，我忽然一陣頭暈踉蹌。因為不想讓張先生擔心我，所以緊抓著玻璃門假裝沒事。肚子實在太餓了，我大口大口地灌冰水，狼吞虎嚥地吃小菜，在燉湯上菜後更是失去理智，一轉眼間就扒空了兩碗白飯。「我是為了生存而吃的。」我為暴食找了合理的藉口。

午餐後，連消化的空檔都沒有，又再度開始下午的郵遞工作。工作內容大致與上午相同，不過改成遞送體積較大的包裹。至於難以用摩托車載運的包裹，則是裝入布袋裡，以車子送來衿川郵局。要配送這些包裹，又得費一番功夫。包裹的投遞與掛號相似，必須先聯絡收件人，再送到收件地址。

郵局比起其他宅配業更麻煩一些。當收件人不在家時，非得撥一通電話不可，無法任意將包裹放在門前就離開，但是這麼做的話很費時。按了門鈴後，儘管大喊「我是郵差！」卻因為是下午時段，所以大部分都無人回應。

這時最感激的，就是「出貨備註」了。比如說「請放在門前即可。」「不在家時請交由警衛室保管」等，在購物時預先留下的訊息。只要有了出貨備註，即使無人在家，張先生也能自行決定該放在門前，或是放在熱水器室裡，如此一來就能趕緊處理完，前往下一個地點。

原來只要稍微多用一點心，就能讓郵差少些負擔。張先生表示：「預先留下出貨備註，對負責送件的我們來說，真的幫了一個大忙。」

下午我越來越疲憊，話也越說越少。即使是提醒我要保留體力，為我擔心的張先生，到了下午兩點過後，也常常喊眼睛疼、口很渴，而我也精疲力盡了。

在疲倦至極時能夠鼓舞我們的，正是收下郵件的人，給予我們的貼心回應。有一位從事牛奶宅配工作多年的伯伯對郵差說：「怎麼這麼久沒來？過得好嗎？天氣很熱，你辛苦了。」然後給了一瓶冰牛奶。原本一臉疲憊的我，瞬間變得神清氣爽了。還有一位媽媽以溫暖的語氣問候道：「郵差先生，真的非常謝謝你，請慢走。」雖然還來不及當面聽到這聲問候就轉頭離開了，但那句話似乎一直縈繞在耳邊。

收件人一句溫暖的話，帶給了郵差很大的鼓舞。張先生說，有些人會在他傳了「郵局包裹放在大門前了，祝您有美好的一天」的訊息後，親切地回應他。「好，謝謝。天氣這麼熱，您辛苦了。」他笑瞇瞇地給我看了這封訊息。我問他，聽到這種話是不是很開心，他說：「當然啊，精神都好起來了。」

郵差會過勞死的原因

不知不覺，時間已過了下午三點半。我全身上下痛到像是剛剛挨揍過一樣。最後我去便利商店買了兩瓶六百毫升的運動飲料，一打開瓶蓋，立刻站在原地猛喝。圓滾滾的飲料瓶，不一會就見底了。

我就這樣熬到了三點五十三分左右，終於到了最後一個送件地點，那是一個賣餃子湯的餐館。我忍不住拍了一張照片，彷彿是登上北漢山最高點時拍下紀念照一樣。那天是星期二，換句話說，郵差還要過四天相同的日子。除了平日以外，也仍有許多郵差必須在週六工作。

而且，郵差的工作並不是送完件就結束了。他們一身狼狽地回到九老郵局後，還得將明天要投遞的普通郵件分類好，因為假如不事先分類，隔天就無法及時完成工作。回到九老郵局時，已是下午四點半，等郵件全分類完畢後，大約是七點左右。這時，我才拖著困頓的身體下班。

而郵差精神上所受的壓力也不容小覷。張先生透露：「有一次，我送存證信函給一位客人，結果他卻當著我的面不停破口大罵。」也曾有人抱怨他為何不早點送件，一邊握著電話罵髒話。還有看到包裹裡的泡菜湯汁漏出來，就大呼小叫地喊：「你過來擦乾淨！」

我擔任郵差的一天雖然結束了，但仍不禁想像郵差每天重複的生活，才了解到郵差為何會過勞死，還有他們為何累到睡著後，躺在床上卻再也醒不來。

一年二十天特休假只休了五天，「因為對同事不好意思」

對郵差而言，他們需要的是「人」。原先我打算寫「人力」，但最後改成了「人」，因為這樣似乎更能引起共鳴。

郵差人員明明不足，待送件的地方卻持續增加中。光是看見工地現場就令人心驚。試想，一棟新建物落成後，郵差將會多出多少工作。九老區的航洞從今年三月起，有五千戶開始入住大廈，他們都是郵差服務的對象。既然區域擴張了，郵差人數也應隨之增加，但實際上並非如此，因為人力的調度相當吃緊。

他們對政府預算補助也不抱太多期待。由於郵政事業總部是以自身的資金獨立營運，因此，希望來到郵局抱怨「你們這些靠稅金領薪水的人，是可以這樣做事嗎？」的人，能夠修正一下說詞。他們領的錢，並不是大家繳的稅。

別說是補助了，當郵局產生盈餘時，又必須依照一般會計原則，每年上繳數千億韓元，至今已貢獻了多達兩兆八千億韓元（相當於七百五十六億元台幣）給國庫。一般大眾理所當然地將郵局視為國營企業，以為政府會予以補助，但事實卻非如此。

再者，隨著普通郵件數量減少，赤字也逐漸擴大。儘管郵政事業總部的另一個事業體郵政金融（郵政保險等業務）處於獲利狀態，但是其利潤屬於顧客的資產，無法動用。種種因素，導致郵局在各層面都缺乏餘裕。而九老郵局漸增的貨物量，也加重了郵差的負擔，可說是雪上加霜。

我詢問張先生去年休了幾天假，他回答二十天的特休假裡，他僅休了五天而已。當我接著問他為何休息得這麼少，他說因為請假太多天，會對同事不好意思。同時，他指著一張貼在櫃子上的紙條，上頭列出的每個送件區域旁，又各貼上一張寫著郵差姓名的紙張。那是張先生休假時，必須替他的責任區域送件的同事名字。

即便如此，他真的能放心地休假嗎？畢竟他比任何人都清楚擔任相同崗位的同事有多辛苦，既然已知道包裹數量多到快滿出來了，難道還會想在上面多放一件嗎？

無論再疼痛也得忍，疲累也忍，忍了再忍。郵差的生命即使在此時此刻，也正一點一滴消逝中。

這是和張先生吃午餐時的談話內容。午飯開動以後，我才聽見他娓娓道來。

他比較晚才結婚，苦等了五年才好不容易得子，兒子現在常在家中到處爬來爬去，會把東西撿起來再丟出去，讓他累得半死。我問他，工作和帶小孩兩者間哪一樣比較辛苦，他毫不遲疑地說：「帶小孩。」話一說完，我們倆都笑成一片。他談到孩子時，總是滿臉笑意。

張先生在成為那個頂著豔陽，也要兩步併作一步爬上樓的郵差以前，他先是一個「人」，現在他也是某個人所珍愛的父親、丈夫。因為想起了因過勞而倒下的郵差，於是我請他務必注意身體健康，結果張先生坦承他其實也有心絞痛的毛病。而我的腦中再度浮現那些因操勞過度而過世的郵差了。

因此，我完全無法寫出任何溫暖的結語，倒是想給一個「預言」。郵差之死並不會就此停歇。假如對此有所懷疑，不妨親自體驗一天看看吧。但預言也可能是錯的，而我也恨不得它是錯的。

預言的成真與否，都取決於管理郵差勞動體制的，或是正在讀這篇文章的某個「你」。

1	2	3
4	5	
6		

1 我第一次騎摩托車，這是郵差送件時的交通工具。雖然有點可怕，不過唯有如此，才能理解他們付出的心力。（ⓒ文百南支部長）

2,3送件前，郵件已按照普通郵件、掛號郵件與包裹的依序堆放在摩托車上。預計最晚送到的郵件放在最底下，最先送達的郵件則放在上面，如此一來才能快速完成工作。

4 跟在郵差張載善先生後頭的我。剛開始騎車很生疏，幸好漸漸習慣了。（ⓒ文百南支部長）

5 張先生總是兩階併一階地上樓梯。儘管如此，要在出勤時間內送完所有郵件仍相當吃緊。（ⓒ只能一階一階地追上郵差，身軀很沉重的我）

6 郵差不僅負責送件，途中還要不斷以親切的態度接聽電話。

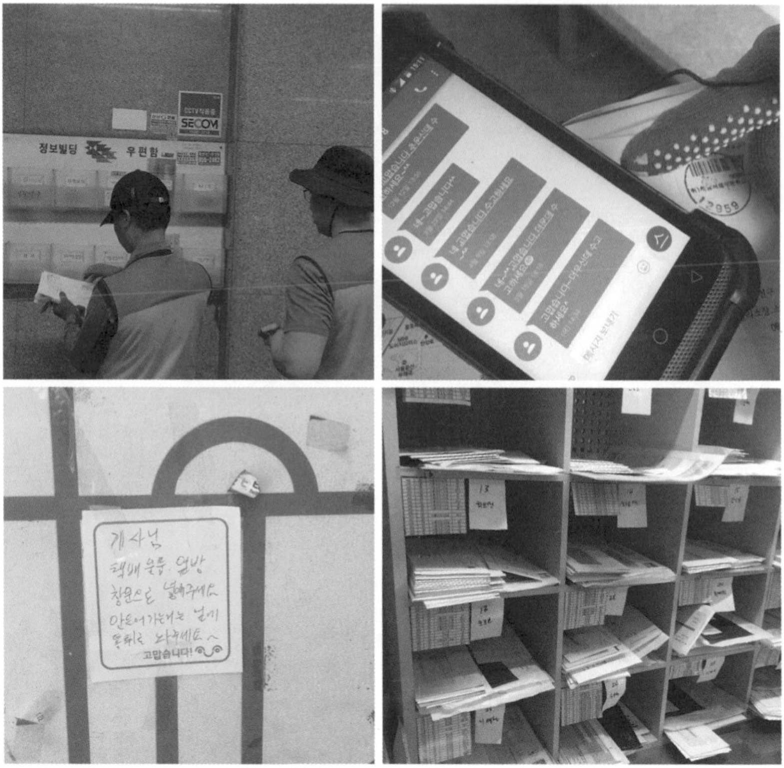

7	8
9	10

7 這不是「在你一步之遙／總是有我，你是否／永遠見不到我的模樣」[2]，而是因為郵差太忙了，所以只能默默觀察他工作。當張先生進出建築物時，我認真地替他開關門。（ⓒ文百南支部長）

8 這是郵差收到的暖心簡訊，光是看這些文字，就受到了鼓舞。

9 告知郵差包裹該放哪裡的貼心紙條。

10 白色的紙張上寫著一個名字，意思是如果你休息的話，就輪到這位吃苦了。以專業術語來說的話，叫做「兼配」，即幫忙一起配送之意。所以說，他們即使身體不舒服，也不見得能休假。

---

2 出自韓國音樂團體Loveholic的歌曲《人偶的夢》歌詞。

·3·

想活出自我，就從這一步開始

挑戰「被拒絕行動」，消除心中恐懼

據說即將下初雪的那天午後，清溪川的步道一片冷清，變冷的寒風不停拍打我的臉。這天正是我三十六歲的生日。我在清溪川的入口處不停來回踱步，看見一位中年男子走了過來。我走上前去，面帶溫和的笑容對他說：「你好，今天是我的生日。」這瞬間，我感受到他由上往下打量我的視線。我處變不驚地接著說：「可以請你為我唱生日快樂歌嗎？」男子一臉哭笑不得地回答：「什麼？」然後我又說了一次，他便以自己很忙為藉口，立即逃得不見蹤影。我看著他的背影大喊：「謝謝！」事情正如我預期地發展。

我走進一間咖啡店，店員親切地接待我。我走到櫃台前，他問我想點什麼。

我什麼也沒點，反而說：「你好，聽說今天會下初雪。不好意思，請問可以給我一杯免費的可可嗎？因為我喜歡一邊賞雪，一邊喝可可。」瞪大雙眼的店員，好像慌張地失笑了。不過他依然冷靜地告訴我無法提供免費的可可。我喊道：「不好意思，謝謝你。」然後趕緊離開咖啡店。我成功了。

面不改色地接受他人的拒絕，怎麼會是成功呢？也許這聽起來很奇怪，但卻是事實。我正在盡全力體驗「被他人拒絕」，這是生平第一次的嘗試。

我既害怕又討厭被別人拒絕，因為拒絕令我變得焦慮而怯懦，所以有時候我連嘗試都不敢。國中一年級時，我喜歡補習班的一位女生，她有一張雪白的鵝蛋臉，個性活潑又受歡迎。上課時我的視線不在黑板上，而是她的後腦勺。一旦我們的視線交會，我就趕緊看往別處，不敢直視她。有一位老是頂著中分頭的男生，則和假裝不在意的我截然不同，他會在下課時間向那位女孩獻殷勤。我不清楚他們是否在交往，不過看起來很親暱，真羨慕！窩囊的我即使經過了一年，也沒能和她說上一句話。雖然我沒有被她拒絕，卻也沒發生任何事。

從事記者工作時也是如此。剛開始連走向人群進行採訪都很困難。光是「不用了，我不受訪。」這句話，就令我語塞了，因此不再懷著滿腔熱血，四處去取材。而且不知為何，我變得只想找樂於開口的人接受採訪，連諮詢專家的意見時也是。比起能給我最佳解答的人，我更偏好健談的人。企劃新聞議題時，也總是先考慮會不會遭到否決，而且資歷累積越久越是如此。因為我明白不會因為被拒絕而受傷的「安全範圍」在哪裡。這麼做雖能減少焦慮，卻也了無新意，工作漸漸流於形式。

但是在偶然間，我得到了一個靈感。去年我看到上了電視的中國人賈江的部落格，他做了一個有點古怪的實驗——向警衛要一百元美金（約三千元台幣），另外還請店員免費多給他一個漢堡。他表示提出這些荒謬的請求，是刻意要遭人拒絕，並透過這種方式來克服他的恐懼，真是個創新的方法。我也想用同樣的方式來面對他人的拒絕，我想克服自己的畏懼。

當初雖然已寫在筆記本上，但一年多來僅止於空想，心裡膽怯地不敢付諸行動。我希望在今年結束前能夠挑戰看看，於是下定決心，提出了體驗日記的企劃，幸好沒遭到否決。

「遭拒體驗」預計進行三天，我的目標是被別人拒絕五十次，所以刻意列出可能會遭人拒絕的請求清單，而且以不造成他人的麻煩為前提，並在被拒絕後鄭重地向對方告知這是「實驗」。挑戰的難度，則依照對象（認識的人與陌生人）與方式（面對面與非面對面）分為四個階段。

附表　挑戰「遭拒五十次」計畫

	種類	請求	結果
第一階段	認識的人－非面對面	（對比我年輕的朋友說）「我想吃勒眼牛排。」	接受
		（對朋友說）「請借我五千萬韓元就好。」	拒絕
		（對後輩說）「明年你要不要當組長？」	事蹟敗露，拒絕
		（對人事部說）「請把我的年薪調高到一千萬韓元就好。」	「去問其他人吧。」拒絕
		（對道路工程業主說）「請在光化門站裝設電梯。」	拒絕
		約訪ＳＫ集團會長崔泰源	拒絕
第二階段	認識的人跟狗－面對面	（對太太說）「我可以辭職嗎？」	拒絕
		（對寵物多多）嘗試親親	拒絕，表情凝重
		（對部長說）提出「遭拒體驗」的企劃	接受

階段	對象	請求	結果
第三階段	陌生人・非面對面	（對彩妝工作室說）「請幫我化老人妝。」	接受
		（對回收處理業者聯合會說）「我想體驗撿廢紙。」	接受
		（對青瓦台發言人說）「我想採訪文在寅總統。」	拒絕
		（對警察廳說）「請告訴我趙斗淳的個人資料。」	拒絕
		（對法務部說）「請告訴我趙斗淳的個人資料。」	拒絕
		（對道路工程技術組次長）詢問能否增設光化門站電梯	接受，電梯正在設置中
		（對首爾市政府）請求增加公車行駛數量	拒絕
		（對饒舌歌手 Mommy Son 說）請教我饒舌	等候回音
		（對整形外科說）「可以把我整得和姜棟元一模一樣嗎？」	拒絕三次
第四階段	陌生人・面對面	（對吸菸者說）「走路時請勿吸菸。」	接受
		（在咖啡店）「請免費替我續杯。」	拒絕三次
		（在路上）「請問要不要吃維他命？」	五人拒絕，十人接受
		（在理髮店）「請問可以幫我除腋毛嗎？」	拒絕
		（在服飾店）請求店家把我打扮成像元斌一樣	拒絕
		（對坐在孕婦專用座的人說）「麻煩讓座給站著的孕婦。」	接受、拒絕各三次
		「可以捐出一百萬韓元善款嗎？」	拒絕
		「今天是我的生日，可以為我唱歌慶祝嗎？」	拒絕五次
		「今天是我的生日，可以稱讚我長得很帥嗎？」	接受
		（對清潔隊員說）「我幫你打掃。」	拒絕

第四階段	陌生人・面對面
「今天是我的生日，可以買一副 AirPods 給我嗎？」	拒絕五次
「（聽說今天會下初雪）可以免費請我喝一杯可可嗎？」	拒絕兩次
「（我的手搆不著背）可以幫我的背抓抓癢嗎？」	拒絕五次
（在藥局）「請給我能甩掉鮪魚肚的藥。」	拒絕三次
（在動物醫院）「可以幫我剪一下指甲嗎？」	拒絕

我對人事部說：「請把我的年薪調高到一千萬韓元就好。」

遭拒挑戰的第一天，我從睜眼的那刻，心情就不太愉快。晚上做了奇怪的夢，所以沒睡好，有點像是下腹部緊張時，想上大號的感覺（說太多了）。我感覺有一股微妙的不安湧上心頭，因為擔心我的自尊心受傷、害怕挨罵而七上八下，很想躲起來。可能是心理上的負擔與壓力很大，所以連體驗都還沒開始，卻已經在盼望能快點結束計畫。

我決定先從簡單的開始，也就是依難度歸類為第一階段的「被認識的人非面對面拒絕」。我傳了一則「請借我五千萬韓元（相當於一百三十五萬元台幣）就好」的訊息給最好的朋友，但沒有回應。於是再傳了一次，依舊毫無回應。所以我傳了「為什麼不回我？你這個××」，朋友卻回答「我要封鎖你，因為你來找我借錢，當然要封鎖啊」。雖然我也不曾期待，但他的拒絕比預期強硬。不過他又接著回傳「可以借你五千元啦（＝一百三十五元台幣，外加複利百分之十）」，這是第一次遭到拒絕。

之後，我不斷遭到拒絕。我聯絡公司人事部門，要求將年薪調高一千萬韓元（相當於二十七萬元台幣），可是現在早過了協商期間，根本是荒唐的請求。儘管如此，我仍暗自期待公司能傾聽我的話。我不斷拿起話筒，又放下話筒，就這樣猶豫了十分鐘。他們會認為我很奇怪吧？內心忐忑不安地想。我把報紙翻來又翻去，淨做著不相干的事情。

最後，終於勉強打給了某位科長說：「請問可以把我的年薪調高一千萬嗎？」對方回答：「什麼？你說什麼？」他聽起來很驚訝，不過態度依然很真誠。他親切地說明：「喔，我無法決定這件事，經營團隊才有決定權喔……」我說明這是實驗，並向他道謝後，才掛掉電話。

實驗的難度進入到第二階段——「被認識的人面對面拒絕」。那天下班後，我認真地問太太：「我可以辭職嗎？」她回答：「當然不可以。」並且追問發生了什麼事嗎？我笑說，這是為了完成「遭拒體驗」的其中一項，結果太太以一記扣球（從高處猛力擊球的打法）回擊。

鼓起勇氣邀請文在寅總統接受採訪

體驗難度來到了第三階段的「被陌生人非面對面的拒絕」。既然要做，不如就盡情嘗試平常想做的事吧。因為原本的目的就是為了被人拒絕，反而不覺得害怕了。

所以我打算邀請文在寅總統受訪，但是被打回票的機率很高，畢竟至今不曾有任何媒體獨家採訪過總統。另一方面，我是這麼想的，代表國民發問，正是記者的職責所在，哪有所謂的「能見的人」和「不能見的人」的分別呢？說起來，這都是恐懼在心裡築起的一道牆，我希望能試著打破它。

於是，我打聽到時任青瓦台發言人金宜謙的聯絡方式，然後撥了通電話給他，但可能因為是不認識的號碼，所以對方沒接。沒想到從邀訪開始就碰上了難關。因此，我寄了封簡訊，「我想詢問能否邀請文在寅總統受訪，希望能獲得您的答覆，謝謝。」五個小時過後，金發言人以簡訊回覆：「恕難接受採訪。」得到了一次「拒絕」。

此外，我也試著要求對外公開性侵犯趙斗淳的個人資訊，他是在二〇〇八年以殘暴的方式性侵女童，引起公憤的罪犯。當時由於並無相關的條文允許對外揭露他的資訊，所以等到他二〇二〇年出獄時才公開了長相。首先，我聯絡了警察廳，表達希望取得趙斗淳個人資料的想法，結果警察廳以「權限在法務部」為由，將皮球踢了出去。我又聯絡了法務部，問了同樣的問題。相關人士說「只能提供有關已公開身份罪犯的資訊」，並表示不方便讓我確認他的個資。

厚臉皮地向對服飾店店員說：「請把我打扮得像元斌一樣。」

最後要挑戰最高難度的實驗——第四階段的「被陌生人面對面的拒絕」。「我出門去找人拒絕我囉。」我向公司報備後，就不顧一切地步出公司，打算到首爾的光化門、明洞和鐘路一帶繞繞，嘗嘗被人拒絕的滋味。

我走進一間服飾店，店員熱情地招呼我。他問我想找什麼款式的衣服，於是我告訴他，我在找能讓我穿在身上就可以變得像元斌一樣帥的衣服（真抱歉）。看見店員發自內心地笑了出來，於是我又鄭重地說：「元斌真的很帥，我需要穿起來能像他一樣帥的衣服。」店員（訕）笑著表示他不知道那是什麼樣的衣服，很抱歉。我對他說別在意，然後離開了店家。因為我的想法也和他一樣。

離開服飾店後，我生平第一次踏入整形外科診所。我問諮詢人員，能不能把我整得和演員姜棟元一模一樣，對方表示手術時可以參考他的長相。因此我又說，不只是參考而已，而是必須完美複製他的臉。對方雙眼直盯著我的臉以「實在難以做到」為由婉拒了我。真是一位眼光精準，頭腦清晰的人，他的回答確實展現了卓越的判斷力，而且合情合理。

接著，我試著提出一些平時只敢想像的請求，比如在咖啡店喝完咖啡後，問店員可不可以再免費續一杯，以及到漢堡店向店員表示，我平常很喜歡吃起司漢堡，能不能以三倍的食材做成一份給我。兩間店家皆以「無法提供這樣的服務」為理由，禮貌地拒絕了。我也去藥局詢問有沒有能讓我在一個月內甩掉鮪魚肚的成藥，這是我真心想買的藥物。藥師（冷）笑道：「如果有這種藥的話，我想自己先買一盒。」看來藥師和我一樣也有鮪魚肚。

在一片拒絕聲中，也有人「接受」

實驗結果中，也有原本預料會遭到拒絕的請求，卻獲得應允。從這次經驗，我得到了「凡事先試了再說」的體悟。

午餐時間，一位年紀較輕的朋友和我約見面，要拿喜帖給我。他在電話上問：「哥，你要吃什麼？」這瞬間，我決定碰碰運氣。「勒眼牛排！」沒想到他竟附和道：「就吃這個吧。」但這不是我要的答案啊，於是慌忙地再次確認：「欸，是你要請客喔。」結果他回答：「那沒什麼啦，誰知道我們下次見面又是多久以後。」我心想，這孩子怎麼這樣。挑戰被拒失敗。「我只是隨口說說的，我們隨便吃吧！」最後午餐吃的是人蔘雞。

生日當天，我對兩位正在光化門附近散步的人說：「今天是我的生日，請問可以稱讚我長得很帥嗎？」其中一位正在喝咖啡，他差點把飲料噴出來，然後笑著說：「你……你很帥。」雖然知道這是善意的謊言，但稱得上是不錯的生日禮物，這是一次令人愉快的經驗。先前受到的幾次傷害，只因為一次的接納，全都煙消雲散了。

除此之外，我也該開始尋找體驗活動的資源。我打算進行「老人體驗」與「撿廢紙體驗」，需要請人為我化老人妝，但撿廢紙體驗卻不知該從何處著手，於是先擱置下來。幸好最後進行地比預期順利。我打電話給一間彩妝工作室，詢問是否能為我化「老人妝」，並說明了體驗的宗旨。本以為對方會拒絕我，不過工作室的負責人認為報導的出發點非常好，他很樂於協助。最後，我也透過與撿廢紙體驗相關的單位，聯絡上有意願和我合作的對象。

我還聯絡了以「Mommy Son」為藝名而走紅的饒舌歌手，向對方表示：「我想學饒舌，寫出具有社會意義的饒舌歌詞，然後親自唱唱看。」我希望能在今年結束前，將先前做過的體驗，以饒舌的形式做個總整理。平時我就很喜歡饒舌音樂，也想用有趣的方式和大眾溝通，不過以往只限於空想，而不敢實際行動。我猜想這次一定會被拒絕，所以有些畏怯。沒想到對方的經紀公司認為這個想法很有趣，回覆我：「歌手也正積極考慮這項提議，我們討論過後會再聯絡您。」這是冒著被拒絕的風險所得到收穫。

「為什麼會被拒絕呢？」這個問題令我苦惱

接連遭拒的經驗，讓我認知到別人會拒絕是有原因的。假如能說出一個合理的理由，就能降低吃閉門羹的機率。

我想在街上分送維他命給素昧平生的人，所以我買來了一盒維他命，裡頭有十包，所以決定分給十個人。我向一位來到清溪廣場的人說：「請問要不要吃維他命？」但對方揮揮手，表示不需要。第一回合開始就失敗了。接著，我又問了正在穿越馬路的另一個人：「您需不需要一包維他命呢？」對方又說不需要，婉拒了我。

於是，我編造了一個「理由」，然後對首爾市政廳附近的上班族，進行了第三次的嘗試。「我想送給辛苦的上班族維他命。您看起來好像需要維他命，要不要拿一包呢？」結果有人說了聲「謝謝」後就收下了。任務成功。我也向公車司機說：「我想分送維他命給每天都很辛苦的人，請問您想要一包嗎？」他也收下了。我甚至對來到清溪廣場的兩位觀光客說：「歡迎來到韓國。」並給了他們兩包；又向清掃街道的人說：「感謝您把路面打掃乾淨。」他也收下了維他命。

在路上遇見正在抽菸的市民，我對他說：「不好意思，在路上可以不要抽菸嗎？」對方表示他知道了，然後把菸熄掉。我對他表達感謝，順便送了一包維他命，他也接受了。我沒說出這是作為感謝他熄菸的回報。

另外，我也向路人展示「這是安全無虞的維他命」，畢竟是要吃下肚的東西，別人可能會認為我很可疑。剛開始我是從口袋裡掏出維他命，後來改為從包裝盒裡取出來。瞬間，大家的視線都集中過來，願意收下維他命的機率也更高了。於是在遭到五次拒絕後，最後我仍把十包全都分送出去了。

最壞的情況頂多是被拒絕而已

所有的體驗活動就這樣結束了，短短三天之內，我被拒絕了五十次，頻繁地得到「沒辦法」、「不要」、「不需要」、「抱歉」、「有困難」、「不用了」和「不可能」等回應，我體會到了平時不曾有過的感覺，彷彿一次承受了數十年份的拒絕。

剛開始遭到拒絕時，我的心也碎成一地，這比起預想的更難受。接著再度打起精神，做好心理建設，提出了請求，卻又被一句拒絕的話給擊倒了。儘管已經做好「當然會被拒絕」的心理準備，但光是一次的拒絕，就令人心痛。「為什麼要這樣拒絕我呢？」我的自尊心受傷了，於是我更退縮，自信心變得低落而怯懦，又想再次躲起來，也產生了放棄的念頭。尤其是原本抱著「或許可以」的期待提出了請求，得到的卻是「果然不行」的失落感時，更是如此。

在計畫進行中途，我的身體也相當疲倦。部長說：「你看起來很累，好像在放空一樣。」太太也很擔心我。我甚至有些後悔了，懷疑自己是否白白做了一個奇怪的體驗。可是我不願意放棄，我要堅持早日完成五十項實驗的決心，繼續嘗試下去。結果，在屢次嘗試後，我逐漸習慣別人的拒絕了。

從整頓好心情，到進行下一次的實驗為止，所需的時間也漸漸減少。最初被人拒絕時，我每次得花上一小時，無所事事地走來走去，當下滿腦子都充斥著「我該問誰才好？怎麼做才能少受一點傷害？我會不會被拒絕？」等負面的想法。踢了兩次鐵板後，到了第三次感覺好多了。經歷過十次的歷練，開口請託時變得更自在了。等到被拒絕十五次以上，我的臉皮已經變厚了不少，即使再次面臨拒絕，心情也不會大受影響。集滿三十次以上的被拒經驗後，我還能微笑地高喊「謝謝」，真是令人驚訝的轉變。

自從某一刻起，我越做越起勁了。以前因為擔心被拒絕而不敢做的事，現在可以盡情地嘗試了，好像從禁錮的空間裡逃脫出來的感覺。只要抱著「最壞的情況頂多是被拒絕」的想法，無論我嘗試任何事，都會產生自信。我將擔心「會不會被拒絕？」的忐忑，轉換成期待「下次要嘗試什麼？」的悸動後，確實更能樂在其中了。

這是某次上班途中，搭乘地鐵時的一段往事。我的前方有一位上了年紀的男子，身旁坐著一位妙齡女子，男子閉著眼，不斷往女子的身上靠。她看起來很不舒服，想盡可能地與男子保持距離，最後起身離開了。後來又有一位女性坐了下來，男子繼續往她身上靠，即使女子也留意到他的舉動，但這男子依然故態復萌。眼前的畫面，讓我在前往光化門的路上，心裡一直很不快。我對自己很生氣，即使看見這樣的情形，卻一句話也說不出口，只因為擔心別人會對我指指點點，而不敢做些什麼舉動。

在遭受了五十次拒絕後，我稍微改變了。體驗結束當日晚上，我搭上地鐵，有位男子坐在粉紅色的孕婦專用席上。那時，一名女性從另一站上車，站在孕婦專用席前方，包包上掛著「孕婦徽章」，但是座位上的男子並未察覺，可能是很疲倦的關係，正閉目養神。我鼓起勇氣走近他，心臟怦怦怦地猛跳，我對他開口說：「先生，不好意思。您前面有一位孕婦站著，可以麻煩您讓位給她嗎？」男子回答：「喔，抱歉。」然後讓出了位子。孕婦向我道了謝，男子也對我說：「謝謝你告訴我。」他是一位值得尊敬的人。

我的心情很愉快，因為我克服了恐懼，向他說出口了。這股勇氣似乎改變了什麼。

1	2
	3

1 為了分享維他命給陌生人而東張西望的我。原以為一定會被拒絕，但收下維他命並道謝的人卻是拒絕的兩倍。果然試了才會知道，這點是我嘗試戰勝恐懼的契機。

2 我試著親一下寵物犬多多，卻被拒絕了。但是也無須露出如此嫌棄的表情吧。因為太太幫我拍下了照片，我才第一次發現多多抗拒感非常明顯。（ⓒ我太太）

3 為了被別人拒絕，我傳了一則訊息，要求好友 A（三十七歲，男）借給我五千萬韓元。我催促遲遲不回應的他，結果他說如果真的要借錢，就要封鎖我。不過至少他拒絕我了，任務成功。

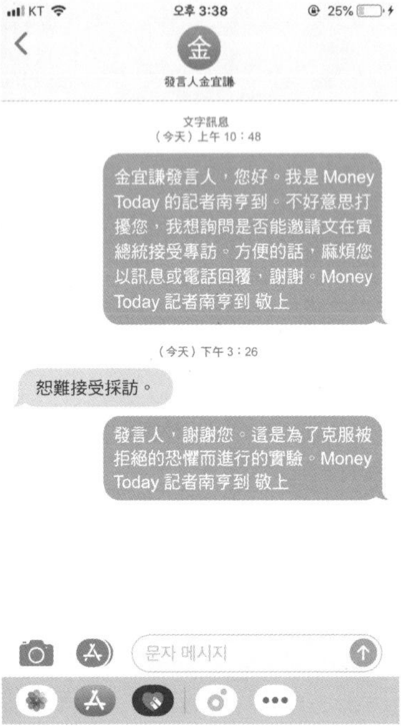
KT
오후 3:38
25%
金
發言人金宜謙
文字訊息
（今天）上午 10：48
金宜謙發言人，您好。我是 Money Today 的記者南亨到。不好意思打擾您，我想詢問是否能邀請文在寅總統接受專訪。方便的話，麻煩您以訊息或電話回覆，謝謝。Money Today 記者南亨到 敬上
（今天）下午 3：26
恕難接受採訪。
發言人，謝謝您。這是為了克服被拒絕的恐懼而進行的實驗。Money Today 記者南亨到 敬上
문자 메시지

4 | 6
5 |

4 我到咖啡店，禮貌地問店員能不能幫我續一杯咖啡，然後被拒絕了。對方應該把我當作奧客了。我進一步詢問拒絕的理由為何，他說因為每種容量價格不同，所以無法提供續杯服務。聽了原因後，比較沒那麼丟臉了。拒絕他人也是要講究禮貌的。

5 發傳單的阿姨們，已把他人的拒絕看得稀鬆平常了。在遭拒無數次以後，我體認到拒絕別人時，也必須注重「禮貌」。我接起推銷保險的電話時，通常只回一聲「我很忙」，便立即掛掉電話。不過在我被拒絕過後，我會說明：「很抱歉，我已經了很多保險了。」改以更溫和的方式婉拒別人。

6 我向青瓦台發言人金宜謙表示希望邀請文在寅總統受訪，結果遭到拒絕。我思考了一下，該如何提出請求，才能引導出其他答案。

竭盡全力放空一天

通常一睜眼，就是早上六點半了。我會瞬間起床，趕緊做準備。但是這天有點不同。我依然穿著睡褲和領口鬆弛的針織衣，慢吞吞地起床。關閉放在枕邊的手機電源後，便立刻往沙發上一丟，感覺甚是痛快。接著，用水壺裝了五百毫升的水，朝著空房間走去，然後以大字形直接躺在地上，這是我最愛的姿勢。我沒洗臉，也沒刷牙，也不整理雜亂如鳥窩般的頭髮。

我徹徹底底地放鬆，凝望著天花板，視線越來越模糊，眼前的畫面彷彿像「Magic Eye」[1]（七年級生懂的）般互相重疊。我的左腳腳踝突然搔癢了起來，所以用右腳腳趾抓了抓癢。時鐘的指針滴答、滴答，鼻子只管呼氣、吸氣。持續

1 一種暗藏3D視覺效果的平面圖像。

以同樣的姿勢平躺有點無趣，於是我轉身側躺，以其中一邊的手臂支撐頭部。這是學生時期的我，在自習室睡覺時常擺出的姿勢。我沒有計畫、沒有想法，也沒有任何該做的事，唯有一片清靜。微微的睡意襲來，我不禁闔上雙眼。沒錯，我正竭盡全力度過無所事事的一天。

我仔細回想了一下，人生中似乎不曾度過無所事事的一天。幼兒時期，忙著上托兒所和幼稚園；中學時期，則為了讀書而不停往返於補習班、學校與自習室之間；大學時期，整天被主修和通識的考試追趕，又要兼顧戀愛；求職期間更不用說了，自然是忙到不可開交。開始工作後，無論白天或夜晚，無論平日或週末，都比以往更繁忙。我總是把「好忙」掛在嘴邊。

即使在休息時，也會找一些事情做。先滑滑手機，看看書、電影和電視劇，再吃點美食。如果出門旅行的話，更是不得閒。出發前必須挑選要帶的衣物，計畫該吃什麼、該做什麼。旅途中又因為捨不得錯失任何畫面，而馬不停蹄地趕路。於是旅程結束後，備感疲倦。我從來不曾無所事事地休息過。

而我的大腦甚至更忙碌，已經很久未曾放空，不去思考任何事。走路的時候，我總是一邊尋找報導題材，或一邊想著今天要做什麼、明天要做什麼、週末要做什麼，思考著自己過得好不好。上班的時候，又因為煩惱報導是否遺漏了任何內容，或是組員是否做好自己的本分，而疲累不堪。深陷於繁雜思緒一整天後，到了下班時，大腦彷彿蒙上了一層濃霧，失神呆滯。腦海裡已經沒有「思」想，只有「失」想。

生平第一次，決定什麼也不做

某一天，小熊維尼給了我靈感。週末時我看了電影《摯友維尼》，可愛的小熊維尼不經意地說：「你說不可能真的無所事事，但是我真的無所事事。」接著又說：「無所事事的日子過久了，某一天就會成就一件大事吧。」說出這番話的維尼，真的什麼事也不做。牠只會吃蜂蜜、搭火車，為眼前所見的事物歡呼，但是牠看起來很快樂。

看似微不足道的簡短台詞，即使在電影結束後，仍縈繞在我的耳邊，撫慰了我倦怠的心。所以我決定嘗試什麼都不做，這是三十七年來的第一次。過去我已經活得很認真了，給自己無所事事的一天作為獎賞應該不為過吧。

星期一開會時，我提出了這項計畫，部長聽了笑著問：「什麼也不做，是休息的意思嗎？」這是早已料想到的提問，所以我事先就想好答案了。「部長，這不是休息，而是什麼也不做（冷汗）。」我還搬出小熊維尼來解釋。部長好不容易才點了頭。這次提案多虧了和部長長年建立起的信賴，順利獲得了首肯，但是部長的表情顯然是在說：「什麼啊？這自肥的傢伙。」

為了避嫌，我必須採取一些行動，本來打算到寺廟去住，好讓自己看起來不像在玩樂。我打聽到三處地方有舉辦「寺廟寄宿體驗」，然而對方皆表示在體驗期間內，無法什麼都不做，所以婉拒了我。因為在寺廟裡必須禮佛、禪修、做一百零八次大禮拜，最終我只好在家裡進行無所事事的體驗，現在也如預期般進行中（笑）。

「你現在精神壓力很大喔！」

首先，我很好奇自己當下的狀態為何，因為我感覺相當地疲困。待在家裡的時間，我大都是躺著，可是睡醒以後，精神也未見好轉。我的話越來越少，表情漸漸僵硬，也無法自然地笑出來。即便在工作上獲得了成就，幸福感也不比從前，經常浮現想要休息一下的念頭。

我需要更客觀的判斷基準，所以在韓國腦科學研究所的協助下，進行了以「腦神經回饋（透過腦波數據強化腦部機能）」為原理的腦波檢測，我第一次做這種檢查。我戴上連接了四條電極的頭帶後，觀察電腦上的畫面，依照指示閉上眼，再睜開眼。電腦在畫面上繪製出腦波的3D圖表，我的生理壓力（緊張程度）是左腦八．八，右腦十．四，仍介於正常範圍中；但是精神壓力（放鬆程度）是左腦一．四，右腦一．六，數值為偏高（理想數值為一以下）。看到檢查結果的腦科學博士白祈孜表示，我的精神壓力偏高，書應該讀得不錯（驕傲），代表我思考得太多了。他神準的診斷，令我不禁奉他為「半仙」。

他也分析了我的自我調節能力。腦波分為休息力、注意力、專注力三個面向，我的結果分別是九、三十六、二十二。理想的平均數值應為二十五，如果落在十五以下，則代表腦部整體機能低下。我的注意力（人際關係與社交等）很高，專注力（專心投入一件事的能力）還不錯，休息力（心理安定性與精神疲勞度）明顯低落。意思是，我現在正處於疲勞不堪的狀態。白博士說明，當我接受與他人等量的壓力時，承受壓力與恢復的能力落後其他人許多。

放空讓大腦、心臟、腸胃徹底休息

終於，我引頸期盼的那天到來了——什麼都不做的那一天。我的目標是持續十二個小時。

我的心情從前一天晚上開始變輕鬆了，竟然可以不做任何事情，光是想像就令人開心。此外，我也定下了幾個原則：不想任何事，盡可能不動（除了排便外），關閉手機、電視和音響，不進食（水除外），盡量避免睡著（以免整天只睡覺）等。

但是不知為什麼，開始執行後才發現並不容易。我一動也不動地平躺，凝視著天花板，結果才過了幾分鐘就按捺不住了。我不停動來動去，像條蚯蚓似地扭來扭去，坐立難安。「Co Co Co×××」、「超特價×××」[2]等曾經風行一時的廣告音樂，開始在腦中循環播放。接著是曾在選秀節目《Show Me The Money》上聽過的副歌，不斷在腦海裡盤旋。「這該怎麼寫成報導呢？沒有可以寫的東西啊，還是我該告訴部長寫不出來？」這些想法也一個個冒了出來。過了好一陣子，我看了一下時間，竟然才只過了三十分鐘而已。

我心想，不能再這樣下去了。於是閉上雙眼，將心思專注於呼吸，讓身心都平靜下來，然後思考了一下過去不曾停歇、馬不停蹄的日子。我的精神慢慢往身體的每一處集中。大腦從很久以前，就為了讀書、考試、說話、思考和工作，而吃足了苦頭。心臟就不用說了，如果不跳動的話，會立刻走上黃泉路。至於我的腸胃，則曾經因為一次最多吃下五碗泡麵的主人而受苦；我的手，總是在使勁地抓著客滿公車上的把手；我的腳，能看得出過去行遍千萬里路的痕跡；我的腰，因為每天坐十個小時而活受罪；我的雙眼也需要休息，所以拿下了眼鏡。

這是第一次讓全身徹徹底底地休息。我想起了某次偶然看到慧敏法師的冥想影片，他把注意力集中在身體和心靈，說了一聲「非常感謝你」，於是我也在心中默念「辛苦了，謝謝你」，如此安慰著自己。這時一股溫暖氣息包裹了我的全

2 「Co Co Co×××」為韓國按摩椅品牌Cozyma廣告歌詞（原文：코코코 코지마）。「超特價×××」為韓國訂房網站Yanolja廣告歌詞（原文：초특가 야놀자）。

身。

我用攜帶式心電圖測量了一下脈搏，心率徘徊在六十到六十五之間，心跳和脈搏看起來都很安定。平常我測量心率時，大約是在七十至八十之間上上下下的。緊張時，脈搏會跳得很劇烈。我感覺到身體真的在休息了。

沐浴在陽光下，我想起遺忘且推遲已久的想法

中午十二點，日正當中，雖然已屆午飯時間，我卻還不餓，可能是因為什麼都沒做的緣故。我想吹吹秋天的風，所以走到客廳，推開窗戶，身體倚著一側的牆壁，望向窗外。心裡疑惑著天空原本就是這麼藍嗎？小鳥嘰嘰喳喳的叫聲也很清亮。我曬著太陽，盡情享受以往所欠缺的「光合作用」。

聽見鄰居家的小狗汪汪叫，我也跟著牠叫，小狗大概是感到莫名其妙，而停止吠叫。我贏了！我突然失笑了，已經很久沒露出這樣爽朗的笑容。原本想感受一下四周寧靜的氣息，卻意外地找回了對我而言曾經很珍貴，但遺忘許久的事。

我對太太既感激，又感到抱歉。因為她不是這世上的任何其他人，而是我的

妻子，所以我很感激。我敢說，再也沒有像她一樣和我如此合得來的人。結婚後，我變得更快樂了，她總是為我著想，讓我體會到被愛的感覺。這些平凡無奇的點點滴滴與片刻光景，忽然在眼前閃現。

然而，我也覺得很對不起她。太太的工作一直很辛苦，上下班時間還要擠上人滿為患的公車和地鐵。要是她也能無所事事就好了，我不禁感到內疚。我們談戀愛時，曾立下一個約定：即使對彼此再生氣，也必須在起爭執的瞬間，先好好傾聽對方說話。雖然我在戀愛時確實遵守了這一點，但在婚後卻沒有徹底實踐。我曾經顧著說自己想說的話，讓她傷心流淚了。對妻子的歉意，讓我的心裡隱隱作痛。

我也想起了父母親。不知不覺，他們轉眼間都上了年紀。我是每次都以忙碌為由而不常聯絡他們，真是無情的兒子。雖然嘴上總說會去探望他們，卻因為忙於應付日常瑣事，一再延期。我曾答應要和媽媽約會的承諾，說要和爸爸一起喝杯酒的約定，至今都尚未做到。

想到岳父和岳母，心頭都暖了起來。他們對我這個不才女婿向來愛護有加。我說冬天可能會很冷，岳母就替我準備冬天的睡褲；而岳父總是以金玉良言喚起我的熱情。他們成了我人生中最珍貴的姻親。

還有我的寵物多多。我因為無法花很多時間陪牠玩而感到歉疚。久久才見到我一次的多多，不知道有多開心，不斷搖擺著耳朵、緊抱著我的腿，雙腿直立前行。牠喜歡以肢體互動的方式玩耍，但是我虛弱的體力，禁不起跑跑跳跳。一想到小狗們的生命歷程比人類快了數倍，心頭老是酸酸澀澀的。

還有我的竹馬之交。那位相識三十年的朋友，現已成為育有兩子的爸爸了，我們大約已經兩年沒見面了。學生時期常常膩在一起的朋友也說過，如果到他家附近的話就聯絡他，但是我從來不曾聯絡過，還真是對不起他。

即使什麼事都不做，也很幸福

下午的時間過得相對自在一點。我打了瞌睡，接著開始放空，就這樣隨心所欲地放任自己。我也看著太陽過了中天後，往西方緩緩落下的樣子。因為感到一股寒意襲來，我穿上了襪子，但除此之外，我什麼也沒做。

下午五點左右，雖然已經餓了，不過我還撐得住。我也沒什麼睡意。無聊時，我就靜靜聆聽呼吸的聲音，心情於是變得平靜而寬和。以前每次聽見樓上傳來的噪音時，總會立刻繃緊神經，不過那天我罕見地不再對噪音如此敏感。我認為這樣的生活，似乎很適合我的體質。

體驗大約在晚上七點前後結束了。我隔了十二小時後才開啟了手機電源，竟收到了三百則訊息，反正已經錯過了回覆的時機，所以我也懶得管了。

我感覺精神相當輕鬆舒暢，這是人生中前所未體會過的爽快，好比是腦袋裡灰濛濛的霧霾，被空氣清淨機一掃而淨；或是大腦獨自在宇宙中漂浮、徜徉著的樣子；也像是孤零零地身處在深山草庵裡的感覺；又正如在悶不通風的房裡待久了，終於到外頭透透氣的清新感。老是脹氣的胃變舒服了，呼吸比起先前更順暢了，放空時也更加自在了，似乎除去了所有雜念。

另外，我能自然而然地笑開懷來，許多受到繁雜思緒壓抑的情緒，全部釋放出來了。身邊的人也說我的表情變輕鬆了——不僅是太太笑著這麼說，隔天上班時，後輩們也說了同樣的話。令我不禁好奇，以前的我到底露出了什麼表情？我感覺之前故障的心靈已經修復，或者該說是得到了撫慰。

原本以為，幸福是透過勤勉不懈才能獲得的，於是我過著忙碌而熾熱的生活。在過去的三十六年，一萬三千一百四十天，三十一萬五千三百六十小時裡，我日復一日地鞭策自己，然後終於第一次完完全全地，以「無」來填滿我的十二個小時。夜以繼日不停運轉的身體，這才徹底地喘息、微笑，同時意識到，自己竟遺忘了某些珍貴的光景。更體悟到，原來我無須時時握緊拳頭，即使稍稍放鬆一下，也能獲得幸福。這一天如同上天賜予的禮物，讓我學會如何放鬆的寶貴時光。

即便是機器，運轉久了也會故障。這時候，最好別再次啟動它，只要擱置即可。人的心靈又何嘗不是如此呢？如果生活已經一場糊塗，即使每天再認真過活，也快樂不起來的話，不妨試一次看看。嘗試什麼事也不要做，或許你會意外獲得如禮物般的一天。

高中時，我以為上了大學應該會很快樂。大學時，我認為只要能找到工作，人生將別無所求。然而，真的成了上班族後，卻希望能多拿一點年薪。我一直認為，幸福必定在某處等著我，但是人生的絕大部分，其實是「過程」而已。為了等待幸福到來的那一天，我們是否不知不覺地錯過無數個「今天」呢？

以下是電影裡，小熊維尼與主角之間的最後一段對話。

維尼：今天是星期幾？

主角：今天就是今天啊。

維尼：是我最喜歡的一天呢！

1	2
3	4

1 倒頭躺在房間一角的我，正用盡全力過著無所事事的一天。照片看起來像監視器畫面，其實是用擺在窗邊的腳架拍攝的。

2 在韓國腦科學研究所的協助下，進行「腦波檢查」的我。戴上連接著電極的頭帶，就能立即在電腦上看見腦波圖。（ⓒ韓國腦科學研究所）

3 把頭靠在客廳窗邊的我，無所事事地仰望著天空，連灰塵看起來都很美好。久違地進行了「光合作用」，令人心情愉悅。隔壁鄰居的狗正在汪汪叫，我也發出汪汪汪的聲音向牠單挑。俗話說：「說話大聲的人就贏了。」最後是由我取得勝利！

4 看似正在沉思，實則在放空，什麼也不想的我。那是一段平靜的時光。

嘗試不當好好先生

今天是新年的第一天。我把車子暫停在公寓社區的道路上，打了雙黃燈，一邊等待著太太。

過了一會，一輛由新手駕駛的車從後面駛來，他避開我的車子，從左邊經過。那瞬間，左邊的汽車與對向的汽車碰撞了。其實他只需往右邊稍微移動一下就能脫身，但也許是太慌張了，竟然向後倒車，可是後面又有另一輛車阻擋退路。這位新手駕駛的車輛，陷入前後都動彈不得的困境。

當我正打算要移動車子之際，那輛由新手駕駛的汽車，忽然搖下副駕駛座的車窗，車內一位看起來年約三十歲出頭的男子怒視著我，劈頭大喊道：

「喂，大哥，你在旁邊看好戲嗎？沒看到車子都動不了嗎？快點開走啦！」

他的聲音充滿了不耐煩，瞬間令人為之光火。雖然只是一下子而已，不過暫停在車道上確實是我的疏失，這點我承認。但是只要好好說「請移動一下車子」就好，何必對素昧平生的人大呼小叫的呢？而且新年的一開始，就對同社區的居民如此無禮。後續的對話如下：

我：你發什麼脾氣啊？我是在這裡暫停而已。

男子：你說什麼？

我：我只是在這裡暫停一下而已。

男子：我管你是不是暫停，總之快點開走。不對啊，這位先生，你停在這裡算是違規停車吧？

男子越說越大聲，於是我默不作聲地盯著他看，露出不悅的表情。安靜片刻之後，他氣不過地罵了「他×的」，接著與坐在駕駛座的女性換了座位，彷彿是想把車門砸爛似地，「砰」一聲關上門，然後立刻離開了。

雖然心裡有點不是滋味，但同時又有點痛快。因為如果是以前，我會拚命地克制自己，避免表露情緒。平常的話，應該只會說聲抱歉，默默地把車開走，卻在事後反覆地回想，並在心裡納悶：「剛才那個人明明很沒禮貌，我為什麼都沒反應？應該要說些什麼的啊！」但是這次我沒有掩飾自己的不快，我尊重了自己在當下的心情。雖然做得還不夠好，不過我漸漸懂得表現出來了。

沒錯，我正在破除「好人」的形象。平常我總是受制於「必須當個好人」的想法，然而內心想的和嘴上說的卻是兩回事。每當此時，心裡就有了疙瘩。把話說出口前，我總是再三思考，所以我經常沉默以對。與人交談時，我盡可能以笑容回應，如此既不會惹惱對方，也不會洩漏內心的想法。除此之外，我很不擅長拒絕別人的請求，可是抗拒的心理累積久了，終究會出問題。我突然覺得這樣的自己很死心眼。想說什麼話就直說，想生氣的時候就生氣，想拒絕的時候就拒絕，不喜歡的時候就表達出來——我想要這麼做。每次見到那些有話直說的人，我的情緒彷彿也得到發洩了。

讓我下定決心改變的契機，是「結婚」。結婚以前，即便再辛苦，我也能夠獨自忍受。但是結婚後就不一樣了，所有的事情，都必須由兩個人一起承擔。假如我因為無法拒絕而被人牽著鼻子走；因為無法表達意見而讓心裡難受；因為說不出「不喜歡」而悶得發慌，會讓我身旁的妻子過得更辛苦。而且在面臨不合理的情況時，我也必須懂得挺身而出，討回公道。也許對別人來說，我是個「好人」，但是對妻子而言，可能就成了一個「差勁的丈夫」了。

我開始在公司擔任組長以後也是如此。身為組長，免不了要對組員說一些該說的話。有時候，我還必須站出來維護組員，而且我也要在部長與組員之間，扮演協調的角色。因此，我下定決心，要從新年開始改變。我不再思考太多，而是多多傾聽自己內心的聲音。

為什麼我們會認為必須得當「好人」？

我們有必要來探討這件事。為何人會受到「必須當個好人」的想法束縛呢？這是由於我們喜歡聽到別人說「你真是個好人」的讚美。從小我就懂得大聲地向鄰里長輩打招呼，即使遇見素未謀面的長輩也是如此。「那家的兒子好乖啊。」我透過媽媽得知鄰居對我的評價，聽了心情特別好。高中一年級時，班導師曾說過：「亨到表現地很好，面談的時候沒什麼特別需要叮嚀的。」大學時舉行小組會議時，學弟妹說：「因為遇到了好的組長，所以小組討論時總是很愉快。」成為記者後，我也很在意報導底下的讀者留言，比如「這篇報導很好」、「這位記者很稱職」等反應。

「善良的○○」、「好○○」等諸如此類的稱號，無論我願不願意，都成為了我的形象。假如擺脫了這些形象，又擔心別人會失望，因此只能繼續受到束縛。準備重考時期，補習班有一位（不太熟的）學弟，他自認幽默地開了一些過份的玩笑，儘管如此，我還是笑笑地附和他，其實心裡非常生氣。我在大學擔任組長時，「搭便車」的組員沒做的工作，我也自己攬了下來。「請做好你的本分！」這句話，我老是含在嘴裡說不出口。

我也不太喜歡樹立敵人，我害怕別人討厭我。尤其是在職場上，為了「生存」下去，更是如此。在前公司工作時，每當我發表意見，儘管我提出的是合理的主張，某位主管就會說出「你竟敢……」來否定我的看法。由於被主管針對，當時的職場生活甚是艱辛。於是後來我成為一個聽話的下屬，因為我意識到，這麼做會更容易融入職場生活。

由於這樣的創傷，迫使我建立了「必須拉攏自己的人馬」的觀念，所以有時會避免製造不必要的紛爭，即使這在人際關係上是很理所當然的事。

我的同理心過於旺盛，也是問題之一。我太容易同理對方的情緒了，所以儘管在應該發火的情況下，我也會想：「要是傷害了對方怎麼辦？」自然而然的同理能力，這對他人來說也許是優點，但對我來說卻是缺點。在路上與人碰撞，即使不是我的錯，也會先開口說「對不起」，而對方的反應經常是頭也不回地走掉。此外，遇見認識的人，我總是先問候對方，無論彼此關係的好壞，或對方是否魯莽無禮。若有人迎面朝我的方向走來，我必定先禮讓對方通過。

最後是關於「自尊心」的部份。回顧過往，我常常會贊同他人意見，或是保持沉默。「我的想法是正確的嗎？」我會習慣性地反覆自問。例如，當有人說「旅遊就是要去歐洲才好啊。」我便回答：「是啊。」又有人說：「度假村不錯啊。」我就說：「是啊，度假村也很好。」但我卻無法大方地說出：「才不是勒，我覺得歐洲自助旅行比較好。」因為我正思考這句話若說出口，對方會怎麼想。假如我有足夠的自信就不會這樣。有時候，這也是造成執行力很低的原因。

Step 1. **我試著要求無禮的人道歉。**

在某個星期五的晚上，我大概是想吃烤腸想瘋了，於是去了首爾市區的一間烤腸名店。剛好那天不用上班，我在傍晚六點剛開店的時候抵達。一到達餐廳，狹小的店裡早已人滿為患，我只好先在外頭候位，因為客人絡繹不絕，一轉眼就出現了排隊人龍。

不過其中有位女性顧客特別引人注意，她獨自佔據了兩張桌子，自顧自地看著手機，沒有人和她同行，直到三十分鐘過後，才有一個人加入她。在此之後的四十分鐘裡，兩張桌子之中仍有一張空桌。而這段期間，外頭有超過十五位客人，正在寒風中一邊吸著懸浮微粒，一邊等待入座。一位在我後頭的阿姨見到此景後說：「她這樣做對嗎？店員是不是要處理一下？」並得到了其他人的響應。

我內心的熱血正蠢蠢欲動。佔據一張桌子長達一小時，我認為是沒有禮貌的行為，如果是動作快一點的客人，或許早在這段時間內吃完了。「這是不對的行為」和「別去多管閒事」，這兩種念頭在我腦中展開了拉鋸戰。此時，我想起平時常光顧的辣炒雞湯店。那間店規定必須等所有人到齊後，才能進入店裡用餐。

於是，我下定決心踏進店裡，並走向店員，鄭重地表達不滿：「那桌的人都還沒到齊，卻佔據了那麼多位置，好像不太恰當吧？大家還冒著風在外面候位呢。」結果店員支支吾吾地回答：「可是他們已經先點餐了……」但店員又何罪之有呢？算了吧。雖然想向那些無禮的人討回公道，可惜力有未逮，都是因為我練習得不夠。

還有一次，某個週末我和太太去了一間咖啡廳，坐在位子上閒聊。突然間，鄰座的一位女性將冰咖啡打翻了，飲料和冰塊朝著太太的方向噴濺，弄髒了她的衣服，但是那位女性只問了「該怎麼辦？」然後就在一旁看著。對此我感到傻眼，也很不高興。這是她自己惹的麻煩，竟然還問別人該怎麼辦。太太可能不好意思抱怨，只是說「沒關係、沒關係」，所以我就板起了臉，向那位女士說：「你打翻了飲料，還潑到別人身上，至少應該先跟對方說聲對不起吧？」她這時才跟太太說了一聲：「對不起。」

Step 2. 我試著不向無禮的人打招呼。

我每天都會遇見某個人，姑且稱他為A某好了。平時遇到人我習慣向對方打招呼，總會大聲地說「你好！」通常對方也會回應「你好！」或「嗯，嗨！」比較沈默寡言的人，則回答「早」或是「嗯」等。但A某卻是毫無回應的人。剛開始我以為他沒聽見，於是沒放心上。但是下一次，以及再下一次，他也默不作答。難不成向別人打招呼會少塊肉，所以他才惜字如金嗎？

同樣情形反覆發生了四、五遍後，我的心裡竟然有點受傷了，所以我策畫了一項小心眼的報復行動——「不向他打招呼」。我的計畫如下：首先，我一如往常地看著他，雙眼與他對視，但卻神色自若地經過他身邊，在與他錯身而過後，我偷笑了一聲來表達勝利。我想像著這幅情景，期待著這刻的到來，心裡也一邊想著「啊，好想快點不對他打招呼喔！」「真想快點和他碰到面！」

我終於等到那一天了。下午三點，我偶然遇見A某了。我看著他的臉，並與他對視。瞬時我的大腦不自覺地下達「打招呼」的命令，於是我差一點就反射性地把頭向前傾斜五度了，幸虧及時停下了動作。還好我事先在腦海中演練過。我就這樣從他面前經過，也沒向他打招呼，那刻心裡莫名地爽快。

接著，我也嘗試反擊了「惡意評論」。惡意評論對記者而言，可說是無法迴避的宿命。我向來將大多數的惡評視為不同的意見，看看就算了。但有時也會出現像人身攻擊或無理的主張等，令人難以容忍的留言。

前幾天，我的報導底下也出現了類似的留言。在我的記者簡介裡，說明了自己成為記者的契機，是想替那些遭大眾冷落的事物大聲疾呼，引發漣漪般的小小變化。可是竟然有人在留言裡嘲諷這段話。留言者直接引用我的原話寫道：「成為記者的契機怎麼會是改變呢？『真相』難道不是記者的生命嗎？」這簡直是荒誕的謬論。假如對方是針對報導的批評，我會視為理所當然。但是嘲笑我成為記者的契機，是一種不可饒恕的荒謬攻擊，這使我的心情糟透了。

所以我回應了這則留言，盡可能以鄭重的語氣回應：「我從來不曾改變過成為記者的初衷，不知道您是以何為根據才說這番話的。如果要發表這樣的言論，希望您至少該提出明確的證據。」我又接著回覆：「你說的這些話有可能對他人造成傷害。」結果留下惡評的人，又追加了留言。

簡單來說，他表示在我之前的報導裡，未曾見到要引發變化的文章，以及要為被大眾漠視的人發聲的相關新聞看起來並不多，所以要我多寫一些能為那些人改善待遇的文章。後來我沒再回應他的留言，因為我想「尊重」自己依舊惱火的情緒。

Step 3. 我試著說出逆耳的建言。

我在剛成為組長時，曾經歷過「成長的痛」。以前我只需要做好自己的本分即可，但現在開始便不同了。我必須認真盯著組員，領導大家把工作做好，不過老問題卻仍舊存在，那就是得要說出「逆耳的話」、「醜話」。當我還是組員時，自己心目中理想的組長是能夠以身作則，充滿人情味的人，並且對於下屬的優良表現能夠不吝讚揚。

到這裡為止，我都能做得盡善盡美，可是最重要的還有一點，那就是可以對組員說「逆耳的話」。所謂逆耳的話，不見得是發脾氣，也包含在必要時給對方建議。比如說，組員提出的企劃，不足以成為新聞話題時；撰寫完報導後，還需要再補充內容時；文章裡出現錯字或文法不正確時，必須直截了當地指正組員的時候等。然而，這一點我做得很差勁。因為我知道這是他們用心取材、精心撰寫的報導，所以有時會睜一隻眼閉一隻眼，或是適度地替他們修改。我只要看到後輩的臉，很容易就心軟。

儘管如此，為了後輩們的未來，我得堅強起來才行。因此，我鼓起勇氣，和每個人一對一面談。我對在標題中寫出錯字的後輩說：「標題非常重要，全部寫完後，請務必再次檢查。」對應該在現場發稿的新聞，因故延到隔天才完成的後輩說：「這是昨天發生的新聞，已失去了時效性，所以現在就必須從新的角度撰寫或分析，才能救回這篇報導。」對此，他們雖然都回答了一聲「謝謝」，但我卻擔心這樣做會打擊他們的士氣。

我看見一位實習記者，打從上工的第一天開始，便不停打瞌睡，所以我叫了他的名字，嚴厲地斥責道：「你是在打瞌睡嗎？」又接著說：「出去醒醒腦再回來。」這時，身邊的部長驚訝地說：「哇，嚇我一跳！」大概是因為我平常從不曾大聲說話過。我認為初出社會的新人，有必要繃緊神經。雖然可能讓他心裡不好受，但希望我的話能成為苦口的良藥。若放任他去，那就不是關愛他的表現。我想起了中學時期，將學生一個個拍醒的國文老師，當時很討厭他這麼做，後來才意識到那是老師關愛的方式。

對於催促我交稿的上司，我也有話想說，因為他們可能不太清楚勤奮工作的下屬們實際的處境。當資淺的同事碰到尚無能力應付的題材，當手邊的材料不具有新聞價值時，當人手不足無法馬上寫出報導時，身為組長的我，必須挺身維護他們。當然，我說的話依然不夠份量，在後輩們眼中看來應該也是如此。因為心裡擔心：「這麼說會不會很沒禮貌？」所以效果並不如預期的好，不過想到自己至少比過去更勇敢了，也多少感到欣慰。

Step 4. 我嘗試妥善地拒絕。

刊登了「遭拒五十次」體驗的消息之後，有位讀者提出了一項建議，就是反過來實行「拒絕他人」的體驗，他表示這可能更適合。當下我著實吃了一驚，因為平常的我很不擅長拒絕別人，甚至曾經因為勉強答應了他人的請求，反而無法完成自己的事。畢竟這是個好主意，所以我默默地記在心上。

《我決定活得刻薄一點》一書的作者，精神專科醫師楊滄珣曾解釋道：「換個立場思考，假如是我遭到別人拒絕的話，我會很受傷，所以自然無法輕易地拒絕別人的請求。」她也表示：「所以我們會使出拖延戰術，盡可能晚一點回應對方的要求。」她說的正是我的情況。然而，楊醫師也說明，拖延回應的時間會使對方更期待，而婉拒之後自然也會更加失望，這是最不恰當的拒絕方式。「以堅決且明白的態度表達拒絕之意，是最好的方法。」她如此建議道。因此，我也要試著採取這種拒絕策略。

近來，我碰上許多必須拒絕的狀況。與我同期入社的同事將在週末舉行婚禮，卻和我的值勤時間衝突了。我可以直接告訴他無法出席婚禮就好，但話總是說不出口。以電話通知有點困難，於是我傳簡訊告知他：「我真的非常想參加婚禮，但是很不好意思，因為週末必須上班，所以沒辦法出席。」另外我也有請人替我轉交結婚禮金。「我能理解，沒關係。」他如此答覆我。馬上把話說出口後，反而鬆了一口氣。

此外，我收到某電視節目的邀約時，也十分苦惱。儘管很感謝對方的厚愛，可是工作行程實在很繁重，我不僅有組長的業務，更重要的是必須寫出內容充實的報導，也很擔心連傍晚、深夜的時間都將不再屬於自己，畢竟與妻子相處的時間很重要（得分）。苦思許久，我終於以訊息盡可能完整說明了自己的想法，向對方表達拒絕之意。「真可惜，希望我們下次有更好的合作機會。」節目製作方如此答道。儘管我無法透過電話表達，不過至少在一天內就婉拒了，幸好我不再躊躇，不再猶豫不決。

我甚至接到了藉由這次體驗活動宣傳某一款飲料的廣告洽詢，而且是知名的飲料。負責人表示：「新聞畢竟具有強烈的企劃意圖，所以想先詢問一下您的意願。」我答應會考慮看看再回覆他。假如能獲得這項產品的贊助，或許可以進行把飲料分送給在各行各業辛苦工作的人的體驗。不過光是考慮就花了一週時間，我直到新聞已截稿後，才拒絕對方。

最後一次的拒絕，是在很疲倦的情況下完成的。我一一地封鎖垃圾電話和簡訊，將垃圾信件列入黑名單。每當接到推銷電話時，我都如此婉拒道：「我知道你們很辛苦，但是希望別再打來了，不好意思。」結果其中一個人對我說：「謝謝您如此慎重地說明。」然後結束了這段溫馨的通話。儘管其他類型的垃圾電話依舊打個不停。

在「痛快」與「不快」之間

體驗計畫到此告一段落了。不對，其實還在進行中。想表現得像個好人的我，和想要隨心所欲的我，每天依舊上演著拉鋸戰。長久以來養成的習慣，終究難以一日改變。變化絕非一蹴可幾，只能一點一滴地慢慢進步。在意識到自己內心的不快後，我開始深入探討起因為何，費了很多心思，試圖找出源頭。起碼我踏出第一步了，至少我漸漸不再使勁壓迫自己的真心。

完成這次體驗後，我建立了自己的一套「不當好人」的準則。

一、面對沒禮貌的人，我會明確表達我的不悅。
二、只要確定是辦不到的事，便明快地拒絕，即使仍需要時間考慮，也必須在一定期限內決定。
三、拒絕他人時，務必鄭重且堅決。
四、必要時，要向對方說逆耳的忠言，彼此以適當的方式溝通。
五、即便結果不如預期，也無須自責或感到有壓力。

話雖如此，我內心同時產生了兩種感受——「痛快」與「不快」。暢所欲言的時候，我的心情多痛快啊！好比是將一盆冷水，倒在燃起熊熊怒火的心頭上。可是另一方面，心裡又有些膽怯。例如，我說的話會不會傷害到對方？拒絕了別人，對方會不會很失望？我們的關係會因此破裂嗎？心中不禁出現了這些顧慮。這時，我又有點想做回一個「好人」。

但是轉個念，我再次決心改變。因為反覆思考了好幾回，我終究認為，暢所欲言是為了「善待」自己的心靈。後來令我更堅定的關鍵，是和我一樣無法擺脫「好人」框架的妻子與我的對話。

下班後，我們一起吃著晚餐，太太說了一件事。當天因為有位同事要離職了，於是她買了一束花，可惜花朵卻不怎麼新鮮。但是賣花的阿姨當時非常用心地製作花束，讓她不忍說出心裡的想法。我說，我能理解那種心情，我們也鼓勵彼此「要慢慢地進步」。

我回想起銘刻在心的一句話。本以為我忘記了，但那句話猶如落選的新聞企劃般，仍遺留在心底某處。

以前某位公司的主管曾這麼說過：「亨到就像是水一樣。」我聽了很納悶，所以問他為何這麼想。「因為你無色也無味，不帶任何色彩的關係。」他解釋道。結果一整天下來，我不斷反覆咀嚼那句話，心情並不太好。這聽起來比他罵我是個「壞人」還要更過份。然而真正令我氣憤的，是即使聽見他這麼說，也只是一笑置之的自己——那個說不出「我才不是那種人」的自己。

儘管已經太遲了，我仍想在這裡回應他：

「當時您說的那句話，我聽了非常不高興。我認為體諒對方是一種美德，所以我才沒說什麼，只是附和您，並且尊重您的發言。我確實是個比起對自己，更會替他人著想的人沒錯。但是什麼叫做『無色無味』？請別自以為是地評論別人，這是非常沒禮貌的行為。如果對方看起來覺得無所謂，有可能他只是體諒您罷了，懂嗎？現在我的心裡終於痛快多了，至少讓當時說不出口的我，得到遲來的安慰。」

1 | 2

1 這是那天去的烤腸店，店裡擠滿了客人。替尚未抵達的朋友佔著位子的那些人，不禁令人皺眉。經過了一個多小時，他們的友人依舊未到齊。站在外面候位的客人，還在寒風裡瑟瑟發抖。

2 在首爾市鐘路區益善洞看見的明信片，因為喜歡上頭的文字就拍了下來。「花若不開又何妨，花依然是花。」

完成一日鏟屎官任務

牠正揮舞著兩隻白白的前腳，把鈴鐺球踢來踢去，一下用左腳，一下用右腳，再從右腳傳到左腳，速度都快超越足球選手了。這次的主角是四歲的多多，我已經出神地看著牠十分鐘了，什麼事也沒做。我一站起來打算去喝杯水，牠便停止傳球的動作，不放心地抬頭看著我。「別擔心啦，今天我哪裡也不去。」然後摸了摸牠的後頸。

第一次見到多多，已經是四年前的事了。牠是我和太太談戀愛時才飼養的白色馬爾濟斯犬，一身微捲的柔軟毛髮非常蓬鬆。第一次見面，牠立刻爬上我盤起來的小腿肚，可能覺得很舒服，就把頭擱在腿上。「你看看牠。」牠完全不在意嫉妒我的妻子，一直黏著我。結婚後，多多就養在岳父母家，不過比起媽媽和爸爸（岳母、岳父），牠更喜歡黏著哥哥（我）。在所有家人中，牠看見我的時候最開心，總會坐在門口等著我回來，大概是我常常和牠玩的關係吧。

然而，忙碌的日常生活，卻讓我們很難見上一面，連一週一次都有困難。每當要回家時，牠甚至會追到門前看著我，總是依依不捨的樣子。我在心裡打算一定要找一天好好陪寵物玩，一轉眼就過了四年，一直無法實踐承諾。就連難得能相處的時間，也無法好好專心陪伴牠。一會兒滑手機，一會兒看電視，一會兒又睡著了。但是仔細看看我們的合照，多多的雙眼總是看著我。

令我突然醒悟的原因，是「小花」。牠是我從小學四年級開始飼養的混種狐狸犬。豎得高高的耳朵，圓圓的雙眼，白毛裡偶爾摻雜著幾絲棕毛的小花，雖然個性不是普通的凶悍，卻是我們家最疼愛的老么。高三準備大考期間，我在凌晨回家時，家人已全入睡，這小傢伙依然搖著尾巴跑出來迎接我。當然如果牠纏著我太久，我也會生氣。小花就這樣度過了十七年的歲月後，跨越了彩虹橋。我卻因為參加一間媒體的團體住宿面試，連牠最後一面都沒見著。我把面試報酬拿去買了一束花，一路直奔小花所在之處，然後抱著這個身體已僵硬失溫的小傢伙，哭到再也流不出淚為止。

當時最遺憾的，是我沒能好好把握和牠在一起的每一刻。每次媽媽說「你帶牠去散個步」時，我總是再三推託，而小花想和我玩的時候也是如此。我們擁有的時間其實並不多。小花從八歲開始，步伐就變慢了；十歲以後，牠坐著不動的時間越來越長。十四歲時，小花走路已經左搖右晃了。那個曾比我更年幼的傢伙，竟比我更快老去，歲月真的不饒人。

所以我想趁還來得及時，和多多一起度過完整的一天。牠目前正值活動力旺盛的時期，我希望能將此刻紀錄下來。我和多多在十一月的某個涼爽秋日，從上午九點到晚上七點都一起度過。

「我們玩個痛快吧，多多！」

前一晚我早早就睡覺了，因為知道隔天會需要很多體力。每次多多只要開始玩遊戲，就會玩到停不下來，牠的精力不是開玩笑的，所以我們還暱稱牠為「多雷（多多＋雷神）」。

隔天上午九時，我來到岳父家，結果多多比岳父母還要更快出現。牠穿著白襪，不對，是光著毛茸茸的腳，興奮地高舉前腳來歡迎我，我還以為是一隻「直立犬」（能直立行走的狗，我胡謅的）呢。我準備好鈴鐺球（牠最愛的玩具）、小飯（次愛的玩具，米粒玩偶）、尿布墊、飼料、零食、牽繩和衣服（牠極不喜歡），以及用來刺激嗅覺的嗅聞墊。我抱著多多回頭看，丈母娘眼角似乎泛著淚，但笨蛋多多不知道注意到了沒，不停搖著尾巴，一心只想快點出門。

回到自家，才剛把多多放下來，牠就失控了，開始到每個房間裡瘋狂奔跑。因為早料到牠會狂奔，我已預先在地上鋪好棉被（這樣牠才會喜歡）。看見牠這副模樣，我馬上把運動褲捲了起來，對牠說：「來吧，今天我們就盡情地玩，玩個痛快吧！」多多似乎聽懂了我的話，興高采烈地搖著尾巴。

遊戲的種類一共有六種：假裝害怕逃跑、拋鈴鐺球、猜鈴鐺球在哪一手、捉迷藏、拔河比賽與嗅聞遊戲。這些遊戲全玩過一遍後，牠應該會成為一團白色的火球吧。

Game 1：假裝害怕逃跑（自己開發，無專利）是第一個遊戲，規則如下：一、看著多多，以屈膝姿態躡手躡腳地走路，如此牠就知道要開始玩遊戲，並開始跺腳。二、這時要先暫停腳步，多多就會瞪大牠黑溜溜的雙眼，準備追過來。

三、我再次躡手躡腳地走路，一面驚呼「哇啊啊啊」，假裝出嚇得逃跑的樣子。如此一來，多多就會毫不留情地追著我跑。四、多多追上來後，要先蜷縮成一團，然後再往反方向回去。接著，繼續無限循環第一到第四的步驟。

Game 2：拋鈴鐺球則很單純。首先必須從鈴鐺球開始介紹，這顆球彷彿是多多的連體嬰一樣，牠總是把舌頭吐到右邊，咬著球到處跑。只要把牠最寶貝的鈴鐺球丟得遠遠的即可，牠就會把球咬回來，然後繼續無限循環。假如我一時分神，多多會立刻咬著鈴鐺球，放到我的面前，警告我：「專心和我玩遊戲！」有一次我去廁所「辦大事」，等我出來時，鈴鐺球已經擺在門前了（抖）。

Game 3：猜鈴鐺球在哪一手是賽事的延伸。這也是提升多多智力的一種遊戲（無根據）。玩法是先以雙手捧著鈴鐺球，接著迅速地移到其中一手，再伸出握著拳頭的兩隻手問多多：「在哪一手？」牠就會猜鈴鐺球在哪一邊，玩久了會發現，多多的命中率約達百分之九十（聰明）。

Game 4：捉迷藏的規則是，我把鈴鐺球丟得老遠，然後躲在家中某個角落。我通常躲在門後，或是臥倒在床上（因為不在小狗視線內），於是多多就會到處找我。一般而言，寵物犬因為生性喜歡狩獵，所以很愛玩捉迷藏。如果多多找到了我，我必須立刻認輸，要是繼續裝傻，牠會像豬一樣「哼哼」地叫。

Game 5：拔河比賽，是我們各拉著小飯玩偶的左、右手，像在拔河那樣互相拉扯的遊戲，據說這樣可以紓解小狗的壓力和建立彼此間的信賴感。

最後是**Game 6：**嗅聞遊戲，也就是在專用的嗅聞墊到處放入零食，讓多多找出來的遊戲。這遊戲的原理是讓小狗運用嗅覺，把數十個藏在碎布裡的食物找出來，這對於活化小狗的嗅覺和消除緊張很有幫助。

第一次為多多親手做零食

六種遊戲全玩過後，已經是下午一點，我的體力幾乎全用盡了。尤其是玩「假裝害怕逃跑」遊戲時，非常消耗體力，因為必須演得很逼真才行。我稍微伸展了一下，接著準備點心給多多吃。簡單吃過午餐後，便開始第一次嘗試「自製點心」。

我自製的點心「明太魚乾胡蘿蔔花椰菜雞蛋粥」，是一道養生料理。明太魚乾富含鈣質與蛋白質，有助於強化免疫力和恢復體力；雞蛋則有豐富的維他命；

胡蘿蔔有益於鼻子和眼睛的健康；花椰菜裡有還有大量維他命C與膳食纖維（但可能導致消化不良，只能少量添加）。

我買了已處理過的明太魚乾，清除魚刺後，浸泡在水裡，好去除掉裡頭的鹽分。泡了約一、兩個小時後取出，已經沒有鹹味了。接著把蘿蔔和花椰菜切得細碎，再打入一顆蛋，與胡蘿蔔、花椰菜攪拌均勻。然後將這碗倒入剛才用來煮明太魚乾的水，燉煮至全熟。煮熟後，只撈出固體的部分，因為還很燙，所以需冷卻約十分鐘。

在我準備點心期間，多多把電熱毯都掀翻了。我一喊：「你在幹嘛？」牠便開始裝傻。才剛把自製點心盛入碗裡，牠立刻露出聞到香味的眼神，於是不停地進出廚房，要我快點給牠吃。我一放下碗，多多馬上將鼻子靠在上頭，狼吞虎嚥地吃光了。只花了整整三分鐘，點心就吃得一乾二淨。原本還留了一點胡蘿蔔渣，牠猶豫了一會，最後仍全部吃掉。儘管吃完了，牠似乎還意猶未盡，在飯碗的周圍持續徘徊了五分鐘，好像在對我說：「哥哥，我知道還有點心，快點給我吃！」一見我沒打算再給點心，多多只能無奈地舔舔我的手。

我看見多多吃得津津有味的模樣，實在好開心。這麼快樂的事，我為何現在才為他做呢？

聽聽音樂，散散步，替多多按摩

享用完養生餐的多多，又再度活蹦亂跳了。因為反覆玩了六種遊戲，到了下午三點左右，牠似乎也累了，以跳躍的動作示意我把牠抱上沙發。我一把牠放到沙發上去，牠就一股腦地臥倒在坐墊旁，並稍稍將兩隻後腿往側邊伸展，而我的姿勢也差不多。我們並排躺著，不知不覺間閉上了眼睛，沉沉入睡。

一睜開眼，我就看見多多躺在身旁，於是摸了摸牠的毛髮，這似乎刺激了催產素（令人快樂的荷爾蒙）的分泌。多多在尚未完全睡醒的狀態下，可愛值爆表。我靠近牠的頭，任意地磨蹭牠的毛髮，又摸了牠好一陣子，牠才翻身起床。

然後，我帶著多多出去散步，順便吹吹風。多多其實害怕散步，因為牠還小的時候，曾經有隻未繫繩的狗撲向牠，心裡因此留下了陰影。可是身為主人的那位阿姨，只是若無其事地說：「我們家的狗不會咬啦。」現在回想起來，依然是一段相當傷心的記憶。

因為擔心多多會冷，所以替牠穿上小熊造型外衣，結果牠抵死不從。想幫牠戴上牽繩，牠也相當抗拒。束手無策之下，我只好把多多抱在懷裡出門，在家附近繞了一圈，一邊對牠說：「楓葉都變這麼紅了！」「你看到柿子樹上有柿子嗎？」這小傢伙也東看看、西看看。可能是因為太緊張的關係，牠還放了一個屁，味道臭得不得了，彷彿是我自己放的一樣。

回到家，我搜尋了一下「小狗喜歡的音樂」，然後放給多多聽，據說對穩定情緒和舒緩緊張有幫助。不過多多根本安靜不下來，反而又要我和牠玩。於是，我又和牠玩了之前玩過的那六種遊戲。玩了大約一小時後，多多才終於靜了下來。電暖爐前鋪著一張墊子，牠就在上頭坐了下來，我在一旁幫牠按摩。我使勁地從肩胛骨、後頸、前腳、後腳，再按摩到身軀，而多多就只是靜靜地坐著，露出舒服的神情。牠偶爾轉過頭和我對視時，我會問牠：「舒服嗎？」看起來牠似乎消除了疲倦。

玩瘋了的多多，原來是平常太無聊了

晚上七點，是該說再見的時刻了。我對多多說：「該回家囉。」然後站了起來。多多彷彿是聽懂似的，烏黑的眼珠變得如貓頭鷹雙眼般大。牠也站了起來，連續跳了好幾下，為了不讓我往前走，一直用前腳阻擋我。這是牠表達依依不捨的動作，好像也直覺地明白了像這樣的時光，不會天天都有。我用力地把牠抱在懷裡，感受到牠噗通噗通的心跳。

這一天分明和平時過得不一樣，應該會感到疲累才是，但多多依然要我陪牠玩，可見在此之前，牠的日子可能很無趣吧。我好不容易安撫了牠，將牠帶回岳父母家。不過我才剛在客廳把多多放下，牠又再度迎接我，於是對牠說：「你幹嘛這樣子，我們不是已經在一起一整天了嗎？」我轉身離開，多多又追到了大門口。一回頭，眼神又和多多交會了。我如往常般瀟灑地向牠道別：「多多啊，我還會再來的。」

帶多多回去後，心裡的感觸特別深。偏偏那天太太比較晚才回家，因此空蕩蕩的房子裡，處處可見多多的「殘影」。

因為過了十分充實的一天，我知道了更多關於多多的點點滴滴。牠喜歡用前腳把鈴鐺球藏在被單裡再挖出來；牠在嗅聞時，鼻頭兩側的細毛會隨之抽動；牠會先半抬起右後腿，再「吭吭」地嗅聞味道；牠會勇猛地和飛經窗外的鳥兒打架；我說的話，半數以上牠都聽得懂；牠雖然膽小，卻充滿好奇心；牠的雙眼總是看著我。而且，我也得知那些對我來說有點無趣的遊戲，卻能帶給多多無比的快樂。這些對多多而言，是牠的一切。這原本是為了讓牠快樂而規劃的一天，結果我自己反而更快樂。

多多回家之前，我拍攝了一段訪問。「多多啊，今天開心嗎？」雖然有點丟臉，我還是問了。牠只是愣愣地看著我。我又說：「希望你能長命百歲。」然後摸了摸牠的毛。忽然間，相機的電源關閉了，畫面裡的多多成了一片黑幕，因為我開著相機一整天，電池已經沒電了。

當下，心裡有了這樣的感觸——多多的生命，總有一天也會像這樣走到盡頭，而我會無比想念和牠一起度過的時光。和多多共度的一天，其實並不只是一天，而是一週才對（小狗的一歲大約是人類的六、七歲）。反之，如果不理多多一天，牠等於是整整虛度了一個星期。

沒錯，我知道將來會為了你流下許多淚
但也明白，我將得到比淚水更多的幸福
我緊緊擁抱住好奇凝視我的你
腦海裡浮現了這樣的想法

——節錄自秋日假期的歌曲《總有天因為你》

1	2
3	4

1 爬到哥哥背上的多多。本來牠喜歡爬到哥哥的肚子上，但是隨著哥哥的肚子越來越大，牠就爬不上去了，最近比較喜歡待在背上。（ⓒ我太太）

2 「哥哥，你為什麼現在才來？我超級興奮！」

3 我正在和多多玩「假裝害怕逃跑」遊戲。我玩著玩著全身就熱了起來，甚至還把運動褲捲上來了。

4 我們在玩拋鈴鐺球遊戲的情景。多多無時無刻咬著鈴鐺球，不肯放下。假如這個動作再維持久一點，多多就會催促我快點給牠。（ⓒ我的左手）

5	6
7	8

5 我正和多多玩拔河遊戲，「哥哥，你快點放手，吭吭！」

6 這是我第一次親手做狗狗點心。我將固體的部分撈起，放冷後給多多吃。結果牠只花三分鐘就吃光光。

7 「哥哥，沒有你手作的點心了嗎？我還想再吃一些。」

8 謝謝你的耐心閱讀—From 多多（其實牠正在發呆）。

放下智慧型手機，找回美好風景

「快過來這邊坐吧。」一位白髮蒼蒼的老先生，正以緩慢的步伐趕路。他在人滿為患，顛簸的地鐵車廂裡，穿越一道又一道的人牆。跟隨他的，還有一位緊抓著把手，站不太穩的老太太。老先生一路緊握著老太太的手，匆忙地領著她前進。他們走到一排座位中間的空位前，老先生以手示意老太太坐下。不僅戴著口罩，還圍著圍巾的老太太，就一屁股坐了下來。她閉目養神，似乎很累的樣子。老先生背著相較於身形來說有點過大的背包，直挺挺地站在她面前。他看著老太太的眼神裡，充滿著安心。

過了一會，又多了一個空位，於是老先生在老太太身旁並肩坐下。有時他會望向身旁，依稀露出微笑。我站在他們倆前面，把這幅光景全收進眼底，無法將視線從兩人身上移開，心裡滿是感觸。這正是所謂的白頭偕老，夫妻之緣吧。

那是發生在去年冬季，我出門上班的途中。從我家到位在光化門的公司，需要五十分鐘才能抵達。原本在這段時間陪伴我的是「智慧型手機」。首先，我會播放適合上班途中憤怒情緒（莫名有這種感覺）的激烈饒舌或搖滾樂，然後戴上耳機。接著，徹底地清空大腦、放鬆眼睛後，開始凝視著四．七吋的四角形畫面，隨意地看看新聞、看看網路漫畫、看看影片。偶爾放眼四周，會發現大多數人都呈現類似的樣子——以大約四十五度角低著頭，視線皆黏在手機上，我們彷彿是彼此在鏡中的分身一樣。

但是那天有些不一樣。我沒盯著手機看，因為眼睛有點疲勞，於是有了重新觀察周遭風景的機會。那對感情深厚的老夫婦，是在我東張西望時偶然看見的。我突然頓悟到，原來我已經被手機綁架了。查看了一下手機使用紀錄，我在一星期裡使用了二十五小時又三十六分。一天中用了三小時又三十九分，喚醒手機畫面多達上百次。我真的用了這麼久嗎？

因為手機成了生活必需品，已無法不使用它了。畢竟從早到晚，所有的聯繫、消息、資訊，皆透過手機傳遞。不過我開始好奇，視線固著在手機上的期間，我究竟錯過了什麼風景。因此，我嘗試讓眼睛遠離手機，僅在必要時才使用（如採訪、聯繫、聽音樂和拍照時），使視線從手機螢幕中解放。以下是有關我把目光從手機移開後的所見到的「視線紀錄」。

因為包包太重，邊哀號邊爬樓梯的老太太

我正在前往報導懸浮微粒狀況的途中，必須在首爾地鐵三號線的忠武路站，換乘四號線到果川才能抵達。為了前往四號線月台，我爬上樓梯，卻在匆匆忙忙的人潮中，瞥見唯一一位緩慢移動的人，那是位老太太。她提著一只類似登機箱的天藍色行李，一步一步吃力地登上樓梯。她先以雙手抓著階梯的欄杆，把身體撐起，爬上樓，再用雙手提起行李，然後再往上爬一點，就這樣辛苦地重覆上述動作。

所以我走上前，對她說：「我幫您拿吧。」老太太微微抬起頭看著我回道：「哎喲，謝謝你。」然後將行李遞給我。這對老人家來說算相當沉重，我迅速地登上階梯的盡頭，並好好保管著行李，等到她走上來為止。我將行李還給老奶奶

後，她不停微笑地說：「謝謝你。」我也不好意思地笑了，接著趕緊搭上地鐵。

「小姐，你的腰帶拖在地上了」

我在吃完午餐，去了一趟光化門附近書店。在走回公司的路上，看見正等待綠燈的一位女士。她的背影特別引人注意，是因為她身上大衣的關係。大衣的腰帶，從右邊垂到了地上，可是她本人似乎沒發現。如果綠燈亮了，那條腰帶勢將面臨在地上拖呀拖的命運，所以我走向那位女士，說道：「小姐，你的腰帶拖到地上了。」她回答：「啊，謝謝。」後，將腰帶撿起，然後拍掉灰塵。

逢人就揮手燦笑的孩子

晚上下班回家的路上，我看到了那個孩子——那名穿著黃色衣服，緊緊牽著爸媽手，搭上車的男孩。他搖搖晃晃地走到一個空位坐了下來，然後開始向對面的大人們亂揮手，而且臉上還帶無比燦爛的笑容。無論是右邊、左邊或中間，他都一視同仁地持續使出「揮手攻擊」。原本表情木然的大人，見到正在揮手的孩子，全都卸下了心防。

因為疲倦而滿臉風霜，毫無表情的我，臉上也因他展開了笑容。那天很少使用到嘴角的肌肉，已有些僵硬了。男孩下車時，我還用力地揮手對他說：「再見。」我彷彿從他清澈無暇的眼裡，看見了自己的倒影。那孩子似乎很高興我向他打招呼，於是小手揮得更起勁了。真羨慕他不需任何理由就能笑；反之，需要理由才能笑出來，還真是可憐。在短短的一瞬間，內心因此百感交集。

公司電梯的「一樓之謎」

每天早上，進入公司大廳後，就開始等電梯。但說也奇怪，大部分的電梯，已經在一樓了。因為只需按下按鈕馬上就能搭到電梯，所以很開心。尤其當我已經遲到，心裡很著急時，真是幫了我一個大忙。原先覺得這是理所當然的事，但仔細想想又發現不太對勁。明明電梯上樓後，應該會持續停在該層，為何會重返一樓呢？這真是個謎團。

某一天，答案終於揭曉了，這一切都是託警衛伯伯的福。他的相貌敦厚，給人的印象很好，總會笑著向大家打招呼。我看見每當有人搭電梯上樓，他會趕緊按下按鈕，讓電梯返回一樓的模樣。他擔任了那隻「看不見的手」，為那些忙碌的人，省下寶貴的時間。「請搭這台電梯。」我大聲地對按下按鈕的警衛伯伯說：「謝謝！」

每十分鐘發十張，廣告傳單的「重量」

晚上七點，我站在刮著強風的地鐵站前。搭乘電扶梯的人，正一個接一個從出口走出來，又熬過了一天的他們，走得很匆忙。一位和他們面對面站著的女性正在發傳單。她看起來年約四十出頭，手裡拿著一疊傳單，等全發完後，再從地上的包包裡拿出一疊，她的耳邊正戴著耳機。有些人沒看見她，有些人即使看到了，也只是擦身而過。我在旁觀察了十分鐘，其中有十個人收下了傳單。

過程中她似乎為了驅走寒氣而跺了跺腳，卻因此一度把傳單弄掉了。瞬間，傳單紙散落滿地，於是她蹲下來，一張張地撿起來，好像深怕丟了任何一張。四處撿拾傳單的她，嘴裡不斷呼出白霧。她快步上前遞給行人傳單，但當人們卻連手都不願從口袋裡抽出來時，可能她覺得有點沒面子，於是不自覺地摸了摸耳機。持續看著這一切的我，上前向她要了一張傳單。平常我僅用一手接過傳單，不過那天我伸出雙手收下了。這些傳單似乎輕如鴻毛，事實上並非如此。

我在電扶梯旁，看見了焦急的父母心

光化門站裡那道長長的電扶梯，是我經常出入的通道。不過在電扶梯的另一邊，我看到焦急尋找失蹤子女的父母心。

孩子們的照片，就一個接一個地貼在這處平時不太容易注意到的地方。他們是失蹤的兒童。上面寫著失蹤的日期與地點，也註明了「請向一一二舉報」的文字。照片裡的孩子，至多也不過四、五歲而已，他們看起來都還很稚嫩，其中也有失蹤了二十五年的孩子。在電扶梯上升的那一分多鐘裡，我感受到了心急如焚的父母心。也許是希望即使能有一個人注意到也好，所以同一張照片連續貼了三次。以下是我在剎那間看到的失蹤兒童資訊。

金永根，一九九四年八月二十七日生，京畿道富川市。李宣宇，一九九五年十月一日，京畿道驪州市。朴允熙，二〇〇〇年八月二十三日，忠清南道保寧市。金大賢，二〇〇三年九月五日，京畿道龍仁市。金恩智，二〇〇二年十一月十二日，首爾市銅雀區。牟永光，二〇〇三年十月十日，釜山廣域市海雲台區。

「勝利．鄭俊英事件」與「廢除身心障礙等級制」傳單

這一整個月裡，勝利與鄭俊英事件，鋪天蓋地地攻佔了新聞版面。連日來，我和組員們為了應付這些新聞，疲勞不堪。

拖著沉重的身軀下班回家的路上，我看見在光化門站裡的身心障礙者。從二〇一二年起，主張「廢除身心障礙等級制」的光化門示威靜坐活動，一直持續至今。歷經了一千八百四十二天的抗爭後，這項制度終於在今年（二〇一九年）七月廢止了。政府的承諾好不容易實現了，為何他們又再度走上了街頭？我在連署時問了社運人士，他們表示，這是因為相關預算僅是杯水車薪，並沒有足以提供實質支援的體制。換句話說，雖然爭論了三十一年，終於廢除了身心障礙等級制，但實際的效益很有限。

我搜尋了一下相關的新聞報導，篇數卻少得可憐，因為所有的媒體版面，都被勝利和鄭俊英的新聞佔據。難道媒體真的認為比起身障等級制廢除的議題，勝利與鄭俊英的事件更加重要嗎？而我是否也沒有辜負「記者」的稱號，見證這場社會運動的現場了呢？

我向身心障礙者索取了一張傳單後，便搭上了地鐵，在我前方站著一位女士，她手裡抱著一大堆資料，其中也夾著一張我剛才拿到的身心障礙等級制傳單。從她對這項議題的小小關注裡，我看見了希望，也體認到自己的責任感。

戰勝嚴冬的「野貓媽媽」

此時正值春寒漸漸交替之際，我在自家社區裡看見了一隻橘色野貓。牠輕快地走著走著，忽然就跳進草堆裡，瞬間消失在路上。這是野貓的天性。

我覺得牠有些眼熟，突然想起去年中秋連假期間，我和太太在這散步時，就是遇見了這個小傢伙，當時牠身邊還有三隻不停蠕動的幼貓。牠們看起來才剛出生，所以我們很擔心這群小貓，於是我們到便利商店買了一個貓罐頭，再回到小貓身邊，靜靜地把飼料放在牠們面前。

沒想到貓媽媽趕緊靠了過來，背對著三隻小貓，「吭吭」地對我們哈氣，警告我們別靠過去。牠應該很害怕，豎起了全身的毛，挺身而出，這樣的母性令人動容。我們盡可能不再刺激牠，把罐頭打開後，就遠離了牠們。原本警戒的貓媽媽，慢慢地靠了過來。牠大概太餓了，所以狼吞虎嚥了起來。三隻小貓也相親相愛地一起分食。光是看著牠們，我也覺得飽了。當時非常希望野貓能熬過冬天，真慶幸牠堅強地活到了春季。

與同事對半分食巧克力棒的店員

為了販售香水，而站在狹小櫃台前工作的女職員，為了多增加一點銷量，大聲地向往來的人潮推銷。櫃台的另一邊，擺著用來緩解喉嚨疲勞的保溫水瓶，還有一條巧克力棒吸引了我的注意。捶了疼痛的腿好幾次的她，可能有點餓了，於是拿起巧克力棒。當我正猜：「她可能是要吃吧？」的時候，她卻走向隔壁櫃台的店員，掰了一半的巧克力棒給對方（一條巧克力棒僅一口的大小罷了）。「邊吃一點這個邊工作吧。」她一面說道。畢竟是在近距離看著對方工作，所以最了解彼此工作的辛苦。光是看著這畫面，我也忘卻了疲勞。

太太的化妝鏡與老舊的皮包

在家裡我也是把視線從手機移開後，才重新注意到原本熟悉的事物。

我在臥房走來走去，忽然留意到太太用的化妝鏡。雖然週末已擦過一次，轉眼間上頭又沾滿了灰塵。所以我拿了玻璃清潔劑和乾布，唰唰唰地把鏡面擦拭乾淨，好讓太太能看清楚自己漂亮的臉（太肉麻了，抱歉）。

還有，可以重複補充再使用的漱口水，已經空空如也，於是趁著太太不在時，我就將瓶子補滿了。太太下班回家後問我：「這是你補的嗎？」我笑著說：「對啊。」

此外，我也仔細端詳了三年前買給太太當生日禮物的皮包。皮製提把的內層，在中間的部分稍微斷裂了。我問太太，皮包一下子就耗損了，要不要再買一個？但她搖搖頭表示還能再用一陣子。

為了讓太太放鬆一點，我也替她按摩了腳，發現她的腳跟很乾燥，已經有點乾裂的樣子，已經到了該使用她喜歡的杏仁護腳霜的季節了。

戰勝病蟲害，長出綠葉的「番石榴樹」

春天到了，我家的新成員「番石榴樹」，為了適應陌生的環境而生病了。葉子在一個月之間變得枯黃乾燥，然後凋落了。我不禁擔心這顆樹難道就要死去了嗎？我該帶它去植物醫院嗎？

於是我先研究了一下這傢伙究竟喜歡什麼。首先，它喜歡陽光，所以我把樹移到了窗邊。雖然外頭的懸浮微粒很猖狂，但畢竟通風很重要，必須讓樹木得以呼吸。而我就這樣日復一日地觀察它，一邊祈求它不要死去。

可能是我的用心照料起了作用，番石榴樹一點一點地恢復了健康，莖的最頂端，冒出了兩片對生的葉子。有一天下班回家時，發現葉子完全展開了。心想：「終於活過來了！」我這才放心了。

視線所到之處，即是一種「關心」

兩個月以來，我練習盡量不看手機。比較了後來的螢幕使用時間與先前的數據，發現減少了百分之六十五。

減少看手機的時間，換來的是更多關注其他事物的時間——那些我曾因為只顧著看手機，而不經意錯過的東西。當視線開始轉移到其他事物後，我變得好奇了，於是常常猜想：「那是什麼？又為什麼是這樣？」也就是說，我開始關心那些以往我根本毫不在乎的事。

比如說，在公車上不停打盹的那位男性，今天是幾點起床的？在路上遇見的那個孩子，又是為什麼被媽媽罵？在地鐵站前發廣告傳單的阿姨，遭路人拒絕時，她的心情如何？是什麼樣的話題，讓那對情侶邊說邊笑呢？那位咖啡店工讀生得一直保持微笑，會不會累呢？

該說我原本木然的表情，變得稍微開朗一點了嗎？或者說，本來黑白的世界，漸漸添上了一些色彩嗎？也可以說，過去沉睡了一段時間的感官，重新受到刺激了。昔日曾微不足道的日常瑣事，變得有點特別了。因為我的手所觸摸到的，不再是一片堅硬冰冷螢幕裡的數位世界，而是能切身體會到人生滋味的故事。

下班回到家時，我已累癱了。黑漆漆的屋子裡沒有人，這晚正好是太太和朋友聚會的日子。我拖著沉重的步伐進屋，把公事包丟一邊。我在沙發上歪七扭八地躺著，一如往常般把玩手機。一下子逛網站，一下子又看網路漫畫，但現在就連看手機都沒心情，索性就閉上雙眼。

今天是特別累的一天。報導寫得不如預期的順利，費盡心思對外聯繫的結果也碰壁，而且我底下的組員寫的新聞，還遭讀者抗議。然而，這一切的問題都算在我頭上，讓我感覺心裡某處好像崩塌了一樣。

我拿起手機，呼喚了Siri說：「Siri啊，我今天好累。」結果Siri以和善的語音清楚地回答：「我不太明白你的意思。如果有需要的話，我可以幫你搜尋『我今天好累』。」

我究竟在期待什麼？油然而生的失落感，讓我不禁噗哧地笑了出來。現在連這個不可或缺、無所不知的Siri，也有回應不了的問題啊，所以我也無法完全倚賴你。那晚，等太太回家後，我們深談了好一陣子。

1	2
3	4

1 當我不再盯著手機看時，映入眼簾的是這番光景。我告訴太太，希望我們變老時也能像他們一樣。（ⓒ感到欣慰的我）
2 在地鐵上看著手機的人們，而我也和他們一樣。
3 我先將行李搬到階梯盡頭，老奶奶笑著向我道謝。
4 我提醒正在等待過馬路的一位女士，她的大衣腰帶拖在地上了。

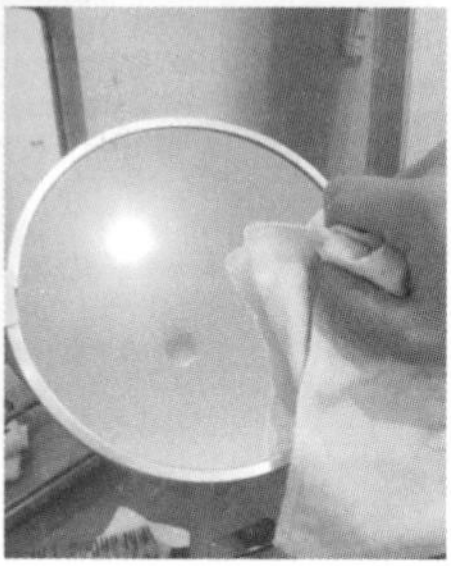

5		6
7	8	9

5 公司的電梯永遠都停在一樓，原來全是警衛伯伯的功勞。

6 為了撿起散落在地的傳單而蹲下來的阿姨。一張傳單的重量，其實並不輕。

7 在手扶梯的旁邊，是父母想找回走失孩子的海報。

8 我很慶幸社區野貓堅強撐過了寒冬，並向牠打了招呼。希望牠的三個孩子也安然無恙。

9 太太的化妝鏡沾滿灰塵，所以我將它擦乾淨。這裡是我們長期使用的空間，不過用心細看的話，會發現並非一直維持著相同的模樣。

初次翹班體驗人生

現在的時間是七點二十分。在平常，已經是到達光化門的時間了，可是我卻還在家裡，穿的還是四角褲配寬鬆針織上衣的詭異裝扮。我的頭髮亂得如鳥窩似的，而且也沒戴著眼鏡，並以這副模樣，直接蹲在客廳地板上，慎重其事地修改簡訊的內容。

「部長，抱歉，我今天身體不舒服，沒辦法去上班了。」

不行，這麼寫好像有點沒誠意，於是我又修改了。這次更強調因為無法去上班而過意不去的心情。

「部長，我今天身體不舒服，恐怕很難去上班了。我今天可以休息一天嗎？很抱歉。」

這比剛才好一些了。不過寫好後，又覺得似乎還不夠急迫。所以需要一點更具體的辯解。

「部長，我今天身體非常不舒服，恐怕是很難去上班了。我不只感冒，好像還得了腸胃炎。今天可以請特休假休息一天吧？很抱歉。」

我在簡訊中加上幾個強調歉意的「點點點」，並附上「哭哭」的表情符號。全寫好以後，我按下了「傳送」鍵，然後緊緊閉上眼。因為實在不敢馬上看回覆，所以不自覺地把訊息通知設為靜音了。接著將手機丟在沙發上，之後就去上廁所。上完廁所，再抱著忐忑的心情，回來處理這一切。

我決定今天要「翹班」。身體不適和腸胃炎，只是單純的謊話，我的身體甚至比以往還要健康。只是不想去公司上班罷了。

我這麼做是有理由的——因為我想要打破這不停反覆循環的日常。當個受薪上班族的日子，不知不覺也過了九個年頭，我從來不曾翹過一次班。爸爸向來是這麼說的：「即使生病，也要在公司生病。」因此我偶爾會一邊看著筆電，一邊皺眉頭，假裝正在認真工作。不過大多數時候，我都老老實實地像頭牛般工作，因為比起悠哉度日，我寧可過忙碌的日子。一旦我感覺自己沒有用處，心裡便會開始焦急，這就是為什麼我如此拚命地過活。

不過，長久下來我的身心都感到困頓。不知不覺已到了十一月，一整年累積下來的勞累，讓反覆不變的生活變得越來越無趣。我設了五個鬧鐘，才好不容易起床。我面無表情地刷牙，為了趕上公車而狂奔，上車後還得在人群夾縫中求生存，運氣好的話才能坐下來，邊打瞌睡邊朝公司前進。然後，在熟悉的辦公桌前坐下，望著電腦發愣。這好比是如黑白照片般凍結住的片刻，但時間依舊一點一滴流逝掉的日子。

我莫名地嚮往一種截然不同的生活。例如：電影《刺激1995》的最後一個場景般，已在監獄裡關了二十年的主人翁安迪．杜佛蘭，逃出監獄後，馳騁在濱海道路上的那種想像。那可說是一種夢想吧。光是幻想就能令我笑出來。然而，這似乎是必須辭掉工作才有可能達成的夢想。因此，只好將這番嚮往，先推延到遙遠的未來。

某個蕭瑟的秋日，我在洗手間發現了一根白髮，拔到一半，忽然莫名變得有點淒涼。如果是二十幾歲時，看到白髮還會一邊炫耀，一邊說：「喂，你看！」是即將進入不惑之年的關係嗎？因為歲月只會口頭說：「辛苦了。」卻不給我滿懷的安慰；因為歲月會在未來某天突然奪走我的人生，所以我的心中，開始出現了小小的裂痕。於是，我打算送自己一個禮物——翹班，並且以夢想充實翹班的這一天。什麼時候？就是現在！

見到暌違已久的早晨天空

這天終於到來了，我需要一點翹班的正當藉口。無論怎麼想，也找不出能臨時翹班的合理藉口。一開始本想勇敢地說：「部長，我今天不想上班，我要放一天假。」但後來還是打消了念頭，畢竟薪水也不好賺啊，所以最後還是以身體不舒服為理由。光是為了打完這則訊息，就花了我三十分鐘，不停地刪刪改改。

送出訊息後，馬上收到了部長的回覆。「你好好保重，要提出特休申請喔。」雖然心裡稍感內疚，不過我決定暫時不去思考。向主管報告過後，全身的緊張才漸漸緩解。

我朝著窗外望去，天空是蔚藍的，葉子是紅黃相間的，不知不覺已經秋天了。我已經很久不曾如此仰望早晨的天空了。出門工作時，只顧著邊走路，邊往前看；返家時，天空已經烏漆墨黑了。

「滴答、滴答」，總是在催促我的客廳時鐘的聲響，聽了令人感到放鬆。四周靜悄悄的，我的呼吸漸漸變得深沈，身體就這樣暫時一動也不動，久違地盡情感受緩慢流逝的時間。

脫離日常，是為了尋找解答

我思考了一下該如何度過這珍貴的一天。首先想到一些比較刺激的逃離日常的方式，例如：高空彈跳、馬上去海邊，或是去品嚐貴到不像樣的料理。總之，先一項一項地寫在筆記本上，再一個個搜尋看看。但是不知為何，突然覺得有點荒謬。我竟然連「脫離日常」這件事，都如此用心地尋找「正確答案」。一路走來，我都過著尋找正確解答的生活，即使是因為討厭這麼做而翹班的那一天，我仍在做著同樣的事。

只要能隨我的意度過這天，我就滿足了。我再次傾聽自己的心聲。過去因為埋首於日常的忙碌，而掙扎不已的我，究竟希望過怎樣的日子？我需要的並不是

「想要過體面的日子」，而是「想要好好地過日子」。

基於這點而規劃的一日計畫表裡，不包含可靠的組長、優秀的丈夫和穩重的兒子等角色，這是純粹只為了我自己所規劃的一天。

我先慎重其事地洗了熱水澡，穿上原本只在週五穿的紅色內褲。因為今天是特別的日子。接著穿上了牛仔褲，並拿掉了平時繫的皮帶。因為向來都是緊緊繫著褲頭，每到下班時，被腰帶束縛的肚子都變紅了。所以這天，我解放了肚子，任由它凸出來，讓它能好好呼吸一下。然後我穿上了藍色休閒襯衫，就成了一身難以駕馭的「藍配藍」穿搭。

因為突然想起，似乎只有演員姜棟元能駕馭得了這種搭配，於是原本在扣釦子的手，停止了動作。但後來，我又鼓起了勇氣，秉持著「即便世人都嘲笑我，我也不理會他們」的決心，將衣服都穿好，再看看鏡子，卻又立刻緊閉眼睛。果然，時尚的關鍵在於臉啊。

今天我也不梳髮線，放下久違的瀏海，只用手整理了一下。我一邊吹頭髮，一邊彎手指，讓頭髮呈現弧度。用手整理了約十五分鐘後，再抹上髮蠟，看起來年輕了一．五歲。滿意！

與多多和社區貓咪相見

出門後第一個造訪的地點是「多多的家」（也就是岳父家，因為多多住在這所以這麼叫）。多多瞪大雙眼，愣愣地看著我，表情彷彿是在說：「你這社畜，怎麼會在這時間來？」但不一會兒，牠那毛茸茸的腿又一蹦一跳地跑來迎接我。因為總是無法花許多時間陪多多，出於內疚的關係，我摸了牠好一陣子。催產素又開始分泌了。然後我和多多玩了一下「假裝害怕逃跑」和「捉迷藏」遊戲（請參考〈完成一日鏟屎官任務〉）。看見馬上露出笑容的多多，我又多愁善感了起來。

接著，我又去見見社區附近的貓咪。去年九月，我做了一個過冬用的屋子給牠們，並定期去察看牠們是否安好。我悄悄地靠近小屋，往裡面窺探，社區貓咪也稍微探出頭來。可能是第一次親眼看見貓咪在屋子裡，所以特別喜出望外。我擔心因此驚動貓咪，於是又小心翼翼地倒退回去。原本心想要是都沒有動物住在裡頭該怎麼辦，幸好派上了用場。我一邊「哇！哇！」地自言自語，一邊興高采烈地離開了。

享用了一頓美味的早餐

我決定要去吃早餐，而且是去知名的家常定食餐廳。我平時不太吃早餐，因為很早上班，到了公司後沒時間吃。上午又是新聞最多的時段，不斷忙著工作。在空腹狀態下，為了提振精神，只好猛灌冰咖啡。每天早上總是如此熬過去的。新聞寫著寫著，不知不覺就忙到了午餐時間。因此在這特別的一天，我想讓自己好好吃一頓早餐。

烤豬肉定食很吸引我。前一天，後輩在寫足球員李昇祐的報導時，裡頭出現了關鍵字「烤豬肉飯」，這幾個字，似乎默默地深植我腦海裡了。於是我來到弘大入口附近的一間烤豬肉飯名店，是曾被報導過的店家。一進店裡，我就點了一人份的烤豬肉定食，然後引頸期盼餐點上桌。五分鐘後上菜了，我在生菜裡放上飯，再放上辣炒豬肉、蒜頭，沾一些包飯醬，再全部包起來吃。必須整個塞滿嘴巴才夠味。

我花了十五分鐘就解決掉早餐了，不知道有多好吃。原本以為早上我是沒食慾的，現在才知道並非如此，而是因為忙碌才吃不下。即使試著慢慢地吃，也吃不太下，大概是我的身體早已習慣了快速的步調了。

享受小小的奢侈，我搭了計程車

在秋日裡慢慢地散步，忽然想起了溫熱的咖啡。我正想喝一杯以香醇原豆製成的美式咖啡。這時看見一間雅致的咖啡店，我就進去點了一杯美式咖啡，並用我帶去的保溫瓶盛裝，我同時感受到了煮咖啡的聲音，與濃郁的咖啡香。

在等待咖啡時，聽見了一首不知曲名的流行歌。迎面吹來的風很涼爽，灑落的陽光很暖和，落葉正一片一片地飄下來。眼前悠閒的光景令人愉悅了起來。看了滿到保溫瓶蓋不起來的咖啡，心靈更豐足了。此時，我準備到鐘路的首爾電影院看一部獨立電影，場次是十一點五十分，距開場大約還剩四十分鐘。我該加緊腳步了。

在前往弘大入口站途中，我看見一輛計程車經過。平常我幾乎不搭計程車，一年頂多一、兩次的程度，只在非常緊急時才會搭，因為捨不得花錢。即使必須轉乘兩、三次，我無論如何都會利用公車和地鐵移動。

這次，我下很大的決心要搭計程車，我想要奢侈一下。每天我都搭乘客滿的公車，被地鐵人群擠得唉唉叫，難得坐在汽車後座，覺得真舒適。不知是因為早上吃得太撐了，還是太久沒悠哉地搭計程車了，我突然覺得很睏。聽著司機先生播放的電台聲，開始有些恍恍惚惚了。

在寂靜的電影院裡，盡情地哭了

抵達電影院時，大約是十一點半。計程車費是一萬韓元（相當於兩百七十元台幣），我稍微心疼了一下。我選擇的電影是《我們與愛的距離》。我很喜歡以生活在一九九四年的十四歲國中生恩熙的「平凡而燦爛的記憶」為主軸的故事。我也曾活在那個時代，當時我是小學四年級生。那年聖水大橋離奇地倒塌了。而我也在那一年，第一次將現在已離世的寵物小花帶回家。對於這些陳年的記憶，我又感到好奇了。

位在二樓的放映廳，一個人也沒有。我還以為走錯了，徘徊了一陣子後，才坐了下來。電影剛播映時，觀眾才不過六、七名而已，難怪覺得很悠閒自在。

看到恩熙所經歷的敏感又哀傷的成長痛，我想起了我自己，想起了那段因為不夠完美、不夠成熟，而老是跌跌撞撞的日子。我不是自然而然地成為大人，而是歷經了許多挫折才成長的。於是看見為了無謂的小事爭吵、哭泣又和好的恩熙，我淚流滿面。多虧了電影院清幽的環境，我才能不在意他人的眼光，盡情地哭，痛快地發洩出那些陳年的情緒。

電影中提到的蜂鳥，雖然是最嬌小的鳥，但是牠為了找到蜂蜜，能飛到非常遙遠的地方。我也為了追尋夢想飛得好遠好遠，幸虧這部電影，讓我回到了一九九四年的我。

那些我曾經看作是瑣碎時光的童年，並非全然沒有意義。這兩個小時，雖然令我有些彆扭，卻留下了深刻的餘韻。

二十歲時期編織夢想的痕跡

我搭了地鐵回到以前的大學（無法搭兩次計程車）。距離畢業已經過了十年之久，有些想念那段編織夢想的時期了。或許，我其實是想重新感受當時的氣氛吧，我想再次燃燒心中的熱血。

我大學時的夢想是導演。最初原本想做電台節目，後來又夢想當紀錄片導演。因為後來才認知到自己的職業適性，中途轉換跑道，成了大器晚成的大學生。當時雖然才二十歲出頭，卻已強烈感受到自己的腳步比別人慢了許多。

踏入睽違已久的校園，感覺有點奇怪。正門那邊，有社團正在招募社員。而校內的餐廳也全面改裝了，無論是小吃店、漢堡店都不同了。這裡分明是我熟悉的空間，但彷彿完全換了張臉似的。

看見高處的麥克風，就想起以前的時光了，當時我是電台製作人。第一次在校園的電台，我播放音樂後，馬上打開窗戶，只為了聽聽迴盪在整個校園的音樂聲。不知道為何當時那麼喜歡做這件事。

一進入中央圖書館，我才意識到必須感應「學生證」這件事，只好氣餒地轉身離開。

「原來我現在是外人了啊。」我坐在露天劇場時，有了這種感觸。接著拿出「思想抽屜」（隨身攜帶的靈感筆記本）和鋼筆，試著寫出一首詩。內容如下：

即使想回到過去
也回不去了。我曾經存在之處
已然逝去
無論是同行的人
或當時的笑容、淚水和辛勞
見證那段過往的，唯有一片空白的寂靜

我這才頓悟了，造就那段時光的並非場所，而是在那裡的「人」。午餐時，我在露天劇場和朋友一起吃炸醬麵，談了令人挫折困頓的戀愛，埋怨拒絕我的公司。偶爾也因為看著同學一個個離開校園，而感到焦慮不安。

回憶之所以不僅僅是記憶，是因為人的關係。我停留在誰也不認識的校園期間，得到了這番體悟。

看兩本書配午後的真露

我在傍晚時分，當白晝逐漸縮短，天空變得昏黃之際，回到住家附近。我畢竟是個天生的「宅男」，這裡還是令我最自在。我想在附近試試看「書啤」（邊看書邊喝啤酒），於是在便利商店買了口袋燒酒替代啤酒。

我坐在鄰近的一處涼亭，把關於上了年紀的寵物狗，名叫《老犬日記》的散文漫畫集，以及一本叫做《別用那爐鐵漿》的書，從包包裡拿出來，然後一口接一口地喝著燒酒。這一刻我已別無所求。

在幾分醉意之下，我的笑聲和淚水漸漸變多了。由於太過投入於老狗離世的場景，我想起了已經過世的小花，和未來也會離開的多多就眼淚直流。變得微紅的臉頰，在涼爽秋風的吹拂下，感覺很舒暢。當晚霞變得如醺紅的臉一樣時，我闔上了書本，踏上回家的路。

我原以為「夢想」是在遙遠的某處

無論怎麼看都沒什麼了不起的一天，卻給了我莫大的慰藉。那一天，我沒找到任何答案，而人生也沒因此變得不同。不過光是能夠隨我所欲地度過一天，已經充分療癒了我。過去以來，我一直壓抑著帶刺的自己，為了秉持責任感、忠誠、勤奮、機靈等價值，我將真實的自己擱置在一旁，所以表情逐漸生硬，心也變得僵固了。

以前我總認為人生的夢想，必須到遙遠之處追尋。事實上，夢想並不是如此遙不可及，也不需要有萬全的準備。之所以會那麼想，是因為不敢面對、畏懼不前，又不去思考的緣故。

我度過了真正「夢想」的一天。在那一天，我難得不是苦撐過去，而是活過去的感覺。

下班後已累壞了的妻子，回到家後問我：「翹班一天，感覺如何？」我下意識地說出：「很孤單。」之後，自己也笑了。這句話是真心的。感覺到的不只是放鬆而已，同時也覺得孤獨。隔了很久回到校園，當我偶然看見一名男學生彎下腰，問跌倒的女朋友：「有沒有受傷？」時，我想念我太太了。

即使我因為是某個人的誰，於是必須承擔責任，每天過著相同的日常，但也因為我是某個人的誰，而在其中了解到何謂幸福。

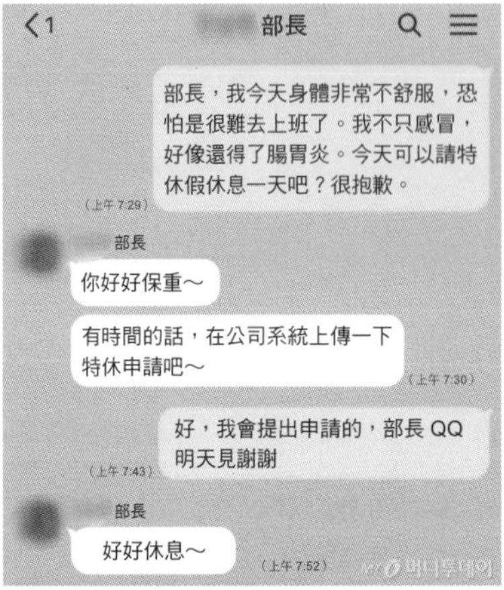
部長
部長，我今天身體非常不舒服，恐怕是很難去上班了。我不只感冒，好像還得了腸胃炎。今天可以請特休假休息一天吧？很抱歉。
（上午 7:29）
部長
你好好保重～
有時間的話，在公司系統上傳一下特休申請吧～
（上午 7:30）
好，我會提出申請的，部長 QQ 明天見謝謝
（上午 7:43）
部長
好好休息～
（上午 7:52）

궁금했다
벌새

1	2
3	4

1 為了翹班，我向部長傳了一則充滿誠意的訊息。我猶豫再猶豫，三思再三思，刪掉又重寫。不過隔天還是向部長坦白事實。

2 平時忙到沒空吃早飯，但這一天我去吃了烤豬肉定食。我以前早上會沒有食慾，沒想到竟吃得一乾二淨。

3 秋天與溫暖的美式咖啡是絕配。

4 這是我會想再看一次的電影《我們與愛的距離》，令人回想起成長期之痛的過往。

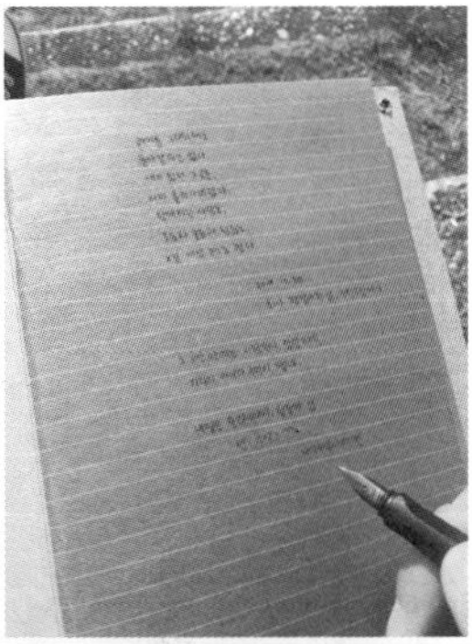

5 6 7
8 9

5 時隔十年回到了大學校園，因為想喚起過去曾改變過的志向，想尋找二十多歲時走過的痕跡。當時爬這段坡道是每天的日常，現在的我則站在這裡拍照。

6 我在這裡叫過好幾次炸醬麵外送。時間過得真是飛快。空堂暫時在這裡休息的大學生正在玩角色扮演（cosplay）。

7 在久違造訪的大學裡，隨意寫下的文字。我寫在有點文藝氣息的綠色筆記本上。

8 兩本書與午後的真露。

9 社區裡的涼亭是最棒的地方。

勇敢說出「我愛你」、「謝謝你」、「對不起」

「喂，南記者，你是為了向我借錢才打電話的嗎？」聽見令人開心的聲音，他是我的高中同學。即使十八年過去了，他依然沒變。他是高二時和我同班的傢伙，因為座號差不遠，我們坐得很靠近，所以變得很熟。不過我的功課表現較好（也許他的認知和我有差異），勤奮老實的他，成了一位銀行員。結婚後，他生了兩個孩子，我們各自忙於生活。後來他因為工作去了新加坡，在他離開前，我們也沒碰著面，所以已經好幾年沒見面了。彼此也鮮少聯絡。嚴格地說，是我有點不上心，即使那並非我的本意。

我告訴他，我是有話想對他說。「你當然是有話要說才打的啊，每次你都說很忙。」他的回應裡帶著埋怨，於是我馬上告白了。「○○啊，我愛你！」朋友一時感到慌張無措。「××，嚇死了，你幹嘛這樣嚇我！」儘管如此，他也對我說了：「喂，我也愛你。可是，為什麼？」這是第一次。我第一次說這些話，聽到這些話。即使很肉麻，但真令人開心。原本想矇混過去的，但我回答：「朋友之間還是能說這些話的啊。」同時我也向他表達以前沒說出口的感激之意。「我重考大學的時候，你不是送巧克力給我嗎？那時候很謝謝你。」朋友聽了驕傲地回答：「是我讓你懂事的，讓你長大的啊！你就欠我一輩子吧。」但他也擔心地追問道：「喂，××，你到底怎麼了？為什麼打給我啦？總不可能為了說這些就打給我吧？」

「我愛你」、「謝謝你」、「對不起」，我說出這些向來埋藏在心裡的話。以前說不出口的原因很多：因為忙碌、因為難為情、因為錯過了時機。總有一天要說的話，卻一延再延。然而時間就在一次次的拖延下飛逝了。一回神，才發現又是十二月一號了。不對，仔細回想，別說是過幾年再說，即使過了幾十年，也仍說不出口。而且當時間越接近，越是難開口，總是心想：「就算我不說，他也會懂的。」

據說這些話，在生命的終點前，才會說得出口，因為再也無法拖延了。去年四月，一架從珀斯飛往雪梨的飛機，機體劇烈晃動，並開始迅速下降。乘客都拿出了手機，留下給家人和愛人的最後一句話。「媽媽，我很愛妳。對不起，我留下妳先走了。」幸好飛機最後緊急降落了。每個人最想聽的一句話，卻也是最難聽到的一句話，那就是「我愛你」。

因此，在一年落幕之前，我決心要向我愛的那些人，說出過去說不出口的話。

三十六年來第一次對媽媽、爸爸說「我愛你」

我打算先從最親近的家人開始實踐。在一天的開始和結束之際，我向太太說：「我愛你」。在出門上班時和入睡之前，我看著她這麼說。那是不容遺忘的珍貴瞬間，所以太太說：「無論是不是體驗，任何時候都要對她說『我愛你』，原因太多了，無法一一解釋。」她也謝謝我，讓她幸福得捨不得今天即將結束，同時也說道：「你嘴巴真甜，我也愛你。」

接下來，是媽媽和爸爸。從這裡開始，就是高難度的挑戰了。以往雖然曾在信件的最後寫過，卻不曾親自對他們說，真的太難為情了。

我打了電話給媽媽。結婚後，總是以忙碌為由，無法經常聯絡她。本來想立刻說出口，話卻梗在喉嚨，說不出來。結果莫名其妙地聊了其他話題，像是「冬季休假」。我說，今年結束前必須用掉特休假，所以要去旅行。媽媽要我玩得開心，接著又開始叮嚀大小瑣事。「衣服要穿多一點」、「別在外面待到太晚」，還有「常備藥記得帶著」等等。兒時聽過的那些話，即便長大了還是得聽。每當我出門時，媽媽總會提醒：「小心車子！」另外，我們也談到有關媽媽的膝蓋問題。她告訴我最近膝蓋不太好，所以不太方便外出。「膝蓋用久了就是這樣。」

終於，在猶豫了二十分鐘後，我說出來了。「媽媽，其實我有話想說。」她問：「什麼話？說啊。」「我愛妳。」媽媽聽了似乎害羞地笑了。於是我說：「妳也一樣愛我吧？」這是活了三十六年來，第一次大聲向媽媽說出「我愛妳」——至少在我記憶裡是如此。

至於爸爸，則是他先打了電話給我。我心想，太好了，馬上就能對他說。但是果然，話始終停留在嘴裡。「你身體還好吧？」、「工作怎麼樣？」爸爸一如既往地關心我的生活。年輕時曾像是老虎般的他，是什麼時候變得如此溫柔的？可見在這變化之間歷經了多少歲月。我在二十五歲過後開始工作，這時才理解了他。理解了爸爸為何忙碌，為何不舒服也要上班，為何他只在喝過酒的那些天，用他長滿鬍渣的臉磨蹭我。我無法在電話裡對爸爸說，於是傳了訊息給他。「剛才講電話時忘了說，我愛你。」五個小時候他回覆了。「亨到啊，我也愛你。」

我也打了通電話給岳母，但是打了三次，都在通話中。下午五點時，岳母打給我了。「南女婿，你打給我了嗎？」我先以冬季休假作為開場白。「媽媽，今年謝謝妳做了那麼多好吃的小菜，還有在各方面體貼地照顧我。」岳母謙虛地說：「我又沒做什麼，你忙著賺錢很辛苦。」彼此互相美言一番後，對話差點就要結束了，於是我趕緊說道：「媽媽，我有話想說（猶豫），我愛妳。」而岳母也接著回答：「呵呵呵呵，我也愛你，謝謝。」

最後，我也打給了岳父，這次通電話令我最緊張。妻子認真地說：「爸爸搞不好不喜歡這樣。」可是我固執地認為他會開心。「喔，怎麼了？」「爸爸，因為年尾到了，所以最近聯絡了一下身邊親近的人。」「喔，這樣啊，很好啊。」我們之間往返的對話很簡潔。我告訴他：「今年受到了爸爸的照顧，很感謝你。」他回答：「喔，要更努力喔！（他喜歡別人熱情努力的樣子）」然後，我緊閉雙眼向他說：「爸爸，我愛你。」他給了我一個溫暖的回應：「知道了，謝謝你。」我們通話了大約一分鐘，就掛斷電話了，因為很害羞。

對老友說了「我愛你」，他反問：「這是為了報導吧？」

我也一個個聯絡了朋友們，也想起一位三十年的老友。我們是從小一起長大的，從六歲就認識了。他當初搬來，住在我家隔壁的隔壁。我們從早到晚都黏在一起，如果在誰家玩累了，就在誰家睡覺。他家就是我家，我家就是他家。雖然我們就讀了不同的高中和大學，依舊十分要好。我們會在家附近、漢江邊各自喝著啤酒，給彼此沒什麼用的戀愛建議。朋友就職與結婚的進度都比我快，他還替我主持了結婚典禮，現在已是兩個孩子的爸爸了。因為忙碌的關係，我們也將近兩年沒見到面。

很久沒打給他，電話一通，他馬上說：「什麼，你要幹嘛？」然後問我：「這個也是『體驗日記』吧？你是不是有錄音？」他好快就發現了，嚇我一大跳。我問他是否看了我寫的報導，他說：「你寫的東西，我當然會看。」他還說連他的家人也會看，我很感激。然後我們才開始正式問候彼此，也談到了歲月過得有多快。「我們已經三十六歲了，我和你認識已經三十年了。時間過得實在好快。」他的老大已經要讀小學了。朋友也聊了他的工作，抱怨上班時間每週都不一樣，很辛苦。

我先從想要感謝他的事說起，那是二十四年前的往事了。我曾經在遊樂場玩到受傷，因為不知道遊樂器材的鐵條斷裂，玩到一半傷到了額頭。當時是晚上，沒看見傷口，所以不知道受傷了。就在某個瞬間，我感覺額頭有溫熱、濕黏的東西流下來。原本以為是汗，一擦才發現是血。比我受到更大驚嚇的朋友，以手替我擋住了血。我鼓起勇氣對他說：「當年很感謝你。」結果他答道：「有這件事？我都想不起來了。」（這傢伙……）接下來，我盡可能地拖延時間，最後說了：「我愛你。」臉頰都熱了起來，真想快點掛電話。朋友噗哧地笑出來，也對我說：「我也愛你。」

我也聯絡了國小、國中時就讀同所學校的鄰居。小學五年級時，我們還拳頭互相打了起來（我打贏了，我說了算）。那次之後，我們馬上變得要好。因為他住在前棟而已，我們一天到晚見面，也聊了很多天，不過對話內容百分之九十八．五都是在胡說八道。學生時代，我們曾在KTV大叫了三個多小時（不是唱歌），也曾一起玩電動遊戲玩到凌晨。我們是那種，即使沒什麼事，也能隨時見面，彼此毫無距離的朋友。他經常在我的體驗日記中登場，像是我在體驗紋身時也給了這位朋友看，結果他說：「××的行為真像蠢蛋。」在報導裡，我如實紀錄了他的反應，底下很多人留言說：「這是真朋友。」

不過我們很久沒通電話了。我問他在做什麼，他說：「還能幹嘛？當然是在公司上班啊。」我們的談話總是如此隨意。我說我只是想打個電話，他回道：「打電話一定都有原因的，你需要錢嗎？快點說重點。」語畢，我們都笑出來了。我也虧他之前說過來我家附近會聯絡我，為什麼都沒聯絡。他承諾了下次會聯絡我，但接著又說：「三年前我也這樣講，我看我們乾脆當網友吧。」說完後我們又笑開了。如此開懷大笑後，心情很暢快。

說了「謝謝你」，他說聽了很開心、很感動

完成了愛的告白後，輪到了說「謝謝」的時候了。我一邊瀏覽手機的通訊錄，一邊試圖回想那些總是令我感激，卻沒能表達過謝意的對象。

我想起一位公司的前輩。他是在四年前的夏天，讓我來到這間公司的人。當時是我在前公司過得很辛苦的時期，即使憑著經驗也難以支撐下去，也做了很多不合理的工作。加上一些來源不明的閒言閒語，我變得無法相信別人，心理也生了病。我甚至連覺都睡不好，體重也掉了近十公斤，那是出社會以後，數一數二艱辛的一段日子。

就在那時，我遇見了這位前輩。他很賞識不才的我，幫助我轉職到現任的公司。進入公司後，我們也在同一組工作，他還教了我許多關於取材、撰寫報導的基本功夫。儘管也有辛苦的時候，但事後我也得到了很多收穫。

我打電話給許久未聯絡的前輩，問他近來過得如何，並害羞地告訴他，當時非常感謝他，多虧了他才能順利轉職，謝謝他幫助我度過艱難的時期。結果前輩回答：「喂，你這也是體驗吧？你應該感覺很尷尬吧。」他一邊逗我，一邊接著

說：「不過聽了心情很好，我也很感謝你。」然後爽朗地笑了。我們敘舊了一會，也叮嚀彼此要照顧身體健康。想在江湖上走跳久一點，健康是必要條件。此外，也約定了新年一定要約吃飯，還定好了日子。

我也聯絡了介紹太太給我，和我很親的一個女性朋友，她是電視節目腳本作家。某次，我偶然看見了她在社群帳號上傳和我太太的合照，默默地按了「讚」。一個月後，她說要替我安排聯誼，不過對象並非現在的太太，而是其他人。所以我提到太太了：「我也不知道為什麼，她非常吸引我。不只是因為漂亮。」（當然，她很漂亮）她聽了笑開了，便積極地幫了我一把。她說，她說服了一開始堅決不參加聯誼的太太，並形容我是「就算沒有法律也活得堂堂正正的人，真的是很好的人」（做得好）。

她接了我的電話，告訴我她剛開車把四歲的兒子送去托兒所了，又說：「你們倆怎麼有辦法這麼甜蜜蜜，好像跟我活在不同的世界，每天還是新婚一樣。」我們聊了一些之前沒能聊上的話。她說自己忙著照顧孩子，偶爾會和先生吵架，同時也認真工作、好好生活。我猶豫了半天，終於說出平時對她的感謝之意。「我最該感謝的人是你，卻沒常常聯絡你，很不好意思。我和太太也老是聊到這件事，心裡總有點內疚。」「大家都是這樣啦，不必放在心上。」她如此安慰我，並說：「我真的很感動。」不過又問我：「你明明沒什麼在玩社群，為什麼每次都只上傳食物的照片啊？」我說：「我是為了吃免費的炒飯和飲料才上傳的。」她說：「我還以為你的帳號被盜了。」我們一起笑了。

表達深藏已久的歉意

我感到抱歉的人也很多，首先想起的是一位大學同屆的朋友。我們是在大學電台認識的，兩年來我們同甘共苦，不僅一起熬過了艱辛的電台實習期，還有每次放假期間的訓練與學弟妹的培訓。當時我們互相為彼此加油，共同撐過來了。

但是我曾短暫離開電台。因為有很多其他想做的事，也有許多顧慮，於是告訴他我無法繼續下去了。當時令我回心轉意的也是他。他問我：「難道你捨得我們共同熬過的時光嗎？我們一起堅持下去吧。」這句話讓我重新振作起來。重回電台後，他挖苦道：「你讓我心裡受盡煎熬！不過還是很高興你回來了。」

數年前，同學的父親去世了，我因為有緊急的採訪行程，而無法出席。其實無論怎麼說，這都是藉口。不管發生任何事情都應該出席才是。從小到大，父母也是這麼教我的：假使無法同甘，也要和對方共苦。但是我卻沒去告別式。因為很對不起他，所以後來就沒再聯絡。時間就這樣默默地流逝了，我心裡依舊感到介意。說句「對不起」是如此困難，我甚至無法鼓起勇氣。

我聯絡了那位同屆的朋友，他的第一句話是：「請問您是？」我報上了名字，他說：「怎麼是你！」然後告訴我，他常常看我寫的報導，說我都在做些「奇怪的事」。又問我：「這禮拜又要做什麼奇怪的事啊？是不是要打電話跟別人借錢？寫自己騙到多少人的這種內容啊？」隨後我們笑成一片。

接下來，我低聲地說：「你爸爸過世的時候我沒辦法去，真的對不起。」他回道：「有什麼好對不起的，有事沒辦法來很正常啊。我都不知道你還在意這件事。」我們就這麼說開了。朋友也對我說：「好久沒聽到你的聲音，好開心。」我說我們應該見個面，他回答：「你嘴上這麼說，但是根本不會見吧？」我們又笑了。我好像終於放下了心裡的重擔。

人生太短暫，不值得浪費時間在猶豫上

「我愛你」、「謝謝你」、「對不起」的體驗落幕了，雖然仍有一些尚未表達心意的對象。

因為我討厭說肉麻的話，這一切實在很不容易。我猶豫不決的時間，比起真正說出那些話的時間來得更長。拿起了電話，考慮該說什麼好，又再度放下電話。我必須一次又一次下定決心。即使真的打了電話，仍舊難以開口。無關緊要的話倒是聊了很多，繞了好幾圈，再遲疑了一會，才急急忙忙地表達出真心話。而我的臉也隨之變得熱呼呼，紅通通，可能是因為不習慣如此直接吧。不過鼓起勇氣嘗試以後，發現多練習真的有效。

一開始很困難，但漸漸地就習慣了。而且，我第一次經歷如此溫暖的體驗，語言確實擁有神奇的影響力。儘管沒說出口的話，一直都放在心上，但是說出來以後，改變了許多事。我能感受到，光是吐露真心話，彼此之間空氣的溫度就改變了。我們的心意相通了，關係也延續了，心頭因此甜甜暖暖的，也感覺到那些珍貴的人，對我而言又更珍貴了。雖然持續不斷的談話令人疲倦，心情卻好得不

得了，於是我樂此不疲。因為想到有許多我愛的人與愛我的人，而感到幸福。

其實比起表達心意這點，更令人快樂的是聯絡上的那瞬間，得知長期以來對方生活的點滴，也問候彼此過得好不好。最長的通話大約都聊了有一個小時，我們聊到都忘了掛電話，所以花了許多時間。聊著聊著，也會問彼此：「是不是正在忙？」，接著又回答：「沒關係。」往後雖然也會繼續忙碌，不過我決定至少要留些時間，多關照一下彼此，多表達一點心意。參加歡樂的尾牙、酒席也很好，但如此送走歲末也不錯。

關於該向誰說「我愛你」這件事，我思考了非常久。諷刺的是，我想起了那些我已經無法訴說的對象。

外婆在八十五歲時逝世了。雖然我有足夠的時間對她說「我愛你」，那時卻沒能做到。在她離世的一星期前，我見了她最後一面。那天我和外婆相處時，我也是一心想著要趕緊回家而已，因為我認為外婆是隨時能見得到的人。
我也無法對飼養了十七年的小狗說「我愛你」。我每回捉弄牠，其實都是一種愛的表現，卻沒能親口對牠說。牠走過了彩虹橋的那天，我流了出生以來最多的淚水。因為嫌陪牠散步很麻煩而感到抱歉，因為沒能給牠更多愛而痛心。
隨時都能說出口的話，終會成為再也無法說出口的話——原以為擁有無限時間而留在心底的，最後卻留下無限遺憾的那些話。無論如何，表達「我愛你」的最好時機，正是「現在」。

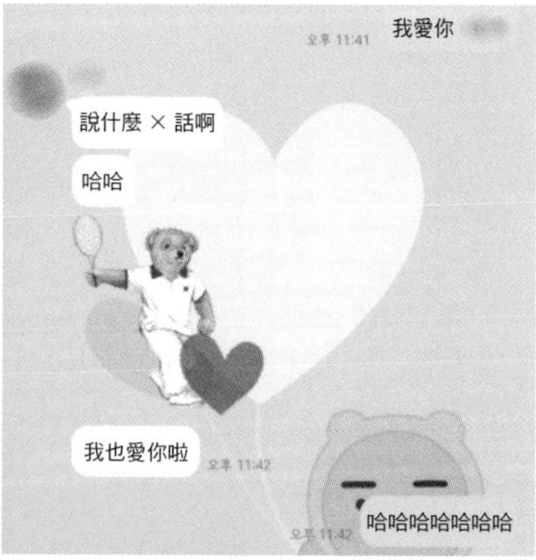

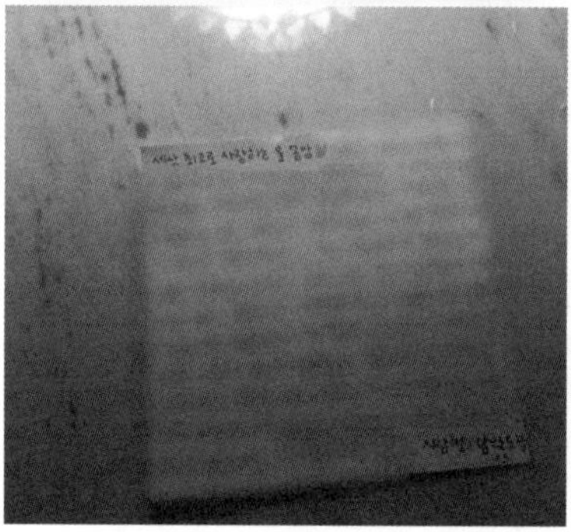

1	2
3	4

1 假裝走進德壽宮電話亭裡打電話的我。那天正好是「文化日」可以免費入場。這是一張模擬打電話情境的概念照。我連電話費是從七十韓元（約兩元台幣）起跳這件事都不知道。我就像是個想打給初戀情人的學生般，不停地將話筒拿起又放下。因為拿著太久了，話筒裡傳來女聲表示：「您尚未撥號，請稍後再次撥。」（ⓒ實習記者李建輝）

2 這是我對好朋友說「我愛你」後得到的反應。模糊處理的部份是粗話，不過他也對我說了「我愛你」，所以心情很好，還算是個懂事的傢伙。朋友用的貼圖是免費貼圖。

3 這是我給妻子的親筆信。我希望平時就能多分享自己的心意。我不好意思公開內容，於是模糊處理。讀者如果讀了可能會雞皮疙瘩掉滿地。

4 我看見投幣式公共電話時，總有這種想法：「在零錢全用完之前，必須說完想說的話。」而人生不也是一樣嗎？為了不留下遺憾，活著的當下，我一定要說出想說的話。

後記

那年冬天，某個週六的凌晨，我忽然睜開眼。

一看手錶，是凌晨六點十五分。

我揉了揉眼睛，想努力驅走睡意，

接著開始在我的報導底下寫留言。

那是和我一起撿廢紙箱的崔進哲先生的報導。

他因為牙齒不好而無法好好進食的樣子，一直讓我很掛心。

即使生活困窘，也得吃飯才能活下去啊。

他每天只賺得到一萬韓元，連治療牙齒的念頭都不敢想。

於是我在留言處表示想尋找能幫助他的人。

過幾天，便收到了兩百多封來信，

他們表示願意幫助崔先生。

有人說自己在便利商店值大夜班，雖不寬裕，但願意資助他。
有人說自己只是高中生，零用錢不多，但願意分一些給他。
有人說自己也在領基本生活保障的補助，比誰都懂他的辛苦。
幾天過後，崔先生哭著打電話給我，
他說看到帳戶裡的存款有七百萬韓元（相當於十八萬九千元台幣），
這是他如果每天撿廢紙箱，得花兩年才能存到這個數字。
甚至還有牙醫自願免費替他治療。
「謝謝你，真的很感謝你。」
他不斷重覆著這句話，
在電話的另一端哽咽地哭泣。
我說，我沒替他做什麼，然後匆忙地掛掉了電話。
喉嚨忽然有一陣暖流，往上湧入我眼底了。
我們的人生皆然。
儘管並不完美，

儘管不太成熟，
幸虧有人情滿溢的同理心與小小的慰勞，
才能拍拍身上的塵土後站起來，重新出發。
即使迎面而來的一天艱辛依舊，
但是令人想再次好好活下去的，
正是那些源自細瑣日常的力量。

今年已經五歲的寵物多多，
不斷咬來鈴鐺球，丟在我的腳背上，
示意我停止工作，催促我去和牠玩遊戲，
我似乎能理解牠的心情。
而在多多身旁的妻子，一面吹著清新的夏日微風，
一面默默等待著無法輕易停筆的我。
雖然她不停嘀咕著「好無聊」，
但仍將電風扇固定好方向，

拿給我一杯冰冰涼涼的水。
我好像也懂她的心情。

人生苦短，
轉眼間就走完一遭了。
這段時間是多麼的寶貴，
所以應該快點關上筆電，
和家人玩樂才是。

獻給正獨自奮鬥的你。

ISSUE 37

和小人物過一日生活：從20則人生百態的觀察，獲得堅持不懈的力量

作　者—南亨到（남형도）
譯　者—劉宛昀
主　編—郭香君
協力編輯—龍穎慧
責任企劃—張瑋之
書封設計—木木 Lin
內頁設計—葉若蒂
內頁排版—新鑫電腦排版工作室

編輯總監—蘇清霖
董事長—趙政岷
出版者—時報文化出版企業股份有限公司
108019台北市和平西路三段二四〇號四樓
發行專線—（〇二）二三〇六—六八四二
讀者服務專線—〇八〇〇—二三一—七〇五
（〇二）二三〇四—七一〇三
讀者服務傳真—（〇二）二三〇四—六八五八
郵撥—一九三四四七二四時報文化出版公司
信箱—10899臺北華江橋郵局第九九信箱

時報悅讀網—http://www.readingtimes.com.tw
綠活線臉書—https://www.facebook.com/readingtimesgreenlife
法律顧問—理律法律事務所　陳長文律師、李念祖律師
印　刷—綋億印刷有限公司
初版一刷—二〇二二年三月十一日
初版二刷—二〇二二年十月七日
定　價—新臺幣四六〇元

時報文化出版公司成立於一九七五年，
並於一九九九年股票上櫃公開發行，於二〇〇八年脫離中時集團非屬旺中，
以「尊重智慧與創意的文化事業」為信念。

和小人物過一日生活：從20則人生百態的觀察，獲得堅持不懈的力量
/ 南亨到 著；劉宛昀 譯. -- 初版. -- 臺北市：
時報文化出版企業股份有限公司, 2022.03
面；　公分. --（ISSUE；037）
譯自：제가 한번 해보았습니다, 남기자의 체헐리즘

ISBN 978-626-335-021-2（平裝）

862.6　　111001299

ISBN 978-626-335-021-2
Printed in Taiwan